相信阅读，勇于想象

"幻想家"世界科幻译丛

THE MOTHERSEA
母之海

［澳］史蒂芬·伦内贝格／著
秦含璞／译

北京理工大学出版社
BEIJING INSTITUTE OF TECHNOLOGY PRESS

史蒂芬·伦内贝格（Stephen Renneberg）

　　澳大利亚著名科幻小说作家，天文学、管理学硕士，柯克斯蓝星荣誉得主。

　　二十几岁时，史蒂芬背上背包开始环游世界之旅，足迹先后踏及亚、欧、美许多国家，这极大地丰富了他的阅历，为其作品内涵的深度与广度提供了保证。

　　史蒂芬的创作以明快的节奏、复杂的情节、精妙的架构和有趣的人物而闻名，每部作品中的科学技术细节都经过了仔细调查，为其故事增添了强烈的真实感。这种真实感和书中高层次的科幻概念以及出人意料的故事情节实现了完美的结合。

中文序言

上高中的时候，父母为了支持我对天文学的热情，给我买了一个小型的折射望远镜。我在无数个夜晚用它观测恒星和星系，好奇太空中究竟有什么。数年以后的一个晚上，在悉尼北部的一个小镇里，我看到三个明亮的球体划过天际。它们在空中稍作悬浮，然后垂直加速脱离了大气层。这一幕看起来像好莱坞电影里的桥段，但这的确是事实。

从那之后，我就知道至少有一个地外文明正在观察人类。鉴于宇宙的年龄和实际尺度，这些外星人可能已经观察我们很长时间了，而且真正观察我们的外星文明不止一个。

在我看来，人类就像是广阔大洋中一个孤岛上的原始人部落，我们的视野受限于地平线。但是在我们看不到的地方还有另一个世界，那里充满活力，有各种不为我们所知的奇观，我们的一举一动都在那个世界的注视之下。

这就是我写"映射空间"的灵感源头。

《母舰》的时间设定在近未来。1998 年，这本书完全是作为一个剧本来完成的。一年后，我将它改成了一本小书。坠落在地球上的巨型外星母船不是入侵地球的侵略军，而是一块在太空中漂浮的残骸。这艘飞船终结了人类的纯真岁月，向还没有做好准备的人类展示了宇宙的奥秘。

《母之海》的时间设定比前一本晚了十年。这一次人类面对的是一群高度进化、非常残暴的外星敌人，这些外星人虽然没有高科技，却依然威胁了人类位于生物链最顶端的地位，他们可谓是人类自从消灭尼安德特人之后最大的威胁。这种设定的初衷就是，宇宙的实际年龄远比地球生物进化的时间要长。

这两本书主要设定在人类的近未来，同时略微提及整个银河系的背景设定。有些读者希望了解更多关于地球以外的情况，而且我一直想写一部太空歌剧,所以我在之后的系列小说中保留了之前的宇宙背景设定,但将时间线推到了更遥远的未来。

考虑到整个宇宙的年龄,人类在几千年之后才能全面普及星际旅行,所以人类可能是银河系中最年轻、科技水平最低的太空文明。如果我们认为人类在几千年之后,就可以达到其他更古老的星际文明的科技水平,那无疑是非常不现实的。所以,在"映射空间三部曲"中,人类是"巨人中的婴儿",我在书中就是如此描述人类的困境的。

这听起来未免有些悲观,但随着文明不断进步,就会变得越发开明,可能会为类似人类的后来者提供一定的空间。"映射空间"系列丛书就采取了类似的设定,书中大多数文明都加入了银河系议会。这是一个星际文明合作共赢的联合体,而不是帝国或者联邦。

当出现冲突的时候,只有最古老、最强大的文明才能同台竞争,弱小的文明完全无法控制事态的发展。设定为遥远未来的"映射空间三部曲"以《安塔兰法典》为开端。书中主人公西瑞斯·凯德是地球情报局的秘密特工,一直致力于保护人类的未来,他在银河系各大势力间周旋,打击各种犯罪活动,同时还不能让自己的密友和爱人知道自己真正的身份。

按照我的设想,凯德所处的宇宙就是人类掌握了足够的科技、阔步迈向宇宙之后,很有可能会低估在太空中遇到的其他外星文明的历史和实际实力。"映射空间"系列丛书描绘了一个并不美好的现实、一个残酷的宇宙,并提供了一个美好的愿景,人类可能会被邀请加入银河系文明大家庭。距离这一天真正到来还很远,我们现在能做的就是畅想各种可能性。让我们一起畅想未来吧!

史蒂芬·伦内贝格

澳大利亚,悉尼

2020 年 7 月

致艾莲诺,我永远的爱

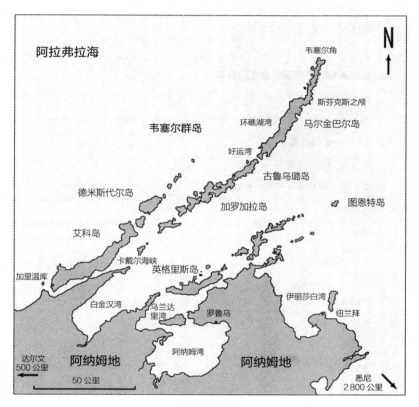

母海地图

映射空间时间线

340 万年前至公元前 6000 年

地球石器时代（GCC0）

公元前 6000 年至公元 1750 年

前工业时代（GCC1）

1750—2130 年

行星级工业文明崛起（GCC2）

第一次入侵战争——入侵种族未知

《母舰》

封锁

《母之海》

2130 年

跨行星级文明开始（GCC3）

2615 年

太阳系宪法获得通过，建立地球议会（2615 年 6 月 15 日）

2629 年

火星空间航行研究院（Marineris Institute of Mars，简称 MIM）建成了第一台稳定的空间时间扭曲力场（超光速泡泡）设备。MIM 的发现为人类打开了星际文明的大门（GCC4）

2643 年

跨行星级文明扩张至全太阳系

2644 年

第一艘人类飞船到达比邻星,与钛塞提观察者接触

2645 年

地球议会与银河系议会签订准入协定

第一次考察期开始

钛塞提人提供以地球为中心 1 200 光年内的天文数据(映射空间)和 100 千克新星元素(Nv,147 号元素)作为人类飞船燃料

2646—3020 年

人类文明在映射空间内快速扩张

由于多次违反准入协定,人类被迫延期加入银河系议会

3021 年

安东·科伦霍兹博士发明了空间时间力场调节技术

科伦霍兹博士的成果让人类进入早期星际文明时期(GCC5)

3021—3154 年

大规模移民导致人类殖民地人口激增

3154 年

人类极端宗教分子反对星际扩张,攻击了马塔隆母星

钛塞提观察者阻止了意欲摧毁地球的马塔隆人的巡洋舰队

3155 年

银河系议会终止了人类的跨星际航行权,为期 1000 年(禁航令)

3155—3158 年

钛塞提飞船运走了储存在地球的所有新星元素,并将所有飞船进行无效化处理(在飞船降落到宜居星球之后)

3155—4155 年

人类与其他星际间文明联系中断。太阳系以外人类殖民地崩溃

4126 年

民主联合体建立地球海军开始保卫人类

地球议会接管地球海军

4138 年

地球议会建立地球情报局

4155 年

禁航令全面终止

准入协议重新启动,人类重返星海

第二次观察期启动,为期五百年

4155—4267 年

地球寻回幸存的殖民地

4281 年

地球议会颁布旨在保护崩溃的人类殖民地的《受难世界救助法令》

4310 年

商人互助会成立,旨在管理星际间贸易

4498 年

人类发现量子不稳定中和(远远早于其他银河系势力的预计)

人类进入新兴文明时期(GCC6)

人类星际间贸易进入黄金时代

4605 年

文塔里事件

《安塔兰法典》

4606 年

特里斯克主星战役

封锁结束

《地球使命》

4607 年

南辰之难

希尔声明

《分崩离析的星系》

注:GCC:银河系文明分类系统。

目 录

01 魅影初现 / 001

02 证据 / 010

03 入侵 / 042

04 重大发现 / 090

05 血流成河 / 117

06 遭遇 / 150

07
敌意 / 177

08
熊熊烈焰 / 209

09
融合趋同 / 250

01
魅影初现

渗透探针在一颗黄色恒星的恒星风顶层脱离超光速飞行，然后开始扫描周围空间，寻找自己6.5万光年来一路都在躲避的敌人。当它并没有发现敌人时，立即钻进附近一颗冰冷的彗星内部，然后开始降低能量输出，即便是技术最先进的敌人也不可能发现它。探针漂浮在太空里，等待地方战舰现身，但是却什么都没发现。

共计有1000台带有自我意识的渗透探针自入侵者家园星簇出发，但是这台探针却是最后的幸存者，其他探针都已经被联盟舰队摧毁。为了突破封锁，有些探针主动暴露位置，为其他探针进入敌军密布的银河系争取机会。探针的这种联合行动，是为了保证至少有一台探针可以进入那场难以解释的失败事发地，弄清楚为什么入侵者舰队会一弹未发就被未知科技所瘫痪。对于一个在太空中飞行了几百万年的种族来说，这场失败让他们倍感意外。为了确保在性命攸关时不会发生这种情况，入侵者必须查明真相。为了寻求事情的真相，入侵者将坚持不懈追查到底，哪怕这将消耗他们几千年的时间也在所不惜。

经过3年的东躲西藏之后，探针深入敌人的核心地带，渐渐靠近目标。正因如此，它才会格外小心。任何一个失误都可能让多年来的计划和努力付诸东流，入侵者也不可能知道那场难以解释的失败背后的原因。而这片银河系已经将这次战争称为入侵者战争。

这场难以解释的失败终结了入侵者认为近在咫尺的胜利，损失了所有征服的领土，所有入侵者被困在资源匮乏的家园星簇，只能遥望银河系的外侧悬臂。如果渗透探针可以查明这场失败的真相，它的最后一项任务就是将查明的一切传回位于银晕的超级中枢进行分析。这种功率强大的信号传输必然会暴露探针的位置，敌人一定会快速采取行动。由于探针没有携带任何武器，所以绝对不可能躲过敌人的打击。它唯一的防御措施就是保持隐身。为了完成任务，探针会毫不犹豫地放弃隐身。它不害怕毁灭，只担心不能完成任务。

既然自己还没有被摧毁，探针就将注意力转向附近的星系。这里曾经是一处战场，也是前往钛塞提家园星系的最后一站，入侵者看似在这里取得了胜利。渗透探针计划先扫描战场寻找线索，然后再向危险的钛塞提星系前进。入侵者就是在钛塞提星系才吃了一场无法解释的败仗。

探针清楚自己不能公然靠近附近星系，于是利用彗星作为掩护，向着黄色的恒星加速前进。渗透探针完全可以用更快的速度前进，但是那样会引起周围飞船的注意。它很耐心地用低速前进，穿过奥尔特云，向着星系内侧的行星空间前进。探针慢慢脱离小行星冰尘混合物外壳的掩护，向着星系内恒星方向前进，那个黄色的恒星也越来越耀眼。

渗透探针多次发现敌军战舰的踪迹，但是它们对一颗路过的彗星毫无兴趣。这些战舰中大多属于技术水平落后于入侵者的文明，而且缺乏能够反制探针先进技术的装备。当彗星穿过冥王星轨道的时候，一艘突然出现的钛塞提飞船迫使探针关闭其他非必要系统。幸运的是，科技发达的钛塞提人对于一颗彗星毫无兴趣，所以这艘船只是按照银河中的规定，考察了星系内尚处于前星际文明时期的生物，然后扫描了一下星系内的第三颗星球。

魅影初现

探针花了几个月的时间慢慢漂过两颗气体巨星的轨道，发现半个星系之内都能检测到战斗留下的微量辐射云。辐射云渐渐融入宇宙背景辐射，但是探针没有检测到任何避免星系内部行免受辐射污染的反辐射措施。这很明显是钛塞提人的把戏。

渗透探针以为会发现大量联盟飞船漂浮在辐射云中，但现在却没有发现任何残骸。敌军舰队早就搬走了所有的残骸，确保星系内的前星际文明种族不会得到这些残骸。就连在战斗中损失的入侵者突击船的残骸都不见踪影，但是具体去向还不得而知。

一艘入侵者突击船的残骸被发现时正在以高轨道围绕太阳运行，而另一艘则在第三颗行星上坠毁，船上只有一名女性船员幸存。在无法解释的失败之后，她被送回入侵者家园世界，但无法解释到底发生了什么。

由于在作战区没有找到任何有价值的线索，渗透探针打算向着12光年外的钛塞提家园星系前进。但是，探针发现了两艘正在对星系内第三行星进行近距离观测的敌军科考船，这让它又犹豫了起来。在敌军科考船还没有离开的时候，就贸然放弃自己的藏身处是不必要的冒险，所以探针打算继续等待时机。只要能完成任务，探针不在乎要花费多少时间，10年还是10个世纪，对于探针来说都无关紧要。

毕竟，完成任务才是最重要的。

当彗星穿过第六行星轨道时，入侵者的探针开始观察研究蓝绿色行星的敌舰。这些飞船来自猎户座悬臂的中低级文明，而这个星球则拥有适宜居住的、碳元素丰富的大气层，除此之外还能检测到二级化学污染。探针还检测到星球表面存在少量辐射污染和裂变产生的电子信号，所以将星球文明评级从燃烧燃料阶段提升到前聚变时代。

入侵者发现星球表面多个地点存在少量高度浓缩物质，这说明这个星球的居民已经装备了足够把自己炸成放射性残渣的核聚变武器。几百万年前，入侵者的家园世界也曾面对类似的困境，勉强活过了核灭绝纪元。核灭绝纪元通常成为好战种族的过滤器，他们还来不及对银河系造成任何威胁，就在核灭绝纪元彻底消亡了。这是因为文明内部高度相互敌视，导致大规模生产核武器，进而导致自我毁灭。入侵者也是这样一个种族，而这个星球上的文明似乎也正面临同样的情况。

渗透探针对这颗星球渐渐有了兴趣，于是一边等待敌人的科考船离开，一边继续观察第三行星。在南半球的一块大陆上，探针发现了一块被伪装起来的动能突击着陆的痕迹，这是入侵者突击船常用的战术。如果还存在第二艘突击船，那么所有有关飞船的痕迹都被抹除，想必这是为了避免星球上的文明发现其中奥秘。

当彗星穿过红色的第四行星时，探针检测到第三行星上的异常生物读数。这些信号距离坠毁地点很近，如果不是探针的传感器对于特定生物信号极为敏感，这些信号完全会被星球上稠密的生物信号覆盖。渗透探头对此越发感到好奇，于是开始收集更多信号，最终得出了一个令人惊讶的结论。

敌人试图在这个蓝绿色星球上肃清入侵者残余势力，但是已经完全失败了。

\·\·\·\·\·\·\

海之骄宠让温暖的水流带着自己离开海岛，同时倾听着几百条小腿抽动的声音。这是海底爬被关在笼子里的声音，而陆生人正努力把捕蟹笼往渔船上拖。这些来自地平线另一头的高大暖血陆生动物，洗劫了海之骄宠的猎场，现在正在甲板上忙碌地整理渔获，收集铁笼子。

　　海之骄宠痛恨这些陆生人，因为他们不仅抢走了自己的海底爬，而且还拥有自己的兄弟所缺乏的渔船、笼子和渔网。她在本能的驱使下保护自己的东西，并努力消灭那些威胁自己领地的一切。而在6.5万光年外，海之骄宠完全有可能成为一个天生的领导者，但是她对于那个世界的语言、单一文化和伟大的科技成果一无所知。她的世界仅限于温暖的热带海洋、漫长而空无一物的沙滩和被骄阳照射得煞白的悬崖，而母之海以南是无尽的森林之地，北边则是一望无垠的蓝色深海。在这个世界里，她的兄弟们会执行自己的每一个命令，而几个姐妹则总是密谋和她作对，至于那些陆生人则永远是一个不容忽视的威胁。然而，陆生人手上的神秘武器却是最让她感到害怕的。到目前为止，海之骄宠已经无数次与死亡擦肩而过。

　　对于海之骄宠而言，陆生人的船发出的奇怪轰鸣和夜间的诡异闪光，还有扫荡小鱼和海底爬的方法，一直是个威胁。陆生人在陆地上骑着咆哮的机器，而且完全不害怕长牙潜行者。这些巨型蜥蜴在海之骄宠还是幼体的时候，已经吃了不少自己的兄弟。就连在大海中肆意吞噬猎物的独鳍杀手，也没有对海之骄宠的族群造成这样大的威胁。

　　她从远处打量着陆生人，非常清楚这些人也是暴力而危险的猎人，从某些方面来说，陆生人和自己的族群之间在某些方面非常相似，而且某些方面则有着巨大的差异。她害怕有一天自己的族群会被发现，陆生人会用他们的机器将自己的族群一网打尽。正因如此，她才命令自己的兄弟，并说服其他姐妹藏起来，等自己对陆生人有进一步了解时，再想办法用陆生人自己的力量对付他们。

　　海之骄宠深吸一口气，将空气压入自己的4个肺中，然后潜入水下。

当前额的生体声呐没入水中之后，她发出一道声呐脉冲，发现自己距离渔船不过一公里。海之骄宠带着自己的列队领袖——浅滩潜行者，浮出水面用自己突出的蓝绿色大眼睛打量着越来越近的渔船。一群饥饿的海鸥绕着渔船飞来飞去，不断在灯光间寻找食物，而船上的陆生人正在甲板上忙碌，完全没有想到自己正在被监视。

海之骄宠自带远视效果的眼睛盯着拖船的甲板。她对于陆生人的工作方式感到困惑，他们只会留下最大的螃蟹，个头较小的螃蟹都被扔回了海里，海之骄宠将这理解为陆生人的贪婪。她的视觉不亚于自己的生体声呐，借着这样敏锐的观察手段，她将船员干活时飞快的速度和彼此间的默契配合理解为一种威胁。

"海之骄宠，您确定吗？"浅滩潜行者用他们自己还在发展中的语言问道。

"现在动手。"海之骄宠非常确信现在已经进行了充分的观察。为了解更多情报，他们必须向目标靠近，哪怕暴露自己也是值得的。

潜行者打量着渔船，知道它是沿着标记捕蟹笼的浮标移动，现在拖船正在回收笼子里的渔获。"等结束之后，我会发信号的。"

潜行者的口气非常坚决，不会进一步听从海之骄宠的命令。虽然海之骄宠已经表示不会听从潜行者或是其他猎人的建议，但是他们拒绝让她去冒险。海之骄宠释放的激素可以让猎人们完全服从自己，但是在危及生命的时候，猎人们也会为了保护她而违背其命令。海之骄宠的生命远比族群中所有雄性成员的生命更重要。这也是她唯一能够容忍的抗命行为。

浅滩潜行者给其他猎人发出信号，14名雄性猎人在肺中存满空气，然后潜入水下。海之骄宠从远处打量着他们的行动，猎人们如同鱼雷一样冲入黑暗，杀向渔船。当能看到灯光照耀下的蓝色渔船和上面工作的船员时，猎人们分成两组继续下潜，然后冲出了水面。

　　猎人们从渔船两侧冲出水面，身后带起高高的水花。渔民们惊讶地打量着落在甲板上的猎人，完全不清楚他们有多危险。就在渔民们还在研究眼前的奇怪生物时，猎人们用光滑的石碟打坏了探照灯，整个甲板瞬间陷入黑暗。渔民们困惑地站在黑暗之中，而猎人们则向人类发起攻击。他们用珊瑚制成的刀子撕碎了渔民的喉咙和肚子，甲板上到处是血。渔民脸上惊讶的表情还没有消散，尸体就被扔进了大海。

　　浅滩潜行者惊异于这次突袭如此简单，陆生人的反应异常迟钝。陆生人的血顺着刀刃流到潜行者的手上，鲜血的温度让他不禁好奇人类是否真的像海之骄宠说的那么危险。他舔了舔刀上的鲜血，然后发现味道实在太差了，于是立即吐了出去。

　　船长一手拿着手电筒，一手拿着手枪，从驾驶室冲了出来。有些猎人曾经从远处见过陆生人手上喷吐火焰的武器，知道它的威力。当他们看到手枪的时候，立即顺着梯子冲向舰桥，对船长发起攻击。

　　船长被眼前的双足生物吓了一跳，他嘀咕道："这是什么玩意儿？"

　　满脸胡子的船长对着第一个爬上来的猎人开了一枪，子弹击穿了他硕大的脑袋，打碎了猎人的后脑勺，尸体摔到了甲板上，两眼之间有一个圆滑的小洞。潜行者打量着同伴的尸体，心里明白突袭带来的突然性优势已经不复存在。

　　第二名猎人爬上梯子，船长用厚重的靴子踹在他的嘴上，猎人立即被踹得飞了出去。这位老渔夫完全可以开枪，但是他现在满腔怒火，想切切实实地揍一顿这些杀害自己同伴的凶手。他走到梯子旁，开始对着下面的怪物开火。他打中了一名猎人的肩膀，而一个黑色的物体跃出水面落在他身后。

还没等船长转身，海之骄宠就抓着他的额头往后拉，用自己的刀子划开他的喉咙。船长倒在海之骄宠的脚下，鲜血涌出了喉咙，而海之骄宠只是弯下腰看着他渐渐死去。船长打量着海之骄宠的大眼睛，无法理解眼前的怪物到底是什么东西，脸上写满了恐惧和困惑。船长一边吐着血，一边努力呼吸，海之骄宠拿起了掉在船长身边的手枪。她好奇地打量着手枪，用小手掂量着手枪的握把，然后对准船长的脑袋开了一枪。开火时的后坐力让她吃了一惊，然后好奇地用手指打量着尸体前额的弹孔，检查子弹造成的损伤。

潜行者冲上梯子，发现船长不再对海之骄宠构成威胁，于是松了口气说："你说得没错，海之骄宠。他们确实比我想象的更危险。"

潜行者的退让并没有让海之骄宠感到开心。她直起身子，恼怒于损失了一名猎人，然后将船长的手枪交给了浅滩潜行者。

"把这个交给望天客。"

望天客们不善于捕猎，但是精于思考。他会仔细研究陆生人的手枪，将所知道的一切传授给自己的兄弟。只要几天的工夫，他们都将学会有关这把武器的一切。

浅滩潜行者问："现在怎么办？"

"把所有东西都带走。别留下任何痕迹。"她说完就走进了驾驶室。

海之骄宠研究着各种仪器，好奇全球定位系统、测深器和永远指着北边的圆圈箭头到底有什么用途。忽然，一个盒子发出亮光，并传出陆生人的声音，吓了海之骄宠一跳。一开始，她以为附近还有陆生人，于是走向无线电，仔细听着里面传出的声音，好奇这个声音来自哪里，又在说着什么。

海之骄宠听着无线电里的声音，越发感到不安，不停思考她的族人怎么可能打败拥有这种奇怪力量的陆生人。

魅影初现

╲╲╲╲╲╲

渗透探针观测到科考船启动超光速泡泡，脱离了星系。自从它用彗星作为伪装，这个星系终于没有了敌方飞船的踪影。它明白是向钛塞提前进的时候了，而且这种情况不会持续太久，因为自从到达这个星系，就一直有飞船从这里经过。

现在探针深陷在一个两难境地，因为它已经检测到第三行星赤道南方有入侵者生物信号，位置距离突击船着陆地点很近。鉴于突击船的尺寸，仅有一名雌性幸存者返回之后，可能还残存一些幸存者。渗透探针怀疑这些潜在的幸存者可能携带重要的情报。更麻烦的是，植入所有入侵者人工智能的种族延续指令，要求探针将协助雌性个体作为最重要的任务。探针必须去第三行星探明是否还有雌性幸存者，虽然自己不能提供任何帮助，但是可以将相关情报连同任务汇报一起发送至超级中枢。现在的情况根本不可能发动一场救援行动。因为生存指令的存在，它甚至要违背自己的合理判断。

毕竟，它只是一台机器。

在种族生存指令的影响下，渗透探针调整了彗星的航向，从第三行星旁边飞过，确保自己在研究完生物信号之后，还能依靠彗星岩石和冰块的掩护脱离星系。既然确定了逃离路线，探针就脱离了彗星的掩护，同时对可能进入星系的敌舰保持着警戒。

两分钟之后，渗透探针钻进了母之海东北方温暖的热带海水中。

02
证据

在渔船受到攻击一个月后,一架美国陆军的直升机飞过格陵兰岛的国王奥斯卡峡湾,然后顺着冰冷的河水向内陆进发。罗伯特·贝克曼上校坐在副驾驶的座椅上,看着一群弓头鲸遨游在冰山之间。对于一个四十多岁的中年人来说,他的身体还是健康的,这还得归功于日常锻炼。但是,他两鬓的头发开始发白,眼角也出现了皱纹。

驾驶员问:"上校,第一次这么深入北方吧?"

"不。"贝克曼说话的时候依然盯着前方白色的冰雪荒原。在黑暗的天空之下,一望无际的冰原向着地平线延伸。虽然冰原从北极圈向外延伸650公里,但早晚有一天会坍塌,将格陵兰岛变成一片分散的群岛。从某种程度上来说,正是冰原的融化才导致他来这里。

驾驶员指了指前方:"他们距离冰原边界两公里。等我们着陆之后,有一个小时的时间卸货。我希望您能在这之前回来。我想在风暴刮起来之前离开这儿。"

"我明白了,中尉。"

直升机顺着峡湾飞到了冰架附近,飞过一座白雪皑皑的山脊,然后在雪原上低空飞行。在白雪的映衬下,很快就看到冰隙旁一排绿色军用帐篷和一个黑色的吊架。

驾驶员将直升机降在一个显眼的黄色风向标旁边,然后贝克曼对驾驶员说:"中尉,可别把我扔在这儿。"他说完就冲向吊架,给卫兵看了看自己的证件，然后问："麦克尼斯博士在吗？"

"在的，长官。"

贝克曼爬进吊笼，心惊胆战地打量着周围的冰墙和下面的灯光。"这儿有多深？"

"410米，长官。"吊架操作员说着就启动了卷扬机，将贝克曼放进了冰隙。

吊笼慢慢落入冰冷的黑暗之中，贝克曼不得不拉起大衣拉链，戴上大衣的兜帽。吊架引擎的轰鸣很快就消失不见，取而代之的是水滴声和冰块的碎裂声。过了几分钟，贝克曼听到了发电机和小锤子敲打的声音，然后吊笼就进入了一个冰窟窿。四周的墙壁上都是探照灯，十几名科学家和技术人员穿着厚厚的保暖服，完全没有注意到贝克曼的存在。

贝克曼拉开笼子门，踩在光滑的岩层上。在洞窟的另一端，是一个直径4米的金属碟，它的一半还嵌在冰壁之中。挪威科学家在研究冰盖融化形成的空腔时，发现了这个神秘物体，现在所有参与人员都发誓保密。

冰川运动已经压扁了外星飞船的一部分外壳，一个起落架也扭到了一边，除此之外，飞船整体完好。几个人正在用冰镐砸开覆盖船体的冰块，小心翼翼地将它从冰层中挖出来，而一个熟悉的身影正弯着腰用一个圆形的传感器扫描外星飞船船体。这位瘦弱的科学家比贝克曼年轻10岁，一头黑发，戴着一副黑框眼镜，正专注于自己手头的工作，完全没有注意到吊架放下来的笼子。在金属碟周围是一圈电脑和显示屏，来自马夫湖的科学家们正打量着上面闪动的数据。

贝克曼从他们身边走过，拍了拍黑发科学家的肩膀。

"现在不行。"麦克尼斯博士一边嘀咕着一边将传感器换了个位置，然后看着另一名打量着电脑屏幕的科学家,问道:"现在怎么样?"

"什么都没有。没有辐射,没有热信号。"她说,"这玩意儿彻底没反应。"

侦察回收计划的领头科学家叹了口气,心中的失望溢于言表。"鉴于它的历史,这也没什么好奇怪的。"

"麦尼。"贝克曼又拍了拍博士的肩膀。

麦克尼斯博士抬起头惊讶地说:"鲍勃[①]!你在这儿干什么呢?"

"你觉得我是来干什么的?"

博士耸了耸肩。

"我两天给你发了7条消息。你一条都没回。"

博士指了指飞碟:"哦,我一直在忙。"他的脸上忽然浮现出一丝焦虑。"今天几号了?"

"星期四了。5号。"

博士冒出一副非常害怕的样子:"完了。金一定又在瞎想我是不是出事了。"

"她知道发生了什么。"贝克曼的语气暗示博士的妻子并不喜欢自己被连续好几天晾在一边。博士的妻子以前是贝克曼的队员,曾被队友称为"**魅魔**"。虽然现在已经不参与计划行动,但还是非常清楚自己丈夫的工作。

博士站起来说:"我还是给她打电话好了。"

"你很快就能见到她了。"贝克曼非常确信他俩会吵起来。他和麦克尼斯博士10年前就认识,然后一步步在侦察回收项目组里渐渐升官。贝克曼负责回收任务,而麦克尼斯博士则负责51区的逆向工程项

[①] 贝克曼的昵称。

目。贝克曼非常清楚,如果博士可以公布自己的发现,现在可能已经获得诺贝尔奖了。但是,他的研究工作绝对不能公之于众。正是出于这种原因,贝克曼对于他的态度日渐软化,并最终和博士成了好朋友。

"你得和我回去。"

麦克尼斯博士惊讶地看着他说:"现在可走不了。"博士指着飞碟说:"我得把这东西完完整整地弄回实验室去。"

"你的小队会负责这事。"

"鲍勃,你不懂这事有多重要。这玩意儿可是软着陆。驱动系统完好无损。"博士的语气意味深长。

贝克曼打量着这个小飞碟,发现外壳上有模糊的字迹:"我完全不认识这些标记。"

"你当然认不出来。"博士示意贝克曼来到一张桌子前,桌子摆满了金属托盘。博士指了指其中一个金属托盘上一块长方形的石头说:"看到这个没?"他指了指一个纤细叶片化石上的圆形印记说:"你知道这又是什么吗?"

贝克曼不耐烦地看了眼说:"化石罢了。"

"没错。这个圆圈和飞碟的起落架完美吻合。这块化石证明了起落架完美地落在云杉树的叶片上。"

"好吧。"贝克曼只想返回直升机。

"鲍勃,咱们现在可是在北纬72度。这里可没有森林和云杉树。"

"我知道。"

"这里现在没有云杉树,但是50万年前的地球可比现在暖和多了。那时候,这里是有云杉树和松树林的。这块化石说明这台探针是50万年前来到地球的。你之所以认不出这些语言,是因为如果这玩意来自任何一个临近的外星文明,他们的语言肯定已经进化发展了。外星人可能已经不使用这种文字,甚至不会再说这种语言。毕竟,咱们放弃使用拉丁语和象形文字也不过是几千年前的事情。所以道理是一样的,只不过时间跨度更大而已。"

贝克曼说:"我明白了。这玩意有点历史。"

"鲍勃,事情没这么简单。这可是早期星际技术,用外星人现在的标准来看是非常原始的东西,但是我们和它的技术差距不是很大。如果这是第一代的技术,它还是领先我们几个世纪,但却是和我们技术差距最小的外星科技。到时候我们说不定能够研究清楚,甚至可以造出点类似的东西。"

贝克曼说:"我还以为我们没法生产外星设备。"

"如果技术差距太大的话,确实不行。我们缺乏相应的工业技术,但是发射类似探针的文明还是处于起步阶段。他们不可能有太多太空船,所以需要判断把自己的船派到哪里最合理。我们可能在几个世纪内达到同样的技术水平。这个小飞碟可能是通向第一步的钥匙。"

贝克曼饶有兴趣地打量着这个被压扁了一块的飞碟说:"麦尼,只有你能搞清楚这些事情,但是今天不行。"当博士一脸困惑地打量着他时,贝克曼问:"这里有方便说话的地方吗?"

博士意识到贝克曼要商量些很重要的事情,于是带着他来到一张金属桌子旁,桌子上的盘子里还有半块冻得硬邦邦的三明治。

"也就这里说话方便了。"贝克曼打量着桌子上的三明治,想起来自己忘了吃的三明治。现在所有的注意力都集中在了飞碟残骸上。他用手摸着脑袋两侧,闭上眼睛深吸几口气,脸部肌肉微微抽搐,强迫自己放松下来。

"又头疼了?"贝克曼问。

"这头疼就没好过。"麦克尼斯博士吃了两片药,然后喝了一杯水把药送下去。"有时候工作太认真,就能忘了这头疼。"他举起药片说,"前提是先得吃点这玩意儿。"

"你得想想办法。"

"金带我去做了个扫描。但是什么都没发现。反正以现在的医学水平,肯定也做不了什么。"

贝克曼从口袋里拿出一个小金属盒,大拇指按在指纹扫描器上然后打开盖子。盒子里面躺着一颗小小的三角形牙齿。牙齿整体呈米白色,尖端稍有磨损,断裂的位置参差不齐。"你觉得这是什么玩意儿?"

麦克尼斯博士拿过盒子,慢慢转动着牙齿,从不同角度进行观察。"我不擅长牙齿。也许你得找个牙医才行。"

"牙医和遗传学家都看过这玩意儿了。"

麦克尼斯博士问道:"遗传学家?"

"两次基因检测可以确认这牙齿的主人绝对不是地球上的动物。"

博士惊讶地说:"这不是泽塔人的牙齿,牙齿形状不对。也不可能是瑞典人的牙齿,因为太小了。"博士耸了耸肩,继续说道:"咱们类似的样本不多,这东西可能来自其他地方。"

"负责异形学的亨德克里克也是这么说的。"

"你从哪弄来的这玩意儿?"

"从一个渔民的靴子上抠下来的,他的尸体几周前被冲上了岸。9毫米手枪击中了他的脑袋,剩下的事情,我希望你有所准备。他的喉咙被经过打磨的珊瑚制成的刀子切开了。法医从脖子里取出了珊瑚碎片。不管是谁干的,几乎把他的脑袋都切下来了。"

麦克尼斯博士皱着眉头说:"外星人不会杀人类,就算要杀,也不会用这种手段。"

"这话还是说给船员吧。所有船员和渔船都失踪了。除了那颗牙和找到尸体的位置以外,咱们什么都没有。"

麦克尼斯博士问:"尸体是在哪儿找到的?"

"澳大利亚北部,阿纳姆地的东海岸。"贝克曼相信麦克尼斯非常清楚这意味着什么。

博士的脸上写满了震惊:"那里距离当年的撞击点有多远?"

"距离刚刚好。"

10年前,他们一起执行任务,去研究一次小行星撞击。行动结束后的最终报告显示,异常太阳活动摧毁了所有卫星和天上的飞行器,而小行星在造成大规模破坏之前就裂成了两块。几处小型撞击点的照片很快就传遍了全世界,大众很快就忘掉了这件事,但是麦克尼斯博士却对此表示怀疑。还有很多问题没有找到答案,还有太多漏洞没有得到解决,但是由于缺乏足够的证据,他也只能放弃进一步调查。

博士打量着牙齿说:"外星人可不会使用石器时代的武器。"

"我知道。外星人要杀人肯定用射线枪,而且不会咬渔民的靴子,更不会用9毫米的子弹打爆他的脑袋。但是,咱们手上有被咬的靴子,一具尸体,一条不见踪影的渔船和失踪的船员。"

"我也是去过澳大利亚之后才开始头疼,然后开始做奇怪的梦。"博士立即大睁着眼睛喊道:"那些梦!"他兴奋地看了一眼那颗牙,然后放下盒子说:"你在这里等着。"说完,博士就跑开了。

贝克曼问:"你这是去哪儿?"但是博士并没有回答。

麦克尼斯博士很快带着一个皮革文件包返回来了,然后从里面拿出了一个绘画本。他在画本上反复翻找,每页纸上画满了难看的素描和混乱的笔记,所有的素描都是有关外星机器和一艘外星废船的多视图。

"帕梅拉让我留着这玩意儿。"麦克尼斯指的是基地里治疗头疼的心理学医师，"她说这玩意儿能帮我对付噩梦。其实一点用都没有。"博士停止翻动书页，纸上画着一张额头凸起的外星人，它的脸呈三角形，而且烧伤严重。麦克尼斯看着这张画，努力回忆到底是在哪里见过这张脸。这个问题已经困扰了他整整10年，但除了这张脸，什么都想不起来。

"你见过这张脸？"贝克曼问。

博士点了点头说："有时候能看到。"他从盒子里拿出那颗牙齿，把它放在画纸上，然后慢慢靠向被毁容的外星人脸，最后发现牙齿和图画上的牙齿完美吻合。"我就知道，"他小声嘀咕道，"他们肯定篡改了咱们的记忆。"

贝克曼看着这张画。他本人不曾头疼，也没有想起任何不寻常的事情。对于贝克曼来说，10年前去澳大利亚的任务是一场损失惨重的错误，一场意外干掉他小队中一半的队员，又或者他自认为那是一场意外。

"为什么只有你还记得这些事情？"

"我记东西都记得很清楚。"他说，"我猜他们没法完全抹除我的记忆。"

"你还记得什么？"贝克曼努力接受自己的记忆被人修改的可能性。

"闪光，画面和模糊的印象。没什么可靠的记忆。大多数都来自梦里。"他笑着叹了口气，"这起码可以证明我没疯。"

"我从来都没觉得你是个疯子。虽然你可能看起来有点怪，但是绝对不是疯子。"

"我的天啊，这一切都是真的。"博士直起身子，把牙齿留在画本上。"而且这些家伙已经在地球上待了10年了！"

"那他们的飞船在哪儿?"贝克曼说着将牙齿收回了保险盒里。

"早就没了。不管是故意将他们留在这里,又或者这一切都是一场事故,他们使用石器时代的武器就说明他们不是自己想留在这儿的。"

"撞击点当时到处是我们的人。那里完全没有残骸的踪迹。"

"残骸可以搬走。"麦克尼斯博士开始考虑各种可能性。"我想知道这些外星人这么长时间里都在干什么。"

"等你上了直升机,咱们很快就可以得到答案。"

"咱们要派侦察回收小队吗?"

"不,那可没什么飞船值得咱们回收。他们会待命,随时可以支援我们。整个任务现在仅限于搜集情报。这次行动只有你、我和特蕾莎3个人,只不过这次不用走路了。"

麦克尼斯博士说:"这听起来还不错。丛林远足这种事情,一辈子有一次就够了。"

"说话可得小心点,麦尼。有些东西比丛林还可怕。"

"比如?"

贝克曼笑了笑说:"晕船。"

\\\\\\\

一架澳大利亚海军的直升机带着贝克曼和两名队友,从北澳大利亚达尔文市的空军基地起飞,在他们南边是广袤的热带雨林,而在北边则是波光粼粼的阿拉弗拉海。贝克曼看着眼前的丛林,想起自己上一次在澳大利亚的行动,怀疑自己的记忆是否也被人篡改,从而掩盖10年前的真相。

从古老外星飞船回收来的外星武器发生了爆炸,自己的半个小队都在爆炸中阵亡，从此以后，他就强烈反对使用外星武器。当然，这一切都是他自己的一面之词。这些外星单兵武器数量不多，都是美国军方在过去一个多世纪的时间里从不同的外星飞船坠毁现场回收来的。他曾经积极推动使用外星武器，但是现在却碰都不想碰它们，转而倾向于使用人类武器。因为，他最起码知道人类武器的工作原理。现在，贝克曼头一次怀疑自己从坚定的外星武器推崇者变成反对者，这种转变到底是自己个人意志的决定还是外星人操纵的结果。他越是徒劳地检查记忆，越是觉得自己永远都不可能找到这个问题的答案。

他沉浸在自己的思绪中，直到距离克拉克岛以东50公里的时候，海军少校亚当·雷诺德，一位皮肤黝黑的海军飞行员气定神闲地说："船就在前面。"

他指了指远处一条灰色的船，它停在平静的洋面上一动不动。船体中部的上层结构非常拥挤，3面开有舷窗。上部结构之上还有一个大烟囱和两个装满各种探测器的桅杆，船尾还有一个机库，一直延伸到船尾的飞行甲板略微隆起。在直升机起降甲板之下的开放甲板上，还装有吊车、水文测量装备和3条小船。

贝克曼回头打量着麦克尼斯博士说："你可能用不上晕船药了。"他说完就对着平静的海面点了点头。

"我还是带着点比较好。"大海和丛林对于麦克尼斯博士都一样可怕。

特蕾莎·贝托里尼打量着停机坪说："这停机坪看着有点小啊。"她的一双黑色的眼睛藏在太阳镜后面，一头黑色短发搭配匀称的意大利裔美国人的身材刚刚好。特蕾莎10年前和贝克曼、麦克尼斯博士一同参加了那次惨烈的行动，但是这次却是她4年以来第一次外出执行任务。在过去，她还有个叫"异形"的外号，曾经负责解读外星人符号和语言。现在，特蕾莎负责解读从外星飞船残骸上收集来的数据存储设备，其中有些已经有几个世纪的历史了。这种工作与其说是翻译，不如说是类似解码的数学难题。但正是这样的工作，让特蕾莎成为贝克曼最接近外星翻译的人选。如果他们遭遇外星人，那么特蕾莎将负责沟通。

"这个宝贝排水量有2100吨。"雷诺德带着一丝自豪说，"这船装备了南半球最精密的水文传感器，而且可以绕地球一圈还不用补充燃料。"

特蕾莎问："这船叫什么名字？"

"澳大利亚皇家海军奈绰雷斯特号，是根据西海岸的一个海命名来的。几百年前，一群法国人发现了那地方。"雷诺德说完，就向海军奈绰雷斯特号请求着陆许可，然后掉头飞向停机坪。

贝克曼心里非常明白，正是因为这条船装备了强大的探测系统，才让它成为这次行动的理想选择。奈绰雷斯特号是一条水文观测船，负责探索并绘制澳大利亚1000万平方公里的领海。这条船是最有可能发现一群滞留在地球上的外星人的，毕竟这些外星人所藏身的岛屿和海湾，是地球最荒凉的地区之一。

当雷诺德停稳直升机之后，3名戴着头盔、穿着灰色连体工作服的船员冲出来固定住了直升机，然后他说："船员会收拾你们的装备，我带你们去见船长。"

当船员开始搬运他们的行李时，麦克尼斯博士紧张地打量着自己带来的一个小金属盒，但是贝克曼对他点点头，让他不要紧张。现在他们在一艘海军的船上，这个盒子不太可能丢失或者被窃，而且这个盒子异常坚固，基本不可能被破坏。虽然很不情愿，但是博士还是把箱子给了水手，然后一行人就跟着雷诺德离开了拥挤的机库，来到船长那空间虽小,却陈设讲究的套间。

"欢迎你,上校,我是指挥官特纳。"船长说话的时候非常僵硬。她留着一头棕发,一双绿色的眼睛和被太阳晒成褐色的皮肤,个头也只比贝克曼稍微矮一点。特纳已经在海军服役了20多年,已经是最有经验的女性指挥官之一。贝克曼和她握了握手,然后介绍了下特蕾莎和麦克尼斯博士。特纳邀请大家围坐在一张小会议桌前。当所有人就坐之后,特纳对着贝克曼勉强挤出一个微笑说:"上校,你现在能告诉我为什么来这儿了吗?"

贝克曼小心翼翼地问:"你都知道些什么?"

"海军部长亲自下令要我来这儿等你,要求我只要不把船弄沉了,就尽一切可能为你提供帮助。哦对了,这次行动还被打上了最高机密标签。我们甚至都不能在船上提你的名字。鉴于我们的工作不过是画地图,这次的任务真的非常不寻常。"

贝克曼非常清楚两国政府高层之间,针对这条船的使用权已经交换了意见,但两国政府中鲜有人清楚这次任务的真正目的。

"我们正在调查一条失踪的渔船,渔船船名叫美人鱼号。"贝克曼只能为特纳船长提供一个包含了部分真实信息的托辞。

雷诺德看到特纳船长一脸困惑,于是说:"这条船一个月前失踪了。虽然进行了搜救,但还是没有找到这条船。几个星期之前,船长的尸体被冲上了马宁里达的海滩。"

特纳想起了这件事,慢慢点了点头说:"我想起来了。"然后扭头对贝克曼说:"上校,这不过是民间事务,应该是北方领地警方的管辖范围。为什么美国军方会对此感兴趣?"

贝克曼非常清楚事情会发展到这一步,而且知道特纳不会喜欢自己给出的答案:"这件事在某种程度上已经超越了民事管辖权,而且我也无权讨论这些事情。"

特纳对于这个答案一点都不觉得奇怪。海军部长已经告诉她要注意任何可能发生的事情,而且命令她接受贝克曼任务高度保密的特性。特纳知道自己从贝克曼嘴里套不出更多信息,于是打量起了麦克尼斯博士的衣服:"你不是军人,你在这次行动里又扮演什么角色?"

还没等博士说话,贝克曼立即说:"麦尼是技术专家。"

特纳继续问道:"哪个领域的专家?"

贝克曼说:"麦尼擅长的技术领域现在处于保密状态。"

"那你呢,少校?"特纳看着特蕾莎说,"你的擅长领域也是保密的吗?"

特蕾莎闪烁其词地说:"我倒是有个数学博士学位。"

"是吗?"特纳想不通为什么海上执行任务还需要一个数学家。她回头看着贝克曼说:"有什么非机密的情报可以和我分享一下吗?"

"我晕船。"麦克尼斯博士说完展示了一下自己的晕船药。特纳打量着博士的药片,脸上显出一副难以置信的表情,然后博士又拿出一盒止疼片:"而且还有头疼。"

特纳叹了口气,好奇地打量着3位客人说:"我们只能用几条任务繁重的船测量一大片区域。上校,我希望这次的任务不是浪费时间。"

贝克曼很认真地说:"放心吧。"

贝克曼发现了特纳眼中的失落,于是点点头说:"船长,我知道这确实造成了一些不便,但如果不是事态紧急,你方政府也不会命令你的船为此待命。"

特纳慢慢点了点头,这一点倒是千真万确:"那您打算去哪儿转转?"

"阿尔拉湾。听说过这地方吗?"

特纳船长好奇地打量着雷诺德,后者比她更了解那片区域。

"向东南方向走160公里,然后就到了。"他说,"但是那什么都没有。"

特纳打量着贝克曼,从他的表情就知道自己的副官的回答并不准确:"上校,阿尔拉湾到底有什么东西?"

"美人鱼号。"

特纳惊讶地说:"你找到我们的渔船了?"见贝克曼点了点头,她问:"你们怎么找到的?"

贝克曼稍显尴尬地说:"我们有4颗卫星全时监控从这里到卡奔塔利亚湾,将收集到的图像交给最复杂的图像处理系统。然后就找到了那条船。"

特纳脸上瞬间写满了惊讶:"4颗卫星?1颗还不够你们用的?"

贝克曼很坚决地说:"船长,我们真的非常希望能找到那条渔船。"

"我明白了。"特纳这才明白贝克曼的任务非常重要,以至于调用了4颗卫星。"好吧,上校,让我们看看你的4颗卫星到底发现了什么。"

\·\·\·\·\·\·

在被带着参观了全船,又在军官食堂吃了顿晚餐之后,贝克曼和麦克尼斯博士住在一间低级军官的房间里,而特蕾莎和一名少尉住在一起。在他们睡觉的时候,奈绰雷斯特号一直在夜色中航行,并于第二天在阿尔拉湾抛锚。

吃过早饭之后,特纳和贝克曼在舰桥上用望远镜观察着整个海岸。整个海湾呈长方形,沙滩上满是热带雨林。在沙滩的西边是一条不知名的河流的入海口,河两岸长满了茂盛的红树林。

特纳一边用望远镜打量着海岸,一边半信半疑地说:"我怎么没看到渔船?"

"渔船在河流上游,离沙滩远着呢。"贝克曼说道。

特纳用望远镜打量着贝克曼所指的方向,研究着远处狭窄的曲折河道和茂盛的红树林。"渔船怎么可能自己漂过那片沙洲?把渔船开过去可得在导航上花点工夫。"

贝克曼问:"解释一下?"

"我得需要一个当地飞行员、测深器、海潮变化图以及一大堆的瞭望哨才行。上校,这里真正的问题在于,既没有当地的飞行员,也没有准确的航海图。就连当地土著人都不可能提供咱们需要的信息。"

贝克曼若有所思地说:"土著人也许不知道,但是把渔船弄进去的人对这一切了如指掌。"

特纳知道贝克曼根本没有听自己说话,于是皱着眉头说:"我们等水位上涨的时候派船进去。那条船吃水很浅,能把你们安全送进去。"她放下手中的望远镜,继续问道:"还有其他什么事吗?"

贝克曼想起澳大利亚方面提供的法医报告,渔船船长的脖子被凶手野蛮地切开,以至于脑袋都快被切掉了。

"有,给船员发枪。"

\\\\\\

几名水手用奈绰雷斯特号右舷的起重机将小船放入水中,然后帮着贝克曼和两名队友登船。这艘灰色的测量船船身中部有一个驾驶室,船尾有个装备了雷达、回声探深器和定位装置的吊臂。但是,船上并没有武器。雷诺德和其他3名船员带着手枪,但是特纳船长认为贝克曼的小队成员作为外籍人士，不应携带武器。

解开缆绳之后，一名水手驾驶着小船高速向着岸边前进，只有在沙洲附近的入海口处才稍稍减速。

"渔船如果从这走的话，一定会刮到船底。"雷诺德看着测深器的读数说，"他们必须精确掌握时机才行。"

贝克曼看着河口右侧的沙滩。那里没有任何生命的迹象，白色的沙滩上甚至找不到一串脚印。在距离沙滩较远的地方，茂密的红树林沿着蜿蜒的河道生长。这条河穿过一片人烟稀少的陆地，然后汇入大海。这里唯一的常住人口，不过是少数过着半游牧生活的土著人。贝克曼确认任何人都可以靠打鱼和捕猎在这里活上好久，甚至有可能一辈子都不被人发现。

当小艇带着一行人穿过浅滩向着河口进发的时候，贝克曼在想，这些外星人非常顽强。

小艇穿过沙洲之后，一行人就逆流而上，两侧红树林里的虫子嗡嗡叫个不停。蜻蜓贴着好似绿色玻璃板的平静水面飞行，有些鸟类盘旋在空中，还有些迈着纤细的双腿在河边寻找食物。有时候低矮的沙丘和盐渍的沼泽地截断红树林，从中可以看到南边土黄色的悬崖，但是红树林在其他地方却依然是一副密不透风的样子。河面上没有任何可供导航的参照物，也没有其他船只，这里没有任何人类存在的痕迹，只有让人窒息的湿热，只有数不清的虫子在不停地鸣叫和偶尔可闻的鸟鸣。

舵手说："指挥官，右舷出现一个目标，距离200米。"

所有人都将注意力转向泥泞的河岸。稠密的红树林密不透风地挡在河边，挡住了渔船的踪影。当小船几乎要撞在雷达标记上的时候，大家才从一片绿色植被中认出了渔船的轮廓。当舵手开着船靠近之后，大家发现低矮的树枝被绳子捆在一起，刚好挡在渔船周围。两棵较小的红树被挖起来重新种植在河边，进一步遮挡渔船，船体上下涂满了泥巴，和阴影完美地融为一体。这种专业伪装掩盖了渔船的外形和颜色，从远处任何人都看不到它。

特蕾莎注意到这里的水非常浅，于是问："他们怎么把这船弄到这儿来的？"

贝克曼几乎不敢相信自己看到的一切："他们肯定是把它拖来的。"

"上校，这条船至少有70吨。"雷诺德将信将疑地说，"如果有一次大潮的话，说不定就可以拖到这儿来。"

麦克尼斯博士问"这里多久会有一次大潮？"

"一年中会有那么几次。"

贝克曼若有所思地说："所以不管是谁袭击了渔船，正好挑了个有大潮的日子。"

雷诺德这才明白这场袭击绝不是一次毫无准备的暴力行径，他惊讶地说："怪不得我们找不到这条船呢。你们的卫星怎么找到它的？"

"图像分析系统捕捉到了渔船的轮廓。"麦克尼斯博士解释道，"这种技术和我们寻找伪装后的导弹是一样的。从上方更容易辨认外形。"

一名拿着突击步枪的水手在驾驶舱保持警戒，另外一名船员拿着固定用的缆绳爬上了渔船。等小船固定在美人鱼号之后，雷诺德和贝克曼爬上渔船，其他人也紧随其后。

雷诺德好奇地打量着这些绳索，发现它们布置的位置非常巧妙，既将树枝拉到了一起，也没有扯断树枝。"我从来没听说过海盗会下这么大的力气。他们通常都是洗劫了船，然后就走了，要不就是扣下船索要赎金。我从来没见他们这么干过。"

贝克曼说："这些可不是海盗。"他看到雷诺德一脸困惑地看着他,放弃了进一步解释的打算。

特蕾莎从背包里拿出一个照相机开始拍照,而雷诺德还在研究将红树枝捆在渔船上的绳索。

"这些绳子是从捕蟹笼上拆下来的。"雷诺德困惑地打量着堆在一旁的捕蟹笼。它们现在不过是一堆金属架子而已。特蕾莎给捕蟹笼拍了张照片,雷诺德继续问:"为什么不把绳子拿过来呢?"

贝克曼回答道:"你没有的东西,自然也带不来了。"

麦克尼斯博士透过打开的盖子打量着水箱,水箱底部还残留着一些水:"这是什么玩意儿?"

负责固定小船的水手说:"长官,那是螃蟹箱。"

"这里面怎么是空的?报告上说这条船已经在海上待了3个星期了。难道不该抓到点东西吗?"

雷诺德和贝克曼立即来到麦克尼斯身边,打量起了空荡荡的螃蟹箱。

雷诺德说:"这玩意应该装满死螃蟹才对。"

贝克曼问:"那螃蟹都去哪儿了呢?"

"上校,螃蟹可值不少钱,但是为了些螃蟹,你可不会去杀7个人。再说了,在海上转移这么多螃蟹几乎是不可能的事。"

"他们只有减轻船的重量,才能把它弄到这儿来。"特蕾莎说。

"是的,那样可以让船吃水浅一点。"雷诺德说,"我猜他们是扔掉了螃蟹。"

"要不就是吃了这些螃蟹。"麦克尼斯博士若有所思地看着贝克曼。

雷诺德对此表示怀疑:"这里可是有几吨的螃蟹呢。"

"说不定他们喜欢螃蟹。"贝克曼扭头看着俯视着甲板的驾驶室说,"咱们去看看里面还有没有尸体。"

水手带着特蕾莎和麦克尼斯博士穿过下层舱口,而贝克曼和雷诺德则顺着梯子爬上了舰桥。当他们进入驾驶室之后,惊讶地发现所有设备和布线都被小心翼翼地拆掉了。驾驶舱里只剩下空荡荡的槽位。就连指南针、灯具以及固定用的螺丝都被拆走了。

"这就好像在干船坞里被拆毁了一样。"眼前的一切让雷诺德非常惊讶,"他们可以把这些设备拿去卖钱,但是肯定赚不了多少。"

"他们可不是为了钱。"贝克曼打开了海图桌下面的抽屉,发现里面空无一物。书架上所有的技术说明书、书籍和杂志也踪影全无。

雷诺德问:"这是怎么回事?"

"我倒是希望知道呢。"眼前的一切彻底让贝克曼不知所措,他顺着梯子爬到了舰桥后面。他们发现通往驾驶室走廊里的情况也差不多,所有的填充材料和走线都被拆走了。

雷诺德几乎不敢相信看到的一切:"看来这些人为了捡破烂还真是花了不少工夫。"

麦克尼斯博士走过来检查了一下周围:"发电机不见了,引擎被拆成了零件,按照顺序放在一边。"他打量着雷诺德,不知道自己是否还能说下去,最后继续说道:"要不是我见过那么多大风大浪,我肯定以为他们要逆向研究我们的技术。"

"什么?"雷诺德对此表示难以置信,"这些东西哪儿都能买到。"

贝克曼若有所思地说:"是啊,到处都可以买到。"他转头问博士:"找到尸体了吗?"

博士摇了摇头说:"完全找不到船员的踪迹。"

第一个登上渔船的水手走进走廊对雷诺德说:"底舱全都是水,长官。看起来这条船是故意坐沉的,所有的阀门和水密门全都打开了。"

"这么一来,就算是雨季,这条船也不可能漂走了。"雷诺德对贝克曼说："我会让达尔文市那边派一支回收小队，但是把船弄回去就是另外一回事了。"他跟着水手爬上桥舰："咱们去看看引擎的情况。"

水手带着雷诺德穿过走廊，麦克尼斯博士悄悄说道："他们拆卸引擎步骤非常精确，整个工作流程很有系统性。这就像咱们拆解外星人的设备，为了能够再组装起来，拆卸的时候都非常小心。"

"麦尼，渔船上所有的东西对于外星人来说，都是石器时代的设备。"

"我知道。"博士的口气里充满了无助，"但是事情就是如此，他们所做的一切，和我们研究外星科技产品的流程一模一样。"

"他们有没有可能拆解渔船维修自己的飞船？"

"我们的设备对他们来说毫无用处。所以根本不可能用来维修他们的飞船。"

走廊里亮起了闪光灯的闪光，然后特蕾莎拿着相机走了过来。"船上所有的电脑、电视机和电子设备都不见了。就连船舱里的床垫都被搬走了，但是类似家人照片之类的个人物品还留在船上。"

麦克尼斯博士问："你看到书籍了吗？"

"没有，电子书阅读器也不见了。"

由于找不到更多有用的信息，大家就返回到甲板上。特蕾莎继续给渔船拍照存档，而贝克曼和麦克尼斯博士则一言不发地站在甲板上。

博士说："这里的情况完全不符合任何预设场景。"

"那咱们就得再增加一个预设场景了。我们必须弄清楚在和谁打交道，他们想要什么。"

特蕾莎从前甲板大喊道："上校，你得过来看看。"

贝克曼和博士急忙跑向驾驶室前方的小甲板。特蕾莎正站在起锚机旁边给河滩拍照。

贝克曼打量着河岸问:"怎么了?"红树林投下的影子打在沙滩上,从黑泥中腾起的树根将一切盖得密不透风。

特蕾莎指着说:"就在那边!有脚印!"

贝克曼花了好一阵子看清楚眼前的一切。渔船周围30米内的泥巴都被挖来伪装渔船。挖掘现场满是细小的印记,贝克曼一开始以为一切都是自然形成的,但是过了一会儿才发现这些都是小型脚印。脚印从水边延伸到干燥的地面,然后在挖掘现场附近突然消失。

贝克曼忽然就明白了一切:"咱们完全想错了。"他一直以为要对付的是坠毁飞船上的若干幸存者。贝克曼突然说道:"他们可有好几百人!"

"几百个什么?"雷诺德和水手也走到了前甲板。

贝克曼犹豫了下,犹豫要不要和这位海军军官分享自己的发现:"脚印。"

雷纳德打量着河岸,很快就明白这一切到底是怎么回事:"这些人从海上过来。"

特蕾莎问:"你怎么知道?"

"内陆上没有任何脚印。这些人可能是走私贩或者是印度尼西亚的偷猎者,但是他们从来都没有攻击过我们的渔船。"

贝克曼打量着泥泞的河岸、茂密的红树林和宁静的河水。在闷热的天气下,这里仿佛无人涉足,但是贝克曼却感觉自己正在被人监视。

特蕾莎感到了贝克曼的不安,于是问:"怎么了,上校?"

"咱们该走了。"其他人顺着贝克曼看着的方向打量了起来。

雷诺德打量着河岸,完全不明白怎么回事:"好吧,反正咱们在这里也干不了什么了。"

他们从渔船尾部撤回小艇,然后水手解开了缆绳。小艇倒退着和渔船拉开距离，然后顺着河水驶向大海。水手们留在驾驶舱，而其他人则待在船尾，搜索任何可能跟踪自己的人。他们时不时可以听到击水声或是看到受惊的鸟类飞起，但却看不到真正的始作俑者。在去往河口的路上，贝克曼一直无法摆脱被人盯梢的感觉，这种感觉让他非常恼火，因为自己并不会将这种感觉归结于神秘而不合逻辑的传说。等小船脱离河道，向着深水区进发的时候，贝克曼才放松下来。

脱离沙洲之后，雷诺德说："媒体只要听到了风声，一定会派人过来。我们用飞机找了几个星期，都没找到这条船。"

贝克曼说："媒体绝对收不到这条消息，而且你也不需要写任何报告。"

雷诺德知道自己必须按规矩办事，于是解释道："海军的操作流程要求我写一份报告。"

"这次就算了。你们的海军部长会确认这条命令的。"

雷诺德稍稍感到惊讶，然后耸了耸肩说："那更好，反正我不喜欢写报告。"

"你也不需要呼叫回收小队了。"贝克曼补充道，"你们的情报部门会带走这条船，然后把它沉到大海里。没人会知道我们发现了美人鱼号，更不会知道它现在这副样子。"

雷诺德不安地说："上校，你这是干扰凶杀案的调查。他们会为了这事把你扔进监狱的。"

"我知道。你会收到命令的。"

"好吧。"雷诺德压下了进一步询问的打算。

贝克曼转头打量着距离越来越远的河口，问："渔船上的发电机能有多大功率？"

"嗯……大概 10 千瓦吧。"

"这可是不少电呢。它能运转多久？"

"我没看到任何能搬动的油箱，所以只能假设他们搬走了油箱，这样一来，发电机可以再工作几个星期。如果仔细计划用油或者是偷来些油的话，发电机可能工作几个月。"

贝克曼开始怀疑这些外星人，如果真的是坠毁飞船上的幸存者，可能远比他想的还要绝望。他们只顾着从迫降地点仓皇撤离，没有携带任何额外物资，所以只能一边保持隐蔽，一边依靠自己的智慧在地球上的不毛之地活了 10 年。如果真是如此的话，这可是一项壮举。贝克曼好奇他们到底是在等待救援，还是单纯避免被人类抓获。鉴于他们对待渔船船员的手法，贝克曼确信不论这些外星人到底是谁，都会毫不犹豫地干掉阻碍自己的人。

麦克尼斯博士靠在船舷，思考着如何与外星人建立和平的沟通，但是他忽然跳起来，用手指着海面说："水里有东西！特蕾莎，快拍照。"

雷诺德看都懒得看一眼，于是心不在焉地说道："那可能就是条海豚。"

"那还有一个。"麦克尼斯博士靠在船舷上仔细打量。"一共有 5 个，就在那边。"博士指着水里 5 个鱼雷状的物体，它们排着队形向大海游去。

特蕾莎走到博士身边，用照相机对准海面："我什么都没看到。"

贝克曼走过来，但是 5 个神秘物体早就不见了。

麦克尼斯博士徒劳地搜索着水面，然后沮丧地说："它们不见了。"

"博士，别担心。"雷诺德说，"海豚总是在我们的船底嬉戏，你会看到更多海豚的。"

"它们可是排着 V 字队形游泳。"博士对贝克曼说，"那可是排出了个队形。它们在监视我们。我看到它们的时候,就立即游走了。"

雷诺德笑着说:"它们可能看到什么鱼,然后觉得肚子饿就去抓鱼了。海豚也得吃东西,博士。"

麦克尼斯用力摇了摇头说:"它们绝对不可能是海豚!"

\·\·\·\·\·\·\·\

当大家回到奈绰雷斯特号之后就去特纳船长的房间报到,一名勤务兵给大家端上了咖啡。雷诺德少校汇报了有关美人鱼号的发现。当汇报完毕之后,特纳问:"上校,你的调查结束了吗?"

"还没呢。不管是什么杀死了船员,把渔船藏了起来,现在肯定还躲在什么地方。"

特纳问:"你的意思是犯下这些罪行的人吧?"

贝克曼点了点头说:"这片海域还发生过什么奇怪的事情吗?"

"只有美人鱼号这一次。"

"倒是有几次无法解释的失踪案。"雷诺德说,"但是并没有你想的那么多。海岸地带的人口不多,但是都知道如何照顾自己。"

"那水里呢?"博士问,"有没有看到什么奇怪的东西?"

"这得看你怎么定义奇怪这个词了。"特纳困惑地说。

雷诺德解释道:"麦克尼斯博士在我们回来的时候,看到水里有些东西。"

"一共有5个物体。"博士说,"它们体型很小,速度很快,而且还保持一定队形。我最多就看到它们几秒钟。"

特纳困惑地看着雷诺德。

"我什么都没看到。但是我可以查查我们的声呐日志。"

特纳点了点头表示同意："以防万一。"

特蕾莎问："你们都有哪些声呐？"

"我们有船壳声呐、拖曳声呐、测向扫描声呐、单波束和多波束探深器。"船长介绍说，"我们可以测量海面和深度范围 6 000 米，也就是 2 万英尺①范围内的一切。"

麦克尼斯博士心中燃起了一丝希望："咱们用得着这些探测器。"

贝克曼问："咱们有什么武器？"

"上校，这是一条海洋测量船，可不是战舰。"特纳回答道，"我们有几挺 12.7 毫米机枪和小型武器。你为什么要问这个？要发动战争吗？"

虽然这些装备并不起眼，但是贝克曼认为这些东西可比打磨过的珊瑚刀好多了。"我也不希望发动战争，但是你最好还是开始给瞭望哨配发武器。"

特纳惊讶地问："上校，这是要对付什么？"

贝克曼闪烁其词地说："以防万一罢了。"

"我会考虑你的建议的。"

\.\.\.\.\.\.\.

身材魁梧的杰夫·卡西下士，曾经在潜艇部队服役，现在他正坐在船上的声呐显示屏前面，屏幕上还显示着 5 个标记。他定时打量着这 5 个标记在屏幕上一亮一暗。

"就是这个了。"他对着身边的雷诺德少校说，"计算机将这些

---

① 1 英尺 =0.3048 米。

东西标记为自然声学异常,可能就是海豚或者鲸鱼。系统无法确定具体类型。"

贝克曼、麦克尼斯博士和特蕾莎站在卡西身后,打量着屏幕上的标记。

麦克尼斯博士问:"咱们可以听到它们的信号吗?"

"当然可以。"下士说着就用喇叭开始播放这 5 个信号,房间里顿时响起了 5 个频率很低的声音。

"这玩意儿听起来确实是声呐。"贝克曼说。

"这就是声呐信号。它们正在测算和我们之间的距离。"

麦克尼斯博士问:"它们在那待了多久了?"

卡西看了眼时间说:"第一次发现它们是在 11 点 45 分。"

"也就是你第一次发现水里有东西的时候。"特蕾莎说。

贝克曼问:"你能确定它们用的是什么设备吗?"

卡西缓缓摇着头说:"没有任何设备。这些都是生物信号。这些信号功率更强,而且我从没见过这么宽的波段,而且这些信号还有机械声呐所没有的自然变动。所以电脑才无法确定这到底是什么东西。它知道这是动物发出的信号,但是找不到对应的种类。"

麦克尼斯博士问:"你们的数据库够全吗?"

下士很自信地说:"这数据库可全了。找不到匹配对象才是真正奇怪的事情呢。但最奇怪的不是这个信号,而是它们就在那看着我们。生物声呐信号通常都在保持运动,比如说寻找食物、随着水流游动或者是互相追逐。不论这些是什么东西,肯定对我们非常感兴趣。"

麦克尼斯博士问:"你们以前遇到过这种信号吗?"

卡西耸耸肩说:"我可以查下之前的信号日志。"

雷诺德说:"回溯 6 个月的记录。"

下士在奈绰雷斯特号的主电脑内输入搜索要求，然后等待搜索结果。几秒钟后，他的屏幕上出现几百条根据日期、时间和经纬度分类的相似记录。

卡西看着雷诺德说："所有记录都是 4 个月前测量渔业资源的时候发现的。所有信号都位于艾科岛东侧。"

"那是什么地方？"贝克曼问。

"朝东再走几百公里就到了。"雷诺德说。

卡西下士打量着这些信号说："这可不只是测距信号。这里面还有些其他东西。"他挑选几段播放了起来，整个房间里都响起了声呐的声音和有节奏的音调。"这听起来就像是鲸鱼在唱歌，只不过更快。"

麦克尼斯博士问："你所谓的快，指的是每秒钟发出的声音吗？"

下士做了下计算，回答道："是的，这比鲸鱼还要快 16 倍。"

贝克曼问："声呐和鲸鱼唱歌有什么区别？"

"前者是为了测距，后者……"卡西耸了耸肩说，"我们也不是很清楚。可能是求偶，可能是聊天，也可能就是喜欢唱歌。"

"如果这是一种交流方式，那么其中包含的信息可比鲸鱼唱歌要多 16 倍。"麦克尼斯博士瞬间来了兴趣。

"这就没法知道了。"下士说，"但是我可以确认一点，几年前科学家录下了西海岸的鲸鱼唱歌的声音。然后他们跟踪几条鲸鱼从印度洋来到东海岸。还过没多久，这些东海岸的鲸鱼都会唱西海岸的歌了。这是不是说鲸鱼的歌声确实有具体含义呢？你自己慢慢想吧。"

麦克尼斯博士说："歌声里肯定有什么含义，不然为何要学它呢？"

"可能是出于社交目的吧。"特蕾莎说，"可能是为了求偶，可能是家族之间的沟通，也可能是欢迎个体加入新团体。"

卡西说："不管到底是为了什么，你们的那些小伙伴可比我见过的任何鲸鱼都厉害多了。"

麦克尼斯博士忽然说:"放的信息比鲸鱼多 16 倍,那他们是不是也比鲸鱼聪明 16 倍?"

贝克曼问:"人类比鲸鱼聪明多少倍?"

特蕾莎说:"肯定不到 16 倍。"

贝克曼问:"你能搜下 10 年前的记录,然后把所有的信号都标在地图上吗?"

"没问题。"卡西立即扩展搜索范围,重新进行搜索。

雷诺德说:"如果这是一个当地物种,那么我们的记录就应该只包含我们在区域内执行任务时的记录。那时候我们可是去了不少地方。"

众人静静等待计算机扫描并标记奈绰雷斯特在过去 10 年里遇到的所有自然声学异常信号。这条船长期在印度洋、太平洋和南部海域执行任务,但是每年还是会经过阿纳姆地的海岸地区或是在阿拉弗拉海执行任务。

卡西将一张北方领地海岸线地图调到自己的屏幕上,然后红色的声学标记信号开始在阿拉弗拉海东北面的岛链聚集成团。代表信号的红点越来越多,逐渐在东南方的岛链海面聚集成团。

特蕾莎大吃一惊:"这可太多了!"

麦克尼斯博士对搜索结果表示很失望:"这么多标记,绝对不可能是我们要找的目标。"

雷诺德问:"你们到底在找什么?"

"反正不找海豚。"贝克曼回道。

雷诺德指了指地图东边的岛链说:"这地方叫韦塞尔群岛。那里都是土著岛屿,人不多。"

麦克尼斯博士问:"那鱼多吗?"

雷诺德说:"那儿有几片全国最好的渔场,基本没人去过。"

"那就是食物充足了。"贝克曼若有所思地说,"当地人也少,而且那里有那么多海湾和入海口,可供藏身的地方也不少。一定是这里了。"他问卡西下士:"你能放大一点地图吗?"

下士放大地图,屏幕上立即显示出南边的空地和北边宽阔的洋面。贝克曼指了阿纳姆地一处毫不起眼的峡谷,它刚好就在声学标记群西南几百公里处。

他指了指格伊德河的撞击点说:"他们从这里可以顺流直下进入大海,然后顺着食物来源沿海岸移动。"贝克曼的手指顺着阿纳姆地海岸一路来到偏远的韦塞尔群岛。

雷诺德皱着眉头说:"到底发生了什么?"

贝克曼看着雷诺德和卡西,二人的脸上写满了好奇。贝克曼早就知道声呐是这次任务中关键一环,所以只能将这两个人也拉进自己的队伍里。"10年前,一艘外星飞船坠毁在格伊德河谷,我们在找幸存的外星人。"

"幸存者?"雷诺德显出一副恍然大悟的表情,"啊哈!原来你们是干这个的。"

贝克曼点了点头:"是的,我们就是干这个的。"

雷诺德少校非常清楚澳大利亚国防军总会发现一些高速飞行的物体,但是所有与之相关的报告都被打上了机密标签。所有知情人员都不需要讨论这些事情,更别说提及这些神秘物体的存在了。这些神秘物体有时候会从海上船只或者地面基地上空飞过,有时候还会跟踪军用飞行器,但是拒绝和人类沟通,通常垂直加速脱离大气层。虽然这种事情没有规律可循,但是发生的次数足以让人类发展出一套流程,以规定如何处理这种情况。所有的报告都送给美国军方,但他们如何处理这些报告就不得而知了。

贝克曼转身看着地图，问："洋流朝哪边走？"

雷诺德说："朝西。"

"所以他们就是逆着洋流移动了。"

"对，但是洋流能带来食物。沿着海边向西意味着有食物吃。"

"对于他们来说，游泳也不是问题。"麦克尼斯博士补充道。

"先生们，"贝克曼用尽可能正式的语气说，"这里讨论的内容绝对不能告诉其他船员和军官，就连船长都不能告诉她。至少现在不行。"

"让我想想。"雷诺德很不安地说道。

贝克曼举起一只手说："如果情况变得更糟的话，我们会告诉她必要的细节。咱们现在还不清楚到底怎么回事，最好还是让尽可能少的人知道内情。从现在开始，只有卡西下士才能操作雷达，而你将确保其他船员不会知道这件事。我现在就会发出通知。一个小时之内，你们的海军部长就会给你发出密令。"

雷诺德生气地说："上校，你感觉对一切都很有把握啊。"

如果换作贝克曼的话，他现在的感受肯定也和雷诺德一样。"少校，现在这是地球上最重要的秘密。必须这么处理才行。"他对卡西说，"你的声呐数据库从现在开始提升至机密级别。除了你，谁都不能碰。"

雷诺德强压怒火说："上校，你有一个小时的时间。如果到时候我还没看到这些密令，我就直接向船长报告。"他对卡西说："在这之前，姑且认为贝克曼上校拥有指挥权。在得到进一步命令之前，其他声呐操作员全部休息。他们不能和其他人讨论这件事。"

"是，长官。"卡西嘴上答应着，但是完全不清楚到底发生了什么。

贝克曼盯着显示地图的显示器。方圆几百公里内除了几个相互割裂的土著人社区以外，他渐渐明白为什么这些外星人可以不为人知地存活了长达10年之久。要不是他们攻击了渔船，未来几年之内都不会被人发现。但是，贝克曼实在想不明白，他们为什么要铤而走险？为什么选择现在暴露自己？

雷诺德问："上校，下一步怎么办？"

"把航向对准韦塞尔群岛。"

\·\·\·\·\·\·

渗透探针躺在阿拉弗拉海的海底，用自己的传感器监听周围的情况。它现在可以确认突击舰上的幸存者没有使用任何入侵者部队常用的通信设备，而星球原生物种广泛使用的无线电通信技术，更是进一步杜绝了幸存者使用同类技术的可能性。入侵者探针根据在海洋中传播的声波判断可以确定，幸存者借助人类慢速移动船只的空泡螺旋桨和内燃发动机的噪声，对武装潜艇进行跟踪，除此以外还可以对海洋中各种生物进行分类。正是通过对各种人工和自然声音的分类，让渗透探针对周围的海洋环境有了一个极为详细的了解。

当探针完成分析之后，另一艘敌舰进入太阳系，开始从轨道上对这颗星球尚处于前聚变能源时期的文明进行扫描。探针一边将能量输出降至最低，一边快速确认新出现的敌人是否可能识破自己的隐身护盾。探针确认安全之后，就从海床爬上了大陆架，然后向着南部的岛屿前进。它在那里发现了入侵者独特的声学信号，但是这些入侵者却和自己的创造者有着微妙的差别。

渗透探针对于这些入侵者原始的声音非常困惑，因为其中缺乏入侵者所特有的复杂性和共振。最让它感到惊讶的是，所有波形和入侵者的统一语都不一样。

大多数在陆地上发展而来的语言相互隔离长达几千年，但是入侵者的语言却是在海洋里传播，在文明之初就传遍每一片海岸，形成了统一的语言。在入侵者文明的石器时代结束之前，就已经形成了全星球范围内通用的语言。虽然统一语有各种方言，但是可以在大洋中任意传播的特性还是保证能被所有人理解。

渗透探针最终得出一个让人震惊的结论，几百万年以来，一个入侵者分支第一次使用了和家园世界完全不同的语言。地球种的入侵者使用的语言缺乏入侵者母语所特有的复杂语言学结构。出现这种情况只有一种可能，那就是没有雄性成年体向幼体传授统一语。不论地球种的入侵者究竟经历了什么，他们的声学构型和语言结构对于探针来说犹如复杂的敌军密码。

探针为了寻找答案，不得不重新浏览了一遍突击舰雌性幸存者的报告。她的故事不过是战争史上的一个脚注，但是确实记录了她试图在飞船坠毁后繁衍后代。超级中枢认为在她被俘之后，所有后代都已经被摧毁，但是现在探针不得不怀疑这个假设是否正确。它越是检查这段记录，越是怀疑这些毫无自卫手段的幼崽怎么可能在一个外星世界存活这么久。这个星系是如此靠近敌人的核心地带，而且这个世界上的主人是一群好战的哺乳动物。

只有进一步调查才能解决这个谜题，渗透探针决定仔细研究这群地球种的入侵者。唯有如此，渗透探针才能彻底弄清这个问题，才能解开那个雌性幸存者身后的谜团。

入侵

　　海之骄宠倾听着白色游艇传来的有规律的声音，太阳已经渐渐沉到了地平线以下。她听过陆生人的音乐，但是不清楚这种声音究竟有什么用。海之骄宠认为这种声音可以用于沟通、导航或是捕猎。她从没有想过这会是一种艺术形式，因为自己一直以来所做的一切只为了能够活下去。她害怕陆生人会用这种音乐来探测自己，但是游艇上的人却没有准备战斗的迹象。她担心陆生人的这种松懈不过是一个陷阱，他们其实知道自己即将发动攻击，只等着用喷吐火焰的武器将自己一网打尽。自海之骄宠出生以来，那些没有答案的问题就让她感到格外害怕。

　　自己来自哪里？

　　为什么世界上会有自己的族群？

　　自己的父母在哪儿？

　　而最可怕的问题则是：为什么这个世界的统治者是这些奇怪的陆生人？

　　这些问题自从她还是个幼体的时候就萦绕在脑海里，而那时她的兄弟们已经有不少被独鳍杀手和长牙潜行者杀害。这些巨大的水生捕食动物对于陆生人来说就是鲨鱼和鳄鱼。海之骄宠尤其害怕长牙潜行者，因为它们可以在泥地中静静等待猎物，然后突然发动攻击，让猎物毫无还手之力。她自带远视的眼睛总能看到独鳍杀手，但是想要发现长牙潜行者却没那么简单。这些捕食者的耐心与海之骄宠不相上下，这不禁让她在很长一段时间内心有余悸。

她的很多同胞在还是个幼体的时候就已经死亡，但是在体内麦诺德兽生长激素的作用下，他们的发育速度非常快。由于没有可供借鉴的文化和语言，他们在求生欲望的驱动下发展出了自己的语言和文化。入侵者在强大智力的助推下，很快就依靠口语和声呐信号发展出了单词和句法。他们一如当年的祖先一样，学习使用自己的生体声呐来打猎、避险以及进行远距离沟通。自他们出生6年后，母之海以及周围海湾河流都变成了他们的地盘。唯一阻止他们成为顶级捕食者的，就是那些对自己的存在一无所知的陆生人。

有的时候，渔民会偶然发现他们，但还没等把消息送回去，他们就把渔民撕成了碎片。随着时间的推移，他们学会了如何隐蔽，就连接近陆生人的聚居区研究陆生人的一举一动时也不会被发现。虽然他们还年轻，但是海之骄宠知道陆生人是他们唯一的威胁，因为陆生人的智力确保了只能由他们主宰这个世界。所以，她知道，双方早晚会发生冲突。

海之骄宠明白要不了多久，他们就不需要躲躲藏藏了。这个想法让她开始越发敢于冒险，尽可能地进行学习。他们已经向陆生人偷师多年，观察他们的机器，翻捡垃圾，从儿童画书上学习文字，但是这还远远不够。

海之骄宠潜入水中，用声呐问自己的同伴："对面有多少人？"

深渊之心是海之骄宠最信任的女性成员，此刻正带领侦察小队在游艇的另一边执行侦察任务。她回答道："姐姐，我只看到两个人。他们没带武器。"

海之骄宠知道已经不能等下去，于是潜入水中，用生体声呐发出信号，命令战士们发动攻击。在她的右边，浅滩潜行者回应了海之骄宠的命令，然后带领5名雄性成员向着豪华游艇发动高速冲击。浅滩潜行者带着士兵们在水下3米的深度向游艇发动攻击，而海之骄宠只能和自己的保镖以及望天客留在远处保持观察。

相比于狩猎，望天客更倾向于思考。虽然他负责监督回收渔船和拆解上面的设备，但是处理抽象的数学问题才是他的兴趣所在。在他还是个幼体的时候就开始观察星空，在大脑中记录天体位置。望天客早就看了很多陆生人的书，比其他人更了解他们的秘密。当他掌握了陆生人的文字之后，他发现陆生人程序性思维中令人失望的极限。鉴于陆生人在物质方面的巨大优势，这种线性意识可谓是喜忧参半。

浅滩潜行者可以指挥猎手，但是海之骄宠相信望天客对于陆生人奥秘的熟悉，将关乎整个族群的生死存亡。正是因为望天客与所有和他一样的同类，迫使海之骄宠开始行动，为他争取时间研究敌人的实力。更重要的是，为望天客争取时间寻找陆生人的弱点。

海之骄宠希望陆生人真的有弱点。

她浮出水面，听到女性陆生人醉酒的大笑和男性陆生人低沉的声音。她听到木塞弹出的声音和玻璃杯碰撞的声音，还看到游艇客舱里一对赤裸的男女。他们端着装满香槟的酒杯来到船尾甲板，然后拥抱着亲吻在一起，以为整个海湾只有他们两个人。

浅滩潜行者和两名猎人下潜，然后冲出水面，翻过镶着柚木的栏杆。他们落在甲板上的闷响让那对夫妇吓了一跳。男人挡在女人身前，浅滩潜行者立即冲上去划开了男人的喉咙。丈夫无力地倒在甲板上，鲜血溅到了妻子身上。她刚开始尖叫，另一名猎人就冲上去切开了女人的喉咙。女人的尖叫戛然而止，然后倒在了甲板上。

另外3名猎人跳出水面冲进驾驶舱，搜索藏在里面的人。而在船

入侵

尾甲板上，这对夫妇的尸体已经被扔进大海，两名猎人拖着尸体向深海进发，让独鳍杀手吃掉尸体。

海之骄宠向望天客发出信号，后者游向游艇，然后跳上了甲板。钻进了船舱。过了一会儿，海之骄宠就听到起锚机和引擎启动的声音。当太阳落山的时候，游艇已经开始以14节的航速向着韦塞尔群岛南端的艾科岛前进。

海之骄宠跟在后面，很庆幸这次的行动如此简单，但对于未来会发生什么依然感到很担心。

\\\\\\\

玛莎 · 努鲁维听到一声异响，立即醒了过来，她以为这不过是一场噩梦，但她这次却听到了一声女人的尖叫。玛莎从没听过这种尖叫，这是一股完全在恐惧驱使下的尖叫，但却被一种奇怪的喘息声打断。玛莎说不上是谁在尖叫，但是肯定是个熟悉的声音。玛莎居住的社区很小，大家都彼此认识。

玛莎翻下床，蹑手蹑脚地走到窗边向外打量。屋外街灯寥寥，只有在学校和商店附近才有路灯。她藏在黑暗中仔细倾听，但是周围没有任何声音传来。玛莎怀疑自己不过是做了场梦，但却看到一团影子冲出林地穿过了马路。这团影子向着学校前进。这所学校是加里温库最大的建筑，也是方圆500公里内唯一一所大型学校。随着眼睛渐渐适应黑暗，她发现还有更多的影子冲向学校和警察局。他们身材矮小，但是身体比例完全不同。他们的脑袋太大，脸部几乎是个三角形，身体瘦弱，但是肩膀又太过宽阔。玛莎在韦塞尔群岛活了42年，根本没见过这种东西。

两团影子出现在商店周围，然后向沙滩移动。玛莎一开始以为是他俩扛着一个袋子，但很快发现是一个女人的尸体。借着月光，可以看到鲜血从尸体的脖子上流到了垂在一旁的胳膊上，玛莎确信这个女人已经死了。

玛莎开始心跳加速，仿佛心脏随时可能跳出胸口。她屏住呼吸，发现更多的影子从树林中钻了出来。影子的数量是如此之多，以至于地面仿佛有了生命，开始在黑暗中蠕动，但是却听不到他们发出任何响动。她悄悄溜回自己房间电话旁，拨通了警察局的电话号码。

当一名年轻的警官接听电话后，她悄悄说："有个女人在学校附近被杀了。"

警官问："请问您是哪位？"

"玛莎·努鲁维。我听到一声尖叫，然后看到些小矮子带走了尸体。"

"谁把尸体带走了？"

"我不知道，完全看不清他们的样子。而且那还不止一个人。"

"你知道谁尖叫了吗？"

"不知道，完全不清楚。"

"是在谢帕德森学院附近吗？"

"对，就在马路对面。"

"好吧，我们会派人过去。"

玛莎挂了电话，然后爬回窗边。此时那些模糊的身影已经消失不见，学校的灯光也熄灭了。她努力想看清究竟发生了什么，就听到玻璃打碎的声音，然后商店附近的灯光也熄灭了，只留下朦胧的月光照射在红土铺成的街道上。

玛莎决定去厨房，从那里看看学校发生了什么。她现在心跳加速，悄悄走到水槽旁的纱窗门前，然后向外打量。在微弱的月光下，勉强可以看到南边教室附近有3个人影，而且只有在他们移动到建筑物间隙的时候才能看清。这些陌生人与之前那些搞破坏的人和小偷完全不一样，他们行动非常小心，避免在月光下暴露自己。眼前的这一切让玛莎越发感到害怕，几个陌生人绕过拐角停了下来，开始打量着马路。

玛莎努力说服自己他们不过是一些想搞破坏的青春期孩子，但是被杀的女人尸体立刻浮现在脑海中。大半夜出来搞破坏的孩子们可能会砸坏学生的花园或是用石头砸窗户，但是他们绝对不会杀人。而眼前这些人的动作可不像人类。他们的一举一动比人类更加流畅，让人感到害怕的同时还能感到一丝优雅。

一辆车顺着红土路慢慢开了过来，隐约还可以听到汽车的轰鸣。当汽车顶部的探照灯启动之后，玛莎才反应过来这是从警局派来的四轮越野车。警察已经尽可能快地赶了过来。警察局就在加拉瓦拉路，距离学校不过两个街区而已。当巡逻车驶入校区的时候，灯光照亮了树林和教室的一边，3个躲在拐角的矮人已经不见了。

两名穿着蓝色警服的警察走下了汽车。他们两人分头搜索，离开车灯照亮的区域之后，就打开了自己的手电筒。他俩神态轻松，十分自信，手甚至没有按在自己的枪上。两名警官都知道加里温库是一个安宁的社区，因为地理位置偏僻，所以每天处理的不过是家庭纠纷和一些盗窃案而已。这里有枪的人不多，而且都是对着偶尔溜进镇子的鳄鱼开火，警察从来都不是他们的目标。

玛莎看着两名警官沿着教学楼的搜索，漫不经心地检查着门窗。玛莎看着二人镇定的神态，就知道他们并不相信这里发生了谋杀案。警官们认为不过是当地的孩子大半夜吓到了一名妇女，然后看到巡逻车的灯光就逃回家了。

玛莎决定去和警官们谈一谈，让他们相信这里确实发生了谋杀案。她正抬起手准备推开纱窗门，就看到一名警官的手电筒掉在地上滚到了一旁。一团黑影用刀刺中了警官的肚子，然后跳到他头上发动致命一击，警官立刻倒在了地上。一切发生的是如此突然，警官甚至没有发出一声叫喊或是呼唤自己的同伴。玛莎想大声呼喊来警示另一名警官，但是心中的恐惧却让自己动弹不得。这时，另一团黑影也飞快地从黑暗中冲了出来。他冲向另外一名警官，划开了警官的脖子，肩膀撞在胸口上，把警官撞倒在地。警官用手捂住了自己的喉咙，而那团黑影则用匕首捅进了警官的胸口，然后扭了一下，让可怜的警官浑身抽搐。

玛莎倒吸一口凉气，攻击的速度和残暴让她目瞪口呆，此时更多的黑影冒了出来，关掉了手电筒，拿走了警官的枪，然后带走了尸体。一个矮小的身影躲开了车灯，然后爬进车内关掉了探照灯。过了一会儿，引擎开始轰鸣，就好像一个刚刚上手的司机让引擎转速过快，反而无法发动车子。在试了机器之后，引擎熄火，那团黑影也放弃了发动汽车的打算。

玛莎现在害怕得不得了，打算躲到隔壁弗兰克家里。他是个护林员，而且还有枪。玛莎推开纱窗门溜到了门外，双眼紧盯着校区。她害怕纱窗门关闭时发出巨大的响动，于是轻轻关上门后才转身准备逃跑。但是，她却发现一个矮小的黑影挡住了自己的去路。这个奇怪的生物有一个光秃秃的脑袋、隆起的前额和三角形的颌骨。

恐惧让玛莎动弹不得，甚至都无法尖叫，但是这团黑影却向前冲了过来，在黑暗中完全看不清它的动作。她借着月光看到 IBA 短刀划向自己，感到脖子上的皮肤有轻微的拉扯感，然后一股暖流流到了自己的胸口。玛莎低头看了看，完全没有发现喉咙已经被切开，因为自己涌出的血液而窒息。最终，玛莎倒在了自己的花园里。两团黑影将她的尸体带入了大海。

等到早上的时候，独鳍杀手就会吃掉她的尸体，没人能找到玛莎·努鲁维的尸体。

\·\·\·\·\·\·\

特纳船长坐在舰桥的座椅上问道："你想去哪儿？"

"格伊德河谷。"麦克尼斯博士说，"我要去检查一号撞击区。"

"科学家把那地方研究了好几年，能做的检测都做了不知道多少遍了。"

"不，还不够全面。"贝克曼说。

"我手上有那些普通科学家拿不到的机密技术装备。"麦克尼斯博士说，"给我几个小时就可以了。"

特纳问："这也和你的调查有关吗？"

"这只有到我们到了之后才能确定了。"贝克曼说。

"这绝对关系到我们的调查。"麦克尼斯博士看着贝克曼说。他所做的各种梦和记忆闪回都和阿纳姆热带雨林中的撞击点有关。博士已经查阅了所有有关撞击区的报告，所有报告都指出因为撞击造成的严重损坏，无法得出准确的研究结果。这些年来，他都想返回撞击区，并为此一直在研究一件回收来的外星技术装备。但是，直到这颗外星生物牙齿的出现，才让他最终能到获得行动许可。

雷诺德说："河谷就在直升机航程之内。"

特纳船长想了想，然后说："好吧，尽可能为你们提供支援。你们打算什么时候出发？"

贝克曼说:"等直升机准备好就出发。"

\·\·\·\·\·\·\

雷诺德少校负责驾驶小型直升机,而奈绰雷斯特号则向着卡斯尔雷湾北面前进。贝克曼坐在副驾驶的位置上,特蕾莎和博士坐在后面。特蕾莎拿着自己的相机,而博士则拿着一个装有生物识别锁的金属箱。

雷诺德问:"你们是打算凌空飞过去还是降落?"

麦克尼斯博士说:"降落到撞击区正中间。"

"好吧。"雷诺德说完就启动了 AS350 松鼠直升机。

飞向海岸的航程不是很远,然后顺着格伊德河向南飞过一片片热带雨林。随着小队渐渐深入,两侧的冲积平原一直延伸到红褐色的悬崖,而被悬崖包围着的就是一片片绿意盎然的高地。过了一会儿,眼前的热带雨林变成一片被烧焦的树木。10 年前发生的大爆炸和之后引发的火旋风将这里烧成一片焦土,但是现在,这片焦土上长出了小树苗和热带蕨类植物。

雷纳德盯着引擎的轰鸣大喊:"再过 20 年,你根本看不出来这里曾经发生过什么。"

贝克曼打量着下面的丛林,脑子里只有一个念头:如果麦尼的理论没错,我们现在就不知道到底发生了什么。

曾经阻挡河流的撞击坑坑壁已经被腐蚀掉了一部分,撞击坑内部注满了河水。在撞击后形成的小湖泊里长满了各色百合花,毛色多样的水鸟也将这里当成了家。

"我还以为撞击坑里面都会有个凸起呢。"眼前的一切让特蕾莎感到困惑。

麦克尼斯博士说:"只有直径超过 3 公里的大型撞击坑才会有中央凸起。这个撞击坑太小了,中心区构造不可能太复杂。"

雷诺德说:"对于小行星而言,这就是个小宝宝。"

麦克尼斯博士打量着撞击坑和周围毁坏的情况。整个冲击区向四周延伸,而周围的悬崖则显示出被高温烧灼的痕迹。"不管是什么砸出了这个坑,单凭它的体积都不可能造成这么大的破坏。"

贝克曼好奇地看着博士:"这玩意爆炸的当量几乎是两个广岛核弹了。"

"鲍勃,那也才不过 3 万吨的当量。这里的爆炸当量可是有几百万吨。"

后续研究报告也同意这个结论,但是却无法得出合理的解释。整个爆炸冲击区的半径远远超过了小行星撞击应有的尺寸。研究人员认为这可能和构成小行星的化学元素有关,也有可能和土壤中的高含铁量有关,但是各个研究团队却无法得出一致的结论。

"我去那边降落。"雷诺德打算将直升机降在湖边被烧焦的空地上。

麦克尼斯博士好奇地打量着周围黑色的悬崖。峭壁有些位置参差不齐,但是有些地方好像是被刀削过了一样。悬崖下的巨石都被切成了两半,而峭壁附近的地面也被压平。麦克尼斯博士忽然明白眼前到底发生了什么。

"不!"他对雷诺德说,"拉高高度。"

"爬升?"雷诺德一下子糊涂了,"我还以为你打算着陆呢。"

"等会儿再着陆,现在先爬升。"

雷诺德耸了耸肩,驾驶着直升机慢慢爬升。撞击坑距离他们越来越远,从直升机上只能看到撞击坑圆形的轮廓和周围的冲击区。

"这个高度如何?"雷诺德问。

"再高点。"麦克尼斯博士脸抵在直升机舷窗上,仔细研究着下方的峭壁和地面。

雷诺德看着贝克曼,一时不知道该听谁的。

贝克曼说:"现在听麦克尼指挥。"于是雷诺德增加引擎动力,继续垂直爬升。

当直升机爬到1500米的时候,麦克尼斯博士露出了笑容。现在,他知道自己并没有疯:"我懂了!"

其他人都开始打量起下方这片被新生植被渐渐覆盖的焦土。

贝克曼并不明白到底发生了什么,于是问:"你到底看到了什么?"

麦克尼斯博士指着河谷说:"从这边到那边。"他用手指了指直升机后面的一个点,然后画出了一个12公里长的长方形。整个图案被重新长出的植物和撞击坑挡住了一部分。

"该死的玩意儿!"贝克曼这才明白,不管到底是什么曾经落在这里,都几乎占满了整个河谷。"你说得没错!"

雷诺德一脸困惑地打量着下方的地面,完全不清楚怎么回事。"什么没错?"

特蕾莎一边拍照一边说:"难道不该有两个撞击坑吗?一个是小行星砸的,另一个是飞船砸的?"

雷诺德这才明白自己没有发现其他人都已经看到的东西:"什么飞船?"

"应该有两个撞击坑。"麦克尼斯博士开始在烧焦的地面上搜索一个尺寸更大的撞击坑的痕迹,但是整个冲积平原非常平整,冲击波将一切痕迹都抹掉了。"撞击和各种残骸应该吸收了很多能量,但是眼前这一切说明能量是水平传播的。"

贝克曼问:"这可能吗?"

博士耸了耸肩说:"这可以是一种很有效的武器,将飞船的动能导向任何在地面的目标。他们必须保护船员免受撞击时的惯性影响,但是咱们都知道外星人完全可以做到这一点,因为他们有可能承受极高的加速。我不过是从来没想到他们居然会把这种技术当成武器。"

"所以他们是故意迫降的。"贝克曼说,"用这法子建立桥头堡还真是罕见。"

"这是一次百万吨级别的爆炸,而且不会有任何辐射。"麦克尼斯博士明白使用同等当量的核武器也可以达到类似的效果,但是会让这里成为一片辐射横行的废土,这对于船员来说非常危险。

雷诺德疑惑地看着贝克曼:"到底是什么船?"

"飞船留下了一点痕迹,不过尺寸非常大罢了。"贝克曼说着用手指画出了着陆区的轮廓。

雷诺德一下子就明白了。他睁大眼睛惊讶地说:"不可能!不可能!这是一艘飞船干的?"

"砸下来的小行星绝对不是偶然的。"贝克曼说,"整个地区都被小行星抹干净了,绝对不可能留下任何痕迹供我们研究。"

特蕾莎放下相机,不解地说:"他们知道这事。"

贝克曼问道:"你说谁知道?"

她耸了耸肩说:"负责这事的人啊。五角大楼、白宫又或者是什么听都没听过名字的神秘委员会。他们从事发生那天起就掌握了所有细节。他们肯定知道。"她指了指地面。"只要侦察卫星拍一张照片。他们就知道发生了什么,更别说10年前这里的一切更加清晰,更便于观测。所以咱们才没见过任何卫星照片或是航空照片。这些家伙知道这事,但是没有告诉我们。而且我们还是专门处理这事的小队。我们是冲在第一线的人。我们损失了半个小队的人,但是他们还是不愿告诉我们真相。"

麦克尼斯博士惊讶地说："他们还说我疯了呢！"他对贝克曼说："你知道这事吗？"

贝克曼摇了摇头说："不知道。"

"这就是为什么他们不同意我来这儿，因为我会发现这一切。"

"而且你也确实弄明白了怎么回事。"

"我打赌他们肯定修改了调查人员提交的报告。"特蕾莎说，"所有能够说明这里发生了什么的信息都被删除了。"

"事情没这么简单，特蕾莎，"贝克曼说，"外星人已经研究我们有很长时间了。外星人完全可以预测我们的行动。他们知道如果要拿两颗小行星撞击地球来掩盖真相，到时候我们的政府也会很配合地进行掩饰工作，而且事实上他们确实完成了类似工作。"

麦克尼斯博士问："那咱们对于这件事情该怎么办？"

贝克曼说："什么都不做。"

博士很生气地说，"什么？鲍勃，如果他们连我们都不信任，还有谁值得他们信任？"

"谁都不行。麦尼，规矩就是如此。一切都有自己的位置，而咱们恰好是处于错误的位置。咱们现在能来这儿，完全是因为他们需要我们弄清楚到底发生了什么。"

"所以咱们就假装什么都没发生？"

"是的。"贝克曼坚定地说，"你要是有异议，我就把你塞进下一班飞机送回去。"

一时间大家都不说话，雷诺德转过头说："嘿，这事他们连我都没通知呢。更何况这还是我的国家！"他挤出个微笑，努力缓解气氛。

贝克曼看着麦克尼斯博士："你想通了吗？"

博士叹了口气说:"好吧,你说得没错。少校,你现在可以在撞击坑内部着陆了。"

雷诺德轻压机鼻,快速向着撞击坑形成的湖面下降。他们很快就降到水面高度,惊起了一群水鸟,最后终于在水边一处地势较高的地方着陆。

所有人下飞机之后,麦克尼斯博士把那个贵重的金属箱子放在了地上。他和贝克曼把大拇指按在生物扫描器上,然后箱子就自动打开了。博士掀起盖子,露出里面的显示屏和一个装在金属外壳里的白色长方形仪器,仪器的上面还有三角形标记。

雷诺德好奇地打量着陌生的文字问道:"这是什么语言?"

"NP 语。"贝克曼说。

"我可是听都没听说过这玩意儿。"

"只有我们这么称呼它,因为直接说这是豺狼座 N2 星语言实在是太烦琐了。麦尼,你说是吧?"

麦克尼斯博士眼睛盯着屏幕,嘴上说道:"少校,他的意思是说,这个仪器来自一颗环绕着豺狼座 N2 星的行星。那颗恒星和咱们的太阳差不多,距离地球 48 光年。"

"我们还不知道这个文明的名字。"贝克曼说,"但是特蕾莎正在研究。"

"豺狼座?"雷诺德问道。

"对,就是一种狼。"贝克曼说,"我倒是想叫他们豺狼人来着……但是命名委员们投票把我的提议否决了。"

"你们还有个命名委员会?"雷诺德困惑地看着特蕾莎,"这家伙没开我玩笑吧?"

"他没开玩笑。"她回道,"而且我还真在研究这事呢。"

"我以前也是委员会成员。"贝克曼说,"但是这群家伙把我踢出来了。"

特蕾莎说:"上校喜欢起外号,但是科学界可不喜欢这样。"

贝克曼哼了一下,说道:"你们这些人啊,就是一点幽默感都没有。豺狼人这名字多好。一下子就让你知道这些外星人从哪儿来的。"

"长官,这些外星人是环节动物,可不是狼人。"

贝克曼一想到一群高智商的环节虫形外星人造访地球,就不禁打了个哆嗦。

雷诺德眨着眼睛,努力消化听到的一切:"你的意思是说,你们发现了许多种外星人,所以需要成立个委员会给每个外星人都起名?"

"差不多是这个意思。但是大多数外星人现在还只有数字编号。在我们向命名委员会提交拟定名之前,我们还需要提供一些具体的信息,比如家园世界坐标之类的。"

"这种数据很难获得。"特蕾莎补充道。

雷诺德指了指白色的仪器问:"你真能看懂这种语言?"

"并不能完全看懂。"特蕾莎说,"我们可以看懂他们的数字系统,毕竟数字比较简单。我们已经推断出个别词的意思,但是整体翻译还早着呢。"

"有效果了。"麦克尼斯博士的话引起了大家的注意。

屏幕的下方 1/3 左右的位置,是一条绿色的宽条,上方还有快速闪动的波纹。在屏幕的顶端,还有一条红线从屏幕下方的宽条伸了出来。麦克尼斯博士操纵着滚动条,检测绿色波浪线的强度。

雷诺德走到麦克尼斯身后,上身探过博士的肩膀注视着屏幕。他看到屏幕右上角有两个图标,旁边还有小数点。第一行上写着"背景引力子",第二行写着"极端引力子"。

"引力子？"雷诺德惊讶地问，"就是和重力有关系的那个？"

"就是那个没有质量，和重力相关的玻色子基本粒子。"麦克尼斯博士的眼睛一直盯着屏幕上的红线。

"你可以测量这玩意儿？"

"用这个仪器就行了。"

"我还以为我们得用超级对撞机才行呢。"

"超级对撞机可没麦尼手上的小玩具厉害。"贝克曼说。

雷诺德看着眼前的引力子扫描器说："你们从哪儿弄来的这东西？"

"都是麦尼从外星飞船里捡回来的。18年前，我们在白令海峡海底找到了一个700年前的外星飞船残骸。然后，我们又花了18年才弄明白这玩意儿是怎么回事。"

"所以这到底是什么东西？"雷诺德问。

"这东西类似测深器。"麦克尼斯博士说，"只不过这不是检测水体深度，而是检测重力。重力对外星飞船来说也非常危险，可能是和时空扭曲有关。"

雷诺德说："所以这是个太空飞行专用测深器？"

贝克曼说："已知的外星文明都装备了这样的设备，至少我们知道的文明都安装了这东西。"

雷诺德打量着绿色色带，然后注意到红线稍有延伸："绿色的代表什么？"

"背景引力子。"博士说，"这代表着当前位置的地球重力强度。"

"那红线呢？"

"代表极端引力子，换言之就是那些被挤出地球重力场的引力子。"

雷诺德完全不清楚这些专业术语，于是问："这玩意儿到底是什么原理？"

"我怎么知道,但是检测结果显示,一股巨大的能量曾在此地干扰了地球重力。"

特蕾莎补充了一句:"这都是10年前的事情。"

"而且地球重力到现在都没有完全恢复。"博士解释道。

雷诺德问:"你以前见过这种事吗?"

检测结果不禁让博士瞬间提起了兴趣:"以前从来没出现这类情况。外星飞船从51区上空飞过的时候,曲线会有波动,但是现在的情况完全不同。这就好像是一股能量戳进了地球的重力场。"博士打量着撞击坑形成的湖和远处被烤得焦黑的悬崖。"不过这里曾经掉了个什么东西,肯定尺寸惊人,而且一定使用了很多能量才再次升空。"

贝克曼说:"他们肯定是执行了一次回收行动。"

"鲍勃,咱们曾经来过这。我们亲眼见过这艘飞船,而且他们清理了我们记忆,所以我们什么都想不起来!"博士说着开始揉太阳穴,想必是止疼药的效果开始消退。

贝克曼拍了拍他的肩膀说:"事情完全可能更糟,麦尼。外星人完全可以杀了我们灭口,但是他们完全没有想到你的大脑这么厉害。"

麦克尼斯博士说:"我倒是好奇外星飞船长什么样。"

"哦,这事好办。你就想想那种常见的超大外星母船就行了。你见过一艘,基本上就是全部见过一遍了。"贝克曼说。

博士皱着眉头说:"我还没近距离观察过呢。"

雷诺德被他们的对话吓了一跳:"你们连一艘外星飞船都没见过?"

"我们只回收了一些小型飞船,但都是些外星人的侦察飞船。他们把大型飞船都停在很远的地方,我估计是怕吓到我们。"

雷诺德问:"你们要是没见过外星飞船,又怎么确定他们就在太空里?"

"航天总署在太空里倒是拍到了一些模糊的物体，但是他们也不可能公开这些照片。"贝克曼回答道。

特蕾莎看着传感器的显示屏，心中的困惑只多不少："要是外星人花了这么大力气回收这艘飞船，而且技术水平完全可以将一艘城市大小的飞船搬回太空。那么，他们为什么会把一群生还者留在这儿？"

众人一时间陷入了沉默，然后贝克曼说："想必是外星人搞砸了。"

雷诺德问："那么幸存者为什么不发求救信号？"

"也许他们想躲开抢走他们飞船的人。"麦克尼斯博士说，"咱们毕竟不清楚大气层之外到底发生了什么。外星人之间可是万事皆有可能，而我们则无知得像个孩子。"

雷诺德困惑地说："我很难相信一群幸存的外星人在韦塞尔群岛藏了10年。当地人早该发现他们了。"

贝克曼回道："就算是当地人能发现这些外星人，也绝对不可能活着回去报告。"

"所以说，这些外星人过去10年来一直在秘密谋杀人类？"

"这完全有可能。"

雷诺德阴沉着脸，心里已经做出了决定："好吧，你必须把这事告诉船长。整条船和上面的船员都有可能成为外星人的潜在目标。船长必须知道这事。"还没等贝克曼抗议，他继续说道："你之前也说过自己并不清楚要对付什么。"他指了指扫描器的屏幕和外星母船留下的巨大印痕说："现在咱们清楚要对付什么了。你要是不去和船长说，那么我去说。我才不管会不会违反命令。到时候就让军事法庭收拾我好了。"

贝克曼打量着雷诺德，知道他绝对不是在开玩笑。"我很敬佩你对自己长官的忠诚。"贝克曼暗自掂量了一下少校的最后通牒，然后说：

"好吧,少校,我们回去后就去通知船长。"

\·\·\·\·\·\·\

晚上的时候,他们选择在船长的房间吃饭,而不是在军官餐厅。在勤务兵给大家上过一轮咖啡之后,就站在一旁等着给大家续杯,贝克曼凑到特纳船长旁边悄悄说:"船长,我有些机密要务想和你谈谈。"说完就看了看旁边的勤务兵。

雷诺德点了点头,示意贝克曼真的有要事相谈。

船长对着旁边年轻的水手说:"汤姆,今晚到此为止了,多谢了。"

当勤务兵出去关上门之后,贝克曼打开一个小盒子,里面装着那块从渔船船长靴子上挖下来的三角形外星人牙齿,然后把牙齿放在船长面前。"这就是我们来这儿的原因。"特纳船长看了眼牙齿,贝克曼示意博士进行解释。

"船长,人类的基因是由 20 种不同的氨基酸组成。这颗牙齿有 22 种氨基酸,其中只有 18 种氨基酸可以从自然界中找到。除此之外还找到了一种酶,可以维修受损的基因,限制一定程度的变异。如此一来,基因就变得很稳定,但是却完全消灭了进化变异的可能。这颗牙齿里发现的酶是人类基因中的 20 倍,也就是说,这个生物几乎不可能变异。"

特纳皱着眉头说:"博士,我不是生物学家,但是这几乎不可能。"

"从生物进化的角度来说,确实不可能。"麦克尼斯博士同意船长的说法。"地球上所有生物的细胞都可以变异,但是拥有这颗牙齿的生物却做不到这一点。"

特纳笑了笑说:"所以这种生物无法进化。这倒是和我前夫很像。

不对，那家伙简直就是在退化。"

餐桌周围的所有人都笑了起来，麦克尼斯博士继续说道："这要么是进化走进了死胡同，要么就是基因改造的结果。"

"是吗？"特纳饶有兴趣地打量着这颗牙齿，"所以这到底是什么生物？从实验室逃跑的试验品吗？"

贝克曼说："这绝对不是什么实验。"

"人类基因只有5%可以编译蛋白质。"麦克尼斯博士说，"但是这个比例在那颗牙上达到了9%。从染色体角度来说，人类的一个染色体上有3.8万个基因。但是这颗牙的主人每个染色体上有5.2万个。所以这个生物比地球上任何一种生物都要复杂。"

贝克曼淡淡地说："比我们灵长类复杂多了。"

"博士，你该不是想告诉我这个牙齿的主人来自外太空吧。"特纳说这话的时候脸上还挂着笑意，但发现没人笑的时候脸上笑不出来了。

"我就是这意思。"

她看了看雷诺德，后者也点点头说："我也是花了一阵子才相信这些事情，但是我现在渐渐明白了。"

特纳拿起那颗牙齿仔细打量："所以这玩意儿到底从哪儿来的？"

"我也不知道。"贝克曼说，"这东西可能来自任何地方。"

"你是来抓这生物的？"

"如果可能的话，当然会抓住他。我们会先向他们问好，然后再看看事情如何发展。现在的问题是，他们都藏起来了。"

特纳问："这还不止一只？"

麦克尼斯博士点了点头："我们不知道到底有多少只。他们要么是在等待救援，要么就是被困在地球上，而且将我们视作威胁。"

"不管怎么样，他们正在监视我们。"贝克曼说。

船长整个人紧张起来:"你怎么知道?"

"我跟你说过了,我见过他们了。"麦克尼斯博士说,"而且他们还在用声呐跟踪我们。"

贝克曼说:"他们有一个类似声呐的器官,而且现在就在跟踪你的船。"

雷诺德解释说:"他们攻击了美人鱼号,牙齿也是在攻击过程中遗落的。"

"这中间肯定有什么误会。麦克尼斯博士说,"渔船可能发现了他们,然后抓住了其中一人。"

"所以他们就把船员全都杀了?"

"看起来像这样。"雷诺德说。

特纳船长整个人僵在那里:"他们对我的船也会是个威胁吗?"

"这些外星人很好战。"贝克曼说。

麦克尼斯博士插了一句:"鲍勃,咱们还不能确认这一点。"

"不,麦尼,这一点已经非常清楚了。这些外星人对于这么大一条船来说可能构不成威胁。虽然他们手上没有先进的武器,这一点对我们很有利,但是我们必须谨慎应对。"

"他们怎么可能没有先进武器?"特纳船长问道。

特蕾莎说:"外星人的飞船坠毁在地球,看起来他们在撤离的时候并没有带出太多的装备。"

特纳问:"那么飞船残骸呢?"

"残骸已经消失了。"贝克曼说,"有人赶在我们前头带走了残骸。"

"还有谁知道这些外星人的事?"

"就赤道以南来说,只有我们5个人和你的声呐高级操作员了。"

"那海军部长和总理呢?"

贝克曼摇了摇头说:"他们只知道该知道的部分。他们还以为我们在寻找国防部高级研究计划局坠毁在这儿的机密装备呢。这事保密级别太高了,只要他们不问,我们自然也不会说。"

"我的船就这样被派给你们了?"

贝克曼无可奈何地说:"我们当初可是很有礼貌地请求你们的高层把你的船派给我们呢。"

"哦。"特纳船长只说出了这一个字。

特蕾莎说:"我们的人已经找到了取得第一份基因检测报告的澳大利亚实验室,所有的记录现在都被销毁了。"

"谁干的?"特纳问。

贝克曼说:"你们的人负责执行销毁工作。"

"因为你们当时也很礼貌地要求我们的高层替你们处理这事了?"

"这可是为了大局着想。"

"你们的总统知道吗?"

"他怎么可能知道。"贝克曼说,"我们才不会让政客们知道这些事情呢。"

"那这件事到底谁负责?"

"五角大楼内的一小部分人和负责预算的几个议员。"

特纳静静地分析着这些信息,希望自己根本没听过这些事情:"你为什么现在告诉我这些事情?"

贝克曼看了眼雷诺德说:"因为你的副官坚持让我们这么做,而且我们也需要你的帮助。"

"需要我的帮助?"

贝克曼收起牙齿,然后说:"找到这些外星人。"

`~·~·~·~·~·~`

  渗透探针犹如一条黑色的鲸鱼在海床上滑行，它的目标是一片群岛。它一直在分析海中回荡的入侵者声学信号，但是由于没有参照点，无法进行翻译。探针知道如果要理解并与地球种的入侵者进行沟通，就必须使用一种更为直接的办法。作为一个设计用来刺探敌对文明的情报收集探针，这种事情对它来说太简单了。

  渗透探针选择待在深海中，而不是冒着被发现的风险进入声学信号密集的浅水区。当探针到达距离图恩特岛200公里的时候，发现了9个雄性入侵者。探针跟着他们的声学信号逐渐靠近，而探针的隐身力场则完全吸收了生体声呐波，隐蔽自己的位置。

  渗透探针发现目标在水中随机绕圈，不停地用自己的声呐发出信号。这种奇怪的举动让探针很好奇，于是进入目视距离直接观察。当它看到这支捕猎小队的时候，很惊讶地发现他们都赤身裸体，缺乏任何防护性衣物或是装备。在扫描了一下之后，探针发现目标体内没有正常雄性入侵者自出生开始就装备的植入物。探针甚至找不到最基本的意识网络植入物。它对这样的结果感到非常惊讶，鉴于入侵者和植入物已经可以进行完美互动，以至于他们改造自己的身体以便更有效地使用植入物。只有个别几个文明敢于做出这样的决定。这些赤身裸体的雄性个体没有任何机器人陪伴，完全依靠自己的力量游在水中。他们通过团队合作将鱼群赶向西边的岛屿，这一切跟入侵者的祖先们几百万年前在另一个世界的水域所做的事情如出一辙。

  渗透探针跟在他们后面，变色外壳完美融入了周围环境。它在捕猎小队中寻找雌性个体的身影，但却一无所获。探针默默等待时机，直到一个雄性个体脱离小队，切断了一小群离群小鱼的退路。就在这

入侵

个落单的个体正在驱赶四散的鱼群时,渗透探针悄悄来到了他的身后。

牧海人不知道为什么自己忽然浑身无力,探针已经用低强度的晕眩枪瘫痪了他。虽然动弹不得,但是他的意识非常清醒,可以看到一个流线型的黑色物体靠近自己,然后一个无形的压力场将他推入了巨兽的肚子里。

探针取得样本之后,就回到相对安全的海床,然后开始分析牧海人的记忆,学习他的语言。渗透探针被设计用来拦截高度加密的信号,监视各个星球,如果有必要的话,还可以抓捕和审讯囚犯。探针很快就发现雄性个体的语言非常原始,而且完全缺乏对宇宙的了解。

牧海人对于自己被抓这个事实非常恼怒,但是与生俱来的高智商和严格的自控力让他完全不知恐惧为何物。牧海人反而研究起了关押自己的胶囊状牢笼,徒劳地想弄明白这到底是什么东西。他发现这里面的空气让人感到愉悦,完全不知道这是来自自己的故乡。而那个无源之音却不停地入侵自己的意识。这种声音带有雌性个体的权威感,但是牧海人知道事情绝对超出了自己的理解范围。当渗透探针完成审讯就释放了雄性个体,让他带着一条简单但是重要的消息回到母之海。

渗透探针希望和名为海之骄宠的族长谈一谈。

\·\·\·\·\·\·\

破晓时分,奈绰雷斯特号在阿伯特岛下锚,这个长满了树的小岛距离卡戴尔海峡西侧出入口不过5公里。整个海峡是一条窄窄的水道,它位于韦塞尔群岛最南端,刚好在大陆和艾科岛之间。停船之后,卡西下士发现来自3个不同方向的多普勒雷达信号不断从船体上弹开。奈绰雷斯特号整晚都被这些奇怪的信号跟踪,他们在跟踪的同时还保持了一定的距离。

吃过早饭之后,特纳船长让贝克曼来舰桥,带着他来到一处可以不受旁人打扰的瞭望哨,然后一起用望远镜观察海峡的情况。

当身后的舱门关闭之后,特纳低声说:"海军情报部门今天早上给我发来消息。所以我们才会在这里下锚。"

"我刚才还在琢磨为什么要停下呢。"

"看到那边的小镇没?"她指了指远处热带树木遮挡下若隐若现的一片白色建筑物。"两天前,那里有 8 人失踪,其中有 5 名平民和 3 名警官。"

贝克曼用望远镜打量着艾科岛南端的小镇。"这事和我们要找的外星人有什么关系吗?"

"学校和警察局都被洗劫一空,手法完全和美人鱼号遭遇的一模一样。"

"失踪的人留下什么痕迹了吗?"

"只有血迹。外星人干掉了所有妨碍他们的人,然后处理了尸体。"

贝克曼放下望远镜说:"他们又偷了什么?"

"只拿走了书和武器。现金和其他值钱的东西都没有被带走。"

"他们的目标非常明确。"贝克曼边想边说,"这些外星人肯定观察这个镇子有一段时间了。"

"那还有一名警官幸存,他叫海沃德警官。他当时没有上班,可能因为这救了他一命。"

"我想和他聊聊。"

"我猜你也会这么说,雷诺德少校会带你过去。"

\\\\\\

海沃德警官开着自己的丰田四驱越野车来到艾科岛东南段的沙滩，驳船此时刚好开始卸载补给物资。当他走上码头的时候，奈绰雷斯特号上派出的摩托艇也刚好绕过小岛的南端。

海沃德警官生在北领地，40岁刚出头，身体非常健壮。他穿着深蓝色制服，戴着宽檐帽和墨镜，腰间挂着手枪。

海沃德静静等着摩托艇靠岸之后，和上岸的雷诺德握了握手。"欢迎来到加里温库。见到海军真是一件令人开心的事，只不过我希望情况没这么糟。"

"我也是这么想的。"雷诺德说完就介绍了一下贝克曼、特蕾莎和麦克尼斯博士，但是对他们的工作只字未提。

"那天晚上死的都是些好人。"海沃德说完就示意大家上他的车。

"警官，我对此也表示很难过。"贝克曼很认真地说。

"谢谢你的同情。"海沃德载着大家顺着一条红土路，穿过一片茂密的丛林，驱车向小镇驶去。一路上详细讲述那天晚上到底了发生什么。"我们没找到任何目击者。我们现在掌握的所有信息都是达尔文市的法医小队发现的。警察局的记录显示，凌晨一点的时候，两名警官接到了一个电话。这是我们最后一次见过他俩和打电话的女人。有些住户听到尖叫，也有几个人看到黑暗中有人影走动，但是谁都不认识他们。"

"法医小队找到什么线索了吗？"麦克尼斯博士问。

"血液散布的模式符合刀伤的特征。出血量说明是动脉伤和快速失血。"海沃德带着他们向小镇外侧的建筑走去。"这次攻击非常野蛮，看起来类似激情犯罪，但是所有失踪的人之间没有任何关联。凶手不论到底是什么人，都是群变态混蛋。当地人甚至都给凶手们起好了名字，你猜猜叫什么？艾科岛开膛手。这事是真的把岛民们吓到了。"

"岛民们都有枪吗?"贝克曼现在非常怀疑岛民们自卫的能力。

"几个猎人有枪。大多数人出于保护传统文化的原因,都在使用传统武器。"众人面前出现了一大片建筑,这里是方圆几百公里内规模最大的聚居区。"这是学校。法医小队在检查犯罪现场的时候,我把这里和警察局都封锁了。"他转头打量着学校操场,然后把车停在废弃的警车旁。

大家下车后,海沃德说:"这是我同事开的车。法医已经检查过了,但是什么都没找到。"

警车里面全是检测指纹用的粉末,虽然可以看到两栖类动物的手印,但是完全找不到人类的指纹。警用无线电和枪架上的枪都被拆走了。

"他们拿走了多少枪?"贝克曼问。

"这里加上警察局里,一共是9支手枪、2支霰弹枪和5支步枪。"

"这些武器勉强够用。"特蕾莎说。

"但是这完美展示了他们的意图。"贝克曼说。

海沃德指了指地上的血迹,血迹的位置距离警车不远。"我的同事就死在这儿。我们把样本送回达尔文市进行确认。"他深吸一口气,稳定了下自己的情绪。在加里温库这样的小地方,警察之间就像亲人一般亲密,而且海沃德现在还在努力接受同事殉职的事实。"马路对面的房子和海滩附近还有类似的血液飞溅残留。法医小队忙完之后,原住民的追踪者也搜索了一遍。他们说这事不管是谁干的,肯定是从海面登陆,穿过树林然后分头行动。"他一边说一边给大家指示凶手的行经路线。"一伙人从这去学校,其他人则从房子后面绕到了警察局。"

"脚印是什么样的?"贝克曼问。

海沃德犹豫了一下说:"这才是最奇怪的地方。追踪者说从来没见过这些脚印,这些人对这里的所有的活物都了如指掌。现在他们认为这些都是超自然生物。这些不是动物、不是人类而是海怪,是只有梦境才能找到的东西。我看他们都在胡扯。"

贝克曼非常同意他的看法:"是啊,这都是在胡说八道。"

海沃德说:"据说这些怪物数量还不少。"

"他们有多少?"

"追踪者无法确定数量,因为所有的脚印都叠在一起,这肯定是故意隐藏实际数目。但是根据他们踩踏地面的情况来看,数量肯定不少。这事已经惹恼了当地人。他们可从来没损失过这么多人,所以现在都想报仇。"

"你一定要阻止他们。"麦克尼斯博士说。

海沃德说:"我根本阻止不了他们。"他想到了3名殉职的同事,然后说:"再说了,我也不知道自己会不会去阻止他们。"

麦克尼斯博士问:"他们从学校里都偷走了什么?"

"笔记本电脑、电线、墙上的电器开关和1000多本书。"

"1000多本!"贝克曼大叫出来,他终于明白这不是一次普通的盗窃,而是一次有组织的劫掠行动。

"要把这些东西搬走,可得要不少人才行。"海沃德打量着被树林遮挡着的海面。"他们肯定把船开到了沙滩附近。因为足迹到海边就没有了。而且有报告说,晚上听到了船用引擎的声音,但是却没有相关的目击报告。沙滩附近的血迹说明,不管是谁看到了那条船,肯定都没能活着回去报告这一切。"

雷诺德问:"他们从哪儿弄来的船?"

"最近的一份失踪人口报告显示,一对夫妇乘坐游艇在小岛东边失踪了,亲属都联系不到他们。"海沃德阴沉着脸说:"如果这就是他们的船,那么死亡人数就是10个人了。"

一种沉重感弥漫在空气中,大家一时说不出话,雷诺德过了一会儿问:"我们能看看学校的图书馆吗?"

"当然可以,这边请。"

海沃德带着他们穿过空荡荡的教室,然后来到图书馆。大门已经被撬开,而公共电脑区所有的设备和配线都被洗劫一空。在后面的书架上,有些书却还留在原地。

麦克尼斯博士问:"他们都偷走了什么书?"

"据图书管理员说,被偷走的都是实用类书籍。"海沃德回答说,"百科全书、词典、历史、地理、数学和科学,所有这些书都被偷走了。唯一没有被偷的就是故事书。"

特蕾莎说:"他们渴求知识。"

海沃德和雷诺德离开了图书馆,等他们走远后,麦克尼斯说:"这就是一所高中。这里的书没有一本可以达到外星文明的水平。这些外星人可能损失了自己的飞船,但是他们可是宇航员。他们的训练水平不可能这么低。"

贝克曼完全同意博士的看法:"是啊,这一切完全说不通。"他们跟随海沃德离开学校,穿过一条路,来到一片将小镇和沙滩隔开的树林旁。

"有两个人死在这儿。"海沃德说着指了指树木之间的血迹,"他们的尸体被带到了那边。"他说完就指了指穿过沙滩直达海边的拖拽痕迹。

"没发现船的踪迹吗?"贝克曼问。

海沃德摇了摇头:"现在还没找到任何踪迹。附近可以藏船的地方太多了,但是他们早晚得出来买油料。那时候我们一定可以抓到他们。"

雷诺德说："但是他们也可能直接把船凿沉。"

"他们难道想游回家吗？"海沃德瞬间一头雾水。

"说不定他们已经回家了。"麦克尼斯博士闪烁其词地说。

海沃德困惑地看了看博士，然后认为博士的意思是嫌疑人都住在岛上。"来吧，我带你们看看警察局。我的另外一名同事就死在那儿。"他说完就向自己的越野车走去，雷诺德和麦克尼斯博士跟在他后面。

贝克曼一脸愁容地站在原地，打量着停在阿伯特岛避风处的奈绰雷斯特号。

特蕾莎看出了异样，于是问："怎么了，上校？"

"他们肯定在附近有基地，而且正在完善其中设施。"

"我们可以请求当地岛民中的追踪者去找找。"

贝克曼摇了摇头："那等于判了他们的死刑。"他打量着奈绰雷斯特号，心里非常清楚这些外星人已经用声呐彻底锁定了它。"海沃德警官说错了一件事。"

"什么事？"

他看着沙滩上的血迹和两天前尸体被拖进大海所留下的痕迹。"他说错了死者数目。算上渔船的船员，就是死了17个人，而且这还是我们已知的数目。"

贝克曼和特蕾莎默默跟着海沃德警官，钻进了警车。

\·\·\·\·\·\·\·

在顺着足迹检查了外星人的行动路线，并查阅了法医小队找到的证据后，他们坐上小艇驶向卡戴尔海峡。当脱离海岸之后，他们设定航向绕过艾科岛南端，然后返回奈绰雷斯特号。水手们都留在驾驶室，贝克曼和其他人都聚集在船尾。

"这个小镇缺乏防御。"贝克曼打量着海峡平静的水面，好奇他们距离发现异常声学信号的位置有多远。"这个海峡有多长？"

"走40公里可以到海峡的出口奈皮尔角。"雷诺德回答道，"走200公里就可以到群岛南端的韦塞尔气象站。"

"这地方面积可真大。"特蕾莎说。

"你要是把范围扩大到纽兰拜，那么面积可就是几千平方公里。"

贝克曼想到这些外星人还可以在水下游泳，于是说："这简直就是大海捞针，只不过咱们捞的是外星人。"

"联系这些外星人可不是什么轻松的活。"麦克尼斯博士说，"他们还不信任我们。我们必须说服他们可以信任我们，然后才能在事情一发不可收拾之前把他们从这带走。"

水手长从驾驶室里探出头说："少校，抱歉打扰一下。测深器总是失灵。请求返航之后进行更换测深器。"

雷诺德点了点头说："同意更换。"

麦克尼斯博士问："你说的失灵是什么意思？"

"测深器产生了重像信号，这就好像一群鱼不停地出现。探深器说不定被腐蚀了。"

"这有可能是快速游动的鱼群吗？"

雷诺德回道："鱼可游不了那么快。"

麦克尼斯博士打量着水面，发现几个灰色的影子在船下方快速通过。他被吓得立即从船边跳开："他们就在咱们下面！"

贝克曼发现有几团影子快速从水下接近小艇，立即扭头对雷诺德大喊："他们要进攻了！我们需要武器！"

"小艇没有武器。"由于海军人员在拜访当地村庄的时候不会携带武器,雷诺德此时连手枪都没有带。

贝克曼拿起一根固定在船边的船钩说:"这个就够了。"

雷诺德对水手长大喊:"全速前进!准备肉搏战驱逐登船的敌人!"

水手长困惑地看着雷诺德:"长官你是认真的吗?"

"这不是海员演习!"雷诺德大喊道,"赶紧武装自己!快点!"

在驾驶室里,掌舵的水手开始驾船全速前进,小艇的时速瞬间提升到了 20 节。另外两名水手从工具箱里翻出了扳手和锤子,然后跑到了后甲板上。一名水手递给雷诺德一个锤子。

贝克曼打量着海岸,发现他们现在处于艾科岛和奈绰雷斯特号视野之外。

他这才反应过来,这些外星人一直在等待时机,这样就没人能够发现他们了!

"鲍勃,"麦克尼斯博士说,"现在是和他们取得联系的好机会。"

"他们可不是来和咱们聊天的,麦尼。"船钩在贝克曼手中好像一根中世纪的铁头木槌。他对着特蕾莎点了点头,命令她保护博士:"把博士带进去。"然后贝克曼对水手们说:"不管下一秒跳出水的是什么东西,直接揍下去。千万不要犹豫,他们来这就是要干掉咱们的!"

水手们也渐渐摆脱了困惑,开始提高警惕,因为他们发现军官们都在准备一场生死之战。他们不知道自己的敌人长什么样,只能小心翼翼地打量着海面。

舵手看到测深器的读数突然飙升,于是大喊道:"有东西快速浮出水面!"

6 个形似鱼雷的灰色物体从船体两侧冲出水面,然后落在了甲板上。他们的高度不及人类的肩膀,灵活的身躯上长有发达的肌肉。

贝克曼用船钩击中一个外星人的胸口,打得他掉进了水里,然后掉头攻击另外一个外星人。可是他的目标却以惊人的速度闪到一边,然后用白色的珊瑚刀刺向贝克曼的腹部。贝克曼向后一跳,用船钩击中外星人的脑袋,后者立即失去意识倒在甲板上,脑袋上还被打出了一个伤口。

在贝克曼身后,水手们用自己的扳手和外星人们打成一团,上下飞舞的扳手不停地敲击骨头,挡开来袭的匕首,而外星人们也在躲避攻击的同时不停向水手们发动攻击。一名水手的小臂被珊瑚刀划开了一个伤口,而另一名水手的脸差点被珊瑚刀毁容。在船尾甲板上,外星人瞄准雷诺德的喉咙发动攻击,他立即一手抓住胳膊,然后用锤子砸在外星人的脑袋上。外星人被砸得当场毙命。另一名外星人手里攥着两把刀冲向驾驶室,打算让小艇停下来。

麦克尼斯博士刚好站在舱门和驾驶台中间。他张开双臂,表示自己没有带任何武器:"等等!我们不想伤害你!"

外星人扔出一把匕首,击中了博士的肩膀。博士踉踉跄跄地向后倒去,特蕾莎手里拿着一根点着的信号弹刺向外星人的胸口。外星人发出一声刺耳的尖叫,然后用另一把匕首刺向特蕾莎的喉咙。她用另一只空闲的手挡开攻击,然后将燃烧的信号弹刺进外星人的眼睛里。外星人再次发出尖叫,向后跳开,而特蕾莎一边向前逼近,一边疯狂挥舞信号弹,将他赶出了驾驶室。外星人在信号弹的紧逼下节节败退,然后跳船逃跑。此时,特蕾莎乘胜追击,用还在燃烧的信号弹对其他外星人发动攻击。一个外星人被这种从未见过的武器吓了一跳,立即跳下船逃跑,而剩下的外星人也紧随其后,纷纷逃回大海的怀抱。

这时大家才渐渐放松下来,一名水手躺在甲板上,手捂在被珊瑚刀划开的肚子上,另一名水手站在一边处理满是鲜血的胳膊。雷诺德站在栏杆旁,手里拿着一柄锤子,鲜血不断地从额头的伤口中涌出来,而他的脚边躺着两个外星人。一个已经被他用锤子砸死,而另外一个在靠近船尾的地方失去了意识。

贝克曼看着特蕾莎,她手里拿着一个烧完的信号弹。他对着特蕾莎点了点头,然后看到麦克尼斯博士瘫在驾驶室里的座椅上。博士按住自己的肩膀,击中他的匕首还戳在原位。

贝克曼问:"麦尼,你还能坚持得住吗?"

博士闭着眼睛仰着头,虚弱地说:"我可不觉得这对治疗头疼有什么好处。"

"看来你是死不了喽。"

雷诺德命令道:"快检查下测深器。"水手长闻讯立即跑回了驾驶站。而在远方,透过绿意盎然的岬角,已经可以看到奈绰雷斯特号了。

"长官,他们跑了。"

胳膊受伤的水手问:"那些都是什么玩意儿?"

在场的人都不说话。

"快把急救包打开。"雷诺德这才意识到另一名水手伤势严重。"马上呼叫奈绰雷斯特号,告诉他们准备接收伤员。"

特蕾莎把熄灭的信号弹扔进水里,然后又从驾驶室里拿出了几支,以防外星人发动第二次攻击。水手长设置好自动驾驶,然后急忙拿着急救包去照顾手上的同伴,但是贝克曼只是看了一眼,就知道这个年轻人绝对坚持不了多久了。

雷诺德一手按住额头的伤口,一手握紧锤子说:"刚才太险了。"

"他们好像从来都没见过信号弹。"贝克曼好奇为什么可以进行星际航行的外星人,居然会被如此简单的东西吓到。

"那还真是谢天谢地了。"雷诺德说道。

贝克曼打量着甲板上的外星人,一个被雷诺德砸扁了脑袋,另一个虽然呼吸很慢,但却很稳定。"让船长做好解剖和审问准备。准备好卫星连接转播。等会咱们就要上电视了。"

\·\·\·\·\·\·

望天客在声呐的帮助下,在黑暗中爬过一个内部陡峭的山洞。在穿过最后一块用于隔音的兽皮之后,他开始最后一段攀爬,只要过了这里,就到了堵在洞口的巨石旁。这些巨石被当作伪装放在洞口,庞大的体积完全可以阻止那些偶尔打猎的黑皮肤岛民进入洞穴。

当他来到洞口的时候,几名雄性成员从阴影中现身,为他撬开了较小的几块石头,打开了一条通向外面长满树木的高地小路。这里是唯一高于水面的出入口,而且只有到了晚上才会使用。陆生人很少从这里经过,但是望天客知道他们完全有能力跟踪自己的足迹。陆生人到处都是,所以他们不得不用石头堵住洞口,等周围安全了再搬开石头。

望天客绕过把守洞口的暗哨,顺着被海风抽打的岩石向海边进发。他非常熟悉这条路,但却时不时停下来搜索陆生人的踪迹,因为他们有可能在夜间狩猎。望天客很快就来到一块宽阔的大石头上,从这里可以眺望大海,还可以仰望星空。他的族群天生恐高,所以只能找个离石头边缘很远的地方坐下。这种暴露的位置可以确保望天客不会被自己的兄弟们打扰,让自己有私人空间和时间仔细思考。在他的胳膊下面,夹着一本上次突袭抢来的陆生人的书,这本书是望天客特地选的。他的兄弟们现在正在学习研究几百本书,但这本满是图标、图片和繁杂注解的书,却让望天客爱不释手。

他跪在石头上,打开了这本高中天文学课本,借着弦月的月光看了起来。这本书书页磨损严重,有些句子下面画着横线,书页边缘还有一些备注。就算这本书已然破破烂烂，对于望天客来说还是一座知识的宝库。他花了几个小时阅读这本书，反复查看上面的数学和物理学例题，各种天文奇观让他流连忘返。陆生人在天空上安装了一种叫作太空望远镜的神奇机器，正是这种机器拍下了各种天文奇观。

望天客不是很理解陆生人如何做到了这一点，但是他钦佩这一巨大成就。对于知识的渴望，让他第一个掌握了陆生人的文字，然后积极学习各种陆生人的知识，现在望天客已经成了自己族人的老师。多年以来，望天客如饥似渴地学习和翻译偷来的书籍及杂志，扔掉那些报纸和没用的周刊。这是个让人望而却步的工作，但是望天客靠着儿童图书学会了陆生人语言之后，才开始接受这个工作。

现在山洞里堆满了书，望天客和自己的兄弟们以惊人的效率学习陆生人的知识。浅滩潜行者通过上次突袭偷回来很多书，但是望天客在两天时间内就已经看了150多本。虽然望天客非常喜欢数学和科学类书籍，但是也涉猎其他各个种类的书籍，并能完全理解其中的内容。

陆生人的数学系统最为简单，因为望天客在翻译这些符号之前就已经发明了自己的数学系统。当他开始阅读从高中偷来的数学书时，立即将自己发明的方法转换为陆生人的数学系统。有的时候，望天客发现自己脑中的数学游戏，远远超越了陆生人可以理解的水平。望天客希望得到更多的知识，他知道更多更复杂的知识藏在一个叫作大学的地方。但是大学距离母之海太远，浅滩潜行者不可能从那偷来任何东西。

望天客只能接受这种现实。

当看完这本宝贵的天文学课本之后，他才发现自己已经疲惫不堪。自从同伴们将图书馆藏书搬进洞穴之后，望天客就一直在看书，几乎没有睡觉。有太多的知识需要学习，但留给自己的时间却不多了。因为望天客非常清楚，陆生人很快就会来找他们。

望天客抬头打量着天上的半弦月，用自己自带远视的眼睛观察月球表面。他打量着每一个撞击坑、平原和高山，大脑里回想着陆生人为它们起的每一个名字。他找到了探月飞行器的着陆区，却发现自己的眼睛并不能看清遗留在月球表面的登陆舱。尽管如此，只要打量这个反射着太阳光的纯白世界，就能赋予望天客一种内心的平净。

望天客体会到了一种苦涩的讽刺，他学习的速度是那么的快，学到了那么多知识，这让他感到无比快乐的同时还越发感到绝望。因为自己每多读一本书，就更加了解陆生人的强大。他为此警告过海之骄宠，为她精心挑选书籍，让她认真读完每一本书。海之骄宠对此没有发表任何评论，正是这种沉默，让望天客确信她完全明白问题的所在。

海之骄宠对一切了如指掌。

陆生人是他们最大的威胁。只要看看他们的历史，就能确认这一点。望天客不仅钦佩陆生人取得的成就，更是害怕他们对于一种叫作战争的有组织暴力行为的执着。陆生人极度迷恋这种行为。他们可以说是与生俱来的好战。望天客在几个小时内读完了他们几千年的历史，惊讶地发现陆生人已经发动了太多的战争，甚至将战争分成不同的种类：宗教战争、内战、革命战争、圣战、继承权战争、独立战争、现代战争、空战、海战、全面战争、核战争、世界大战。这么多种冲突形式造成了几亿人的伤亡，更不要提数不清的文明在战火中沦为焦土。

望天客非常清楚，在美丽的母之海地平线的另一边，还有一个巨大的威胁，总有一天，这股可怕的力量会找到他们。海之骄宠相信，陆生人与生俱来的好战和对于异类的恐惧，是自己族群无法对抗的威胁。和这样一个可怕的敌人困在同一个世界上，简直就是一场噩梦。但是，望天客在自己族人的身上也看到了陆生人的好战。他知道海之骄宠要对陆生人发动战争，而且只要能力允许，还要将陆生人彻底赶下统治世界的宝座。海之骄宠绝对不会对陆生人心慈手软。

这就是雌性个体和陆生人的打交道的方式。这两个种族有天壤之别，但是在某些方面却异常相似。

现在望天客还有一个问题找不到答案，为什么陆生人可以统治整个世界，取得如此伟大的成就，而他的族人却一事无成？他非常怀疑陆生人思维的局限性，在他花了几个小时看完21本所谓的《百科全书》之后，更加确认了这一点。书中有一个有趣的词条，其中记录了陆生人所谓的十大数学谜题。虽然这让望天客很感兴趣，但是他只花了一会儿工夫就得出了答案。这些问题的答案是如此的简单，但是却完全超越了陆生人的理解范围。在他自己的脑海中，他已经用游戏的方法解决了这些数学难题，但是陆生人却对此一无所知。

这对于望天客来说，才是一个真正的谜题。

他现在又多了一个需要解决的谜题，但它与数学无关，而是和一门被陆生人叫作古生物学的学科有关。他知道陆生人已经发现了无数化石，足以证明陆生人的进化历史。但是，这其中却没有一块化石与自己的族人有关。这就好像他的族人从不存在一样。这种荒诞的结论迫使望天客将注意力转移到另外一个假设上，也许这个假设站不住脚，但是他的高智力却不容他忽视其存在的可能性。即他的族人并非发源于母之海，更不是这个星球上的原生物种。如果事实真的如此，那么他们又来自哪里呢？

望天客一如既往地打量着天空，陷入了沉思。

\·\·\·\·\·\·

随船医生取出了麦克尼斯博士肩膀上的珊瑚刀，然后缝合了雷诺德少校额头的伤口。各位军官再次齐聚特纳船长的房间，进行一次深夜会谈。麦克尼斯博士脸色苍白，左臂吊在胸前，雷诺德头上缠着绷带，但是没有受到脑震荡影响。但是，特蕾莎却不在场。她正在监督随船医生解剖外星人尸体，解剖的全过程通过卫星实时传回51区的生物学部门。

特纳船长早就克服了两个外星人给她带来的震撼，但难以接受损失一名船员的事实。她已经下令不必为阵亡的水手进行海葬，而是将尸体冷冻，尽快送回家属身边。由于贝克曼的一再坚持，特纳船长搬走了军官餐厅的桌椅，将那里变成一个临时的独立实验室，以便处理外星俘虏的伤口，同时为特蕾莎和远在51区的研究团队研究外星人提供场所。

当所有人就座之后，船长的勤务兵为大家端上咖啡，然后就离开了房间。等他关上了房门，特纳船长说："我现在要给一名20岁水手的双亲写阵亡通知。这个小伙子这会儿原本应该和自己的哥们儿在下层甲板聊天呢。我现在该怎么解释这一切？"

"这就是个训练事故。"贝克曼说，"你必须给全体船员通报情况，然后命令他们不得泄露真相。"

特纳瞪圆了眼睛说："你不是开玩笑吧！"

"到时候两国政府会对这事进行通报。"贝克曼安慰道，"再过几个小时，我们就会收到相关命令。"

特纳冷冰冰地问："你都已经安排好了？"

"我不过是发了一份报告。负责掩盖真相的人会花几个小时完成工作。到了早上，一切会准备就绪。"

特纳强压怒火说道："上校，我不知道怎样才算更糟，到底是咱们努力掩盖事实真相更糟，还是你们已经有了一套专业掩盖真相的流程更糟。"

"我知道你的感受。"

特纳毫无感情地问："你真的知道吗？"

"我也损失过手下人，他们个个都是好样的。"

特纳惊讶地问："外星人干的？"

贝克曼点了点头，完全不想说明具体地点和时间："你的船员都可以服从命令吧？能确保他们不会泄密吗？"

"他们当然可以服从命令。"特纳对雷诺德说，"为了以防万一，明天给全体通读一遍犯罪法第七章。"她继续对贝克曼说："这应该就能解决保密问题了。"

"现在有关这次行动的所有信息都是机密，这其中包括咱们曾经来过这儿。"

特纳点了点头，她对此一点都不觉得奇怪："下一步怎么办？"

"特蕾莎会想办法和俘虏交流。"

"你会说他们的语言？"

"我不会，这是我们第一次接触到这些外星人。"麦克尼斯博士说着在口袋里摸索止疼片。他挤出两片止疼片，混着咖啡送下了肚子，希望这能缓解自己的头疼。

"解剖有什么结果？"特纳问。

"所有记录资料和尸体肢解部位都会送回51区进行分析。"

"海军部长也会给我下达相关的命令对吧？"

"我认为是这样。"

"你们的医疗舱必须彻底消毒。"麦克尼斯博士说，"所有和外星人接触过的东西都要焚毁消毒。这都是出于对你们人身安全考虑。

我们完全不知道这些外星人身上有些什么鬼东西。"

"他们对我们来说是一个威胁吗?"特纳问。

船舱里顿时陷入一片寂静,贝克曼对着博士点了点头,示意他继续说下去。

"船长,这事很不确定。外星人出于各种原因来地球,其中很大一部分原因是因为我们的文明在宇宙中非常罕见。"

特纳船长不解地问:"稀有?"

贝克曼解释说:"麦尼自己有个理论。这个理论部分基于我们回收来的数据,根据这些数据标记了周围文明的位置。这让我们将宜居世界的范围扩展到了 50 光年之内。"

"你们连这事都知道了?"雷诺德惊讶地问。

"我们有足够的证据证明至少有 14 个宜居世界,而且这还不算地球在内。"贝克曼耸了耸肩说,"这个数量可能更多,但是足以支持麦尼的理论。"

"我管这叫沙漏理论。"博士解释道,"它可以解释我们相对于其他智慧生命而言,人类在宇宙中的地位。"

"我从来没听说过这理论。"特纳说。

"这还处于保密状态。"贝克曼说,"博士的所有书面材料,就连想到的念头,都是机密。"

"也不是每一个念头都是机密。"博士笑了笑继续说,"请想象宇宙中所有智慧生命都处于一个大沙漏中。每一粒沙子代表一个文明。当原始生命产生智能之后,沙漏上部就多一粒沙子。

"沙漏上半部分代表着一个原始生命产生思维能力,逐渐发展成为一个文明所需要的总时间。这就包括人类进入石器时代的时间。对于人类来说,这足有 340 万年。紧贴沙漏瓶颈上方的沙子,代表着即将形成文明的智慧生物。这意味着5000～8000年前的人类，那时候刚刚形成基本的社会。大概10000年前，上一个冰河世纪结束，于是出现了一些小型农耕聚落。后来，这些聚落变成了小镇和城市。到了这时候，人类就进入了沙漏的瓶颈。

"几千年后，我们还停留在瓶颈内，只不过距离进入沙漏下部越来越近。整个过程可能还需要1000年，因为其中的技术障碍巨大，需要时间来克服，不过我们正在逐渐完成这个阶段。当我们依靠自己的力量脱离太阳系之后，就可以脱离沙漏的瓶颈，进入沙漏的下半截。相较于沙漏的上部来说，这里的空间和所代表的时间跨度也更大。整个沙漏的下部都是星际文明的天下。瓶颈不过是早期文明和星际文明阶段的过渡期。在我看来，沙漏的3部分代表着初始文明、过渡期文明和星际文明。

"所有能够到达地球的外星文明都处于沙漏的下半截，其中大多数文明可能都比我们先进几万到几百万年，甚至几亿年也不是没有可能。我们不知道太空之中有多少外星文明，我们和他们之间的技术差距也无从得知。但是从整个宇宙层面来说，有几万亿个文明。"

"几万亿？"雷诺德几乎不敢相信自己听到的话。"居然有这么多？"

"是的，至于要理解其中缘由，你得明白人类是个非常年轻的文明，而这个宇宙却非常古老。根据光谱分析结果来看，宇宙整体环境在20亿年前就已经适宜生命出现。当一个智能生物出现之后，还要花几百万年才能达到沙漏的瓶颈区，产生自己的文明。但是，发展成为一个星际文明却只需要一两万年，然后进入沙漏的下半截。

"现在问题的重点在于，沙漏最窄的位置就是这个瓶颈，恰好就是人类所在的位置。这个瓶颈之所以这么窄，是因为所代表的时间跨度只有 2 万年，但是整个沙漏所代表的跨度却以 10 亿年计算。沙漏所代表的不过是整个宇宙寿命的一部分，而宇宙已经存在了整整 138 亿年了。每一颗恒星和行星都是按照自己的时间轴运行的，地球上的生物进化完全独立于整个宇宙。很多星球在太阳系形成之前就已经存在了很久了。

"这意味着宇宙中大多数的文明已经在沙漏底部待了很久了，甚至已经忘了当初在瓶颈区是什么样子。所以，他们来地球就是重温曾经在瓶颈区的生活。在整个银河系有 10 亿个星体，我们可能是唯一还处于瓶颈区的智慧生物，唯一还没有进入星际文明阶段的文明。就算我们不是唯一这样的文明，那么类似的文明总数也不会太多。"

特纳若有所思地说："这是因为瓶颈区太短了。"

"大多数人认为处于星际文明阶段的外星人很少，因为他们认为外星人属于整个宇宙文明阶段的顶端。大家认为这是一个类似地球食物链的金字塔结构，大量的低级文明位于底端，而位于顶端的文明则很少。但是，他们并没有考虑到宇宙的整体年龄。所以，他们弄反了这个结构。这个结构确实是金字塔形，但是却要倒过来理解。"

"所以是顶端文明很多，而底端文明却没有几个。"贝克曼说。

麦克尼斯博士点了点头："和整个宇宙的年龄相比，2 万年太短了。如果说太空中智慧生物的出现非常罕见，就算我们的银河系中每 10 万年才会出一个智慧生物，那么绝对不可能发生两个种族同时穿过瓶颈区的情况，因为初始期文明的时间是过渡期文明的 5 倍。就算每隔几十万年才会出现一个外星文明，那么在 20 亿年的时间之内，我们的银河系中也会出现 2 万个星际文明。当然，这个实际数量可能存在点误差。就算 10 万年的时间只是我的假设，鉴于我们银河系的规模，整个假设也是非常合理。你只要想一想存在多少亿个星系，那么你就明白我为什么会认为整个宇宙中有几万亿个文明了。"

"这个数量实在是太多了。"特纳不禁开始考虑这一切是否属实。

"当然,并不是所有文明都能活下来。"贝克曼说,"有些文明被自然灾害毁灭,还有些在内战中灭亡了。"他耸了耸肩说,"咱们也还没有通过瓶颈区呢。"

麦克尼斯博士继续说:"从整个银河系的角度来看,最后一个通过瓶颈区的文明进入星际文明之后,地球还要再过8万~9万年才会出现第一批文明。在我们进入星际文明之后,可能还要经过同样长的时间才会出现下一个文明。所以,在绝大多数的时间内,银河系内不会出现处于过渡期的文明。"

特纳说:"我不喜欢你的理论,这实在是太吓人了。"

"其实事情没你想的那么糟。"博士说,"这么多年来出现了这么多文明,肯定有一个接受新文明的流程。当我们准备好之后,就知道这个所谓的流程是怎么回事了。这个流程将会确保我们在银河系中有一个位置,但是这个位置可能和我们想的有些差距。"

"那是因为我们处在整个一个星系文明结构的最底端,而不是顶端。"贝克曼说。

"如果说其他文明在等待我们穿过瓶颈区,那为什么餐厅里的那个家伙想干掉我们?"雷诺德问。

"好问题。"

"条例规定要求我们把外星人送回51区。"麦克尼斯博士说,"但是鉴于外面有不止一个外星人,我已经申请把这个样本留在船上进行研究,直到我们弄明白到底要对付些什么。只要船上有卫星连接,我们可以联系到相关专家。"

特纳问:"你真的以为贝托里尼少校能找到办法和外星人沟通?"

"异形学是她的专业。"麦克尼斯博士说,"她的专业涵盖外星语言、生物学、文化和心理学。"

"趁着她研究如何和咱们的俘虏聊天的时候,"贝克曼说,"咱们得把作战部队带上来。"

特纳问:"这有必要吗?"

"这个种族已经显示出了很高的侵略性。如果他们使用高科技武器,那么我会叫来我的侦察小队,但是常规军事力量应该可以保护这条船。"

"我该怎么给堪培拉解释?"

"你不需要解释。我们所需的一切都会送来,没人会多问一个问题。除了必要的士兵以外,还有侦察机、无人机和卫星照片。我们想要什么就有什么。再过 48 小时,整片区域都会在我们的监视之下。"

"我今晚就发救援请求。"特纳说道。

"美国海军的战舰也向这边赶来。"贝克曼说,"为了以防万一,我们查明那颗牙齿不是地球生物之后,就立即命令他们赶了过来。现在我们抓到了一个活的外星人,将会有更多的战舰和飞机赶过来。"

"我希望咱们用不到他们。"特纳说。

"我建议关闭所有水密门,向所有卫兵配发武器。我们不能确定外星人是否会攻击这么大的船,但是你总得以防万一。"

特纳对雷诺德说:"快去传达命令,然后停用所有的小艇。这些小艇太脆弱了。"

"明白了,长官。"

\\\\\\

入侵

　　海之骄宠已经累了。她花了整整一夜在水流中穿行，身旁还有自己的保镖护航。浅滩潜行者坚决反对她冒这样的风险，但是海之骄宠已经听取了牧海人的奇怪经历和黑色怪物希望和自己聊一聊的请求。现在，她已经做出了决定。

　　海之骄宠认为黑色的怪物和陆生人没有任何关系。这个怪物不同于以前他们所遇到的任何东西，而且它的请求中带有几分尊敬的意味。这个怪物称呼海之骄宠是女族长，她之前对这个词完全不了解，但是牧海人已经完全了解了其中的意思。这种称呼说明黑色的怪物认为海之骄宠是一个很重要的雌性个体，是整个族群的领袖和所有族群成员的母亲，是整个领地合法的统治者。

　　海之骄宠一边游，一边思考这个来自深海中的怪物为什么会给自己这个称号。在到达预定会面地点之前，海之骄宠已经接受了这个称号，明白了其中的权威意味。从各个角度来说，海之骄宠就是母之海的女族长。

　　她之所以同意和黑色怪物会面，是因为一次对陆生人小艇失败的突袭，不仅损失了一名手下，甚至还有一人被俘。这是一场始料未及的失败，她的兄弟们在一种从没见过的火焰武器面前毫无还手之力。现在族群已经暴露，陆生人肯定会将注意力集中到母之海。这让海之骄宠感到绝望。她已经命令牧海人立即带路，丝毫不给他休息的时间。虽然牧海人已经疲惫不堪，而且这次长途跋涉可能要了他的命，但是海之骄宠已经等不及了。

　　海之骄宠已经看过了望天客为自己选的书，其中大多数是历史和地理书。望天客没有让她在科学和数学上浪费时间，因为其他人会处理这些事情。海之骄宠需要做的是理解陆生人的强大力量和对族群的威胁。在这些书籍的帮助下，她对此已经有了充分的了解。在掌握的所有知识中，有一条最让她感到震惊。

这颗星球上有几十亿陆生人！

她知道自己的族群不可能是这么强大的敌人的对手，但是她自己又能做什么呢？陆生人发现自己的族群不过是个时间问题。正因如此，海之骄宠才会铤而走险，选择接受黑色怪物的召唤。

"海之骄宠，它就在下面等着。"牧海人指了指会合地点，"它要你一个人去。"

浅滩潜行者问："为什么要一个人去？"

"因为它害怕暴露位置。"

海之骄宠以为黑色怪物是在害怕陆生人，完全不知道它的敌人来自更遥远的地方，比陆生人更是强大数倍。

"我会找到它的。"海之骄宠说，"你留在这里。"见浅滩潜行者正要抗议，她又说道："我的兄弟，我需要你也留在这里。"

海之骄宠浮出水面，将四个肺里注满空气，然后一个人潜入了黑暗之中。随着月光渐渐消散，她只能利用自己的声呐导航，但是只发现了沙石和躲在巨石下的小鱼。在海中搜索了一番之后，海之骄宠担心陆生人已经杀死了黑色怪物，或是将它赶回了深海。就在她准备返回的时候，一个长长的黑色物体出现在她身边。虽然这个怪物看起来没有在游动，但是随着距离越来越近，海之骄宠可以感觉到海水从它身边静静流过。

海之骄宠想用声呐确定黑色怪物的外形和速度，但是直到它游到了自己头顶，都没有接收到反射回来的声呐信号。这就好像这个怪物并不存在，一切都是自己的意识玩弄的把戏。还没等弄明白发生了什么，这个足有鲸鱼大小的怪物就已经游到了海之骄宠的上方，她发现自己浑身动弹不得，甚至不能用声呐发出求救信号。

入侵

海之骄宠脑子里只有一个念头：这是个陷阱！但是黑色的怪物已经把她吞进了肚子里。

随着脚下黑色的舱门缓缓关闭，舱室内部的海水都被抽走。海之骄宠被一股不可见的力量固定在空中。随着舱室逐渐加压，温暖的气流吹拂在她的皮肤上，海之骄宠试着吸了一口气，发现这是她呼吸过的最香甜的空气。

远处，一个毫无感情的声音说道："欢迎你，海之骄宠。"

她想说话，想命令怪物放开自己，想扭头打量周围环境，但是自己的肌肉完全不听使唤。虽然被困在巨兽的肚子中，但是她强大的意志还是控制住了内心的恐惧，但墙壁上长出的细细银线开始向海之骄宠靠拢。让她感到恐惧的是，这些银丝穿透了自己的头颅，在大脑内部组成了一层网格状结构，而且整个过程中，海之骄宠都不曾觉得疼痛。

当网格开始工作后，渗透探针就可以读取海之骄宠的思想，然后感受到了她的困惑和愤怒："请原谅我，众海之母，这一切都是必要流程。"

04
重大发现

贝克曼走进充满消毒水味道的军官餐厅，然后坐在一张靠着走廊舱壁的椅子上。一张透明的塑料布被贴在甲板和天花板上，形成一个透明的防生化沾染的密封膜。在这层密封膜的一边是观察区，而在另一边则是一张布置在餐厅正中央的病床。

外星囚犯躺在病床上，手腕和脚踝被捆住，他用大眼睛仔细打量着房间里的一切。在他脑袋的左边，凝固的血迹标记着贝克曼击中他的位置，胸前贴着的圆形传感器负责记录外星人的脉搏、体温和呼吸，所有这些数据都显示在床右边的显示器上。3台摄像机监视着外星人的一举一动，在他的脚边还有一个屏幕，外星人可以很容易看到它。在显示器后面是一个戴着口罩、手握突击步枪的水手，所有这些安排都是为了让外星人知道，自己根本不可能逃跑。

为了确保自身安全，站在外星人旁边的特蕾莎也戴着口罩和橡胶手套。在外星人还没有恢复意识的时候，已经对他进行了基本医疗检查，确认外星人没有明显内伤，然后清理他的伤口并对全身进行清理。但是，并没有对外星人使用任何人类的药物，因为任何一种人类的药物，都有可能成为外星人的毒药。

特蕾莎按了一下遥控器，屏幕上出现一张银河系的照片，一个不停闪动的金色标记代表着太阳的位置。特蕾莎用激光笔指了指那个标记，然后指了指自己的所在的位置，示意这里就是标记所指示的位置。

外星人并没有显示出任何理解的迹象，特蕾莎试着将激光笔放在他手中，请他指示自己家园世界的位置。但特蕾莎松开激光笔之后，外星人就把它扔到了地板上。

"看来没什么进展。"贝克曼悄悄对身边的麦克尼斯博士说。

"这只是暂时的。"博士一边回答，一边摆弄着放在腿上的电脑，受伤的胳膊还挂在胸前。他一边做着记录，一边用电子邮件和51区的刑讯小队讨论具体行动方案。"这家伙还在研究我们，想弄清楚我们的底细。"

"你怎么知道？"

"你看看他的眼睛。"麦克尼斯博士悄悄说道，"他的眼睛就没有闲下来过。"

贝克曼注意到外星人一直等着特蕾莎，而后者却只顾着捡起掉在地上的激光笔："外星人理解特蕾莎的问题吗？"

"这个问题可不好说，他完全没有要和我们合作的意思。"

贝克曼看着对准外星人的摄像机说："所有这些画面都直接传回了马夫湖吗？"

麦克尼斯博士点了点头："那边可是集合了所有生物学家和语言学家。"他指了指外星人头顶的麦克风说："他们希望可以记录外星人的语言，这样苏曼人的翻译机起码可以识别语言，然后确定这家伙到底是什么种族。"

"他们这是浪费时间。"贝克曼想起来，他们曾经从坠毁的一艘苏曼人飞船上回收了一个翻译机，而苏曼人的星系距离地球足足70光年。

麦克尼斯博士惊讶地抬起头问："为什么这么说？"

"那个翻译机里只有14种外星语言，而且还都是邻近文明的。"

苏曼人的翻译机里储存了1500种人类语言，这说明它的主要用途是研究人类。鉴于其中只储存了少数几种外星语言，完全可以想象这艘坠毁的飞船只能用于短途航行。贝克曼打量着外星人，他对于特蕾莎的问题摆出一副无所谓的样子。"我不认为这家伙来自任何一个邻近文明。"

"也许我们还没有见识过所有的邻近文明。"麦克尼斯博士说，"有些文明可能高度排外，也可能对我们毫无兴趣。"

"如果他来自附近文明，那么现在早该被自己人救走了。他们应该向研究地球的飞船发出信号，要求家园世界派人来接他们。但是，他们到现在什么都没做，这才是问题所在。我虽然不确定到底发生了什么，但是这可能……说明有问题。"

"如果你说的没错的话，那么进度将会非常缓慢。"

贝克曼看着外星人再次扔掉了激光笔，发现他对于银河系星图完全没有兴趣："有没有可能这家伙完全不认识银河系？"

麦克尼斯博士摇了摇头说："他就是不配合我们而已。"

贝克曼打量着这个外星人，发现他完全不符合自己的预期，这个外星人的表现和自己多年在侦察回收小队所接触到的外星人相比，没有一丝相符的地方。尤其引人瞩目的是，这个外星人身上没有带任何高科技装备。"为什么这家伙没有带装备、通信器材或是那些相位器？这家伙完全没穿衣服！哪有富有自尊的外星人会光着身子跑到其他人的星球上的！"

"说不定他的衣服也被毁了。"

"我看不太可能。我们见过的那些太空服可以承受辐射、超高温、极寒和微生物。"他皱着眉头说，"咱们肯定是忽视了什么。"

麦克尼斯博士继续打字，完全不在乎贝克曼的话："对于一个不认识银河系的外星人来说，没有携带任何技术装备真是刷新了我们的认知。"

贝克曼打量着外星人光滑的皮肤,却发现上面没有任何损伤或是明显的标记:"你觉得他有几岁?"

"这完全没法判断。我们不知道他们的寿命或是老化过程。他可能30岁,也可能1000岁。"

判断外星人年龄是一个非常困难的事情。手头仅有的信息说明,外星人寿命长短不一,但是唯一可以确定的一点是:外星文明历史越悠久,外星人寿命就越长。似乎所有文明都希望延长寿命。

贝克曼只能将外星人的赤身裸体和对银河系星图的毫无兴趣,一起加入自己的待办事项中。"那首鲸鱼之歌有什么进展吗?"

"语言学家在非测距脉冲里发现了一些模式,但是还不清楚其中含义。"

"把那玩意儿放一遍,看看能不能激起他的兴趣。"

"我们认为眼前这家伙应该是个雄性个体。他的生殖器官和地球上两栖动物的差不多。我打算叫他阿特米丝。很明显,他是个使用原始武器的猎人,而阿特米丝是希腊神话中使用弓箭狩猎的神……"

"我们才不会用希腊神话里神的名字来命名外星人。"贝克曼坚决地说。他非常反感将神性或是超自然力量属性挂在外星人的头上,哪怕这些外星人可以进行星际旅行也不行。地球上已经有太多意志薄弱的家伙,这些人将外星人当作神灵,而贝克曼决定不给这些人任何机会。

"咱们总得给他们起个名字。"麦克尼斯博士非常失望地说。

"这家伙是两栖生物,对吧?那就叫他卡迈特[①]好了。"

[①] 儿童节目《芝麻街》中的木偶,形象为一只绿色青蛙玩偶。

麦克尼斯博士说:"你是在开玩笑吧。我们不能用一个木偶的名字来命名一个高智商的外星星际文明,况且他的皮肤都不是绿色的!"

"你说得没错,但是没人会去崇拜一个玩偶吧?"贝克曼知道命名委员会早晚会否决他的提议。"就叫他卡迈特了!"

\·\·\·\·\·\·\·

海之骄宠恢复了意识,发现自己脑袋里有种痒痒的感觉。她好奇这到底是什么原因,然后惊讶地发现答案直接浮现在脑海里。这是生化植入物融合过程中的副作用,当分子植入物和大脑融合之后,就可以从细胞层面上与植入物进行无缝互动。在脑内界面上,她发现数以万计的神经通路加速了思维的速度,只需要自己动动念头,就可以接入庞大的数据库。

最让海之骄宠感到惊讶的是,她自己现在开始使用一种完全不同的语言进行思考。虽然之前她从来没听过这种语言,但是现在却能灵活运用。这是一种高度发达而且极为优雅的语言,它语义丰富而且充满音调变化,同时适用于口头表达和生体声呐沟通。当海之骄宠还在研究这种语言的时候,联合语数百万年的历史立即汇入脑海中,向她展示自己的真实身份和入侵者语言的历史。

在这种语言的帮助下,海之骄宠发现了自己的真实身份和自己苦苦寻找的真相。海之骄宠来自一个被她的敌人称为入侵者的种族,这是因为她的同胞天性好战,热衷于扩张领地。但是联合语还为她展示了另外一个名字,一个它们对自己种族的称呼。她是众海孤子的一员,用联合语说就是 Vars Gatroxiyen Anot。入侵者是球状星簇中第一个到达银河系悬臂的文明,整个入侵者文明并没有发展出大多数星际文明所共有的道德和律法，完全是依靠女性领导人好斗的天性推进入侵者向外扩张。由于缺乏可以与之抗衡的文明，入侵者统治了星簇内所有弱小的种族，将他们的世界改造成满足自己需求的殖民地。如果入侵者发家于银河系悬臂之中，那么古老的文明将会有效遏制他们的扩张。但是入侵者远在银河系文明的势力范围之外，所以可以随心所欲大肆扩张。直到他们向银河系扩张的时候，才吃了第一次败仗。

海之骄宠惊讶地发现，自己居然是这次败仗的产物，她被扔在这颗星球上，被自己的同胞所遗忘，完全无法享受应有的权利。她第一次发现，自己终于寻回了真正的自己。历史悠久的基因改造让海之骄宠可以与植入物完美融合，从而可以随意使用海量的数据和加速的神经通路。这让海之骄宠可以随意使用入侵者技术设备，与其他使用植入物的同胞进行交流。

当海之骄宠完全恢复意识之后，脑海里满是从未见过的地点和奇观的图像。每一个图像都在诉说着她的种族取得的成就、一次次胜利征服和辛酸的失败。她的脑海里充满了各种想法和星体的图片，虽然这让海之骄宠感到自己随时可能会发疯，但是体内的植入物却可以确保一切都在可接受的范围内运行。海之骄宠发现这是一个强行灌输教育系统，渗透者专门设计了这套程序，帮助海之骄宠脱离愚昧。在几个小时的时间里，她从一个没有接受教育，只知道母之海的高智商野蛮人，变成了一个纵览银河系、通晓古今的入侵者。

在数据传输量达到高峰的时候，海之骄宠感觉自己要忘记自己是谁时，脑海中突然想起了探针冷冰冰的声音："你是谁？"

几百万年来的各种思想充斥于她的大脑，无数统治者、强大皇后和女皇的样子在脑海中一一闪过。和这些伟人相比，海之骄宠简直一无是处。"我……我是？"

渗透探针质问道："你是谁？"它的口气与其说是在询问，不如说是在向海之骄宠发起挑战。

她深吸一口气说："我是……海之骄宠。"她在说话的同时努力集中精神。

"你究竟是什么人？"

"我……迷……"

"你究竟是什么人？"探针的口气严厉无比，提出的问题在海之骄宠的脑海里不停地回荡。

"女族长……我是女族长……母之海的女族长。"海之骄宠渐渐恢复了力气。

"伟大的女族长，植入物将对你非常有用。"渗透探针说，"但是你必须熟练使用它们，一如你使用自己的双眼和双手。"

海之骄宠回想着探针的话，越来越清楚该如何使用体内的植入物。它不仅是一种礼物，更是一种迟到的权利。这些植入物通常随着年龄增长，逐步植入使用者体内，但是当前情况下只能对海之骄宠实施全面植入。探针所使用的植入物技术可以将操控别人的植入物放入囚犯体内，进而达到拷问和获取情报的目的，这种技术与强化幼年入侵者个体的技术一模一样。而唯一的不同点在于，二者的植入时间不同。

海之骄宠打量着灰色的金属房间，好奇渗透探针究竟是什么东西，然后相关图像资料和具体设计用途就涌入了自己的大脑。海之骄宠看到了探针在银河系中的航线，如何躲避数不尽的敌人，和急于让自己远在家园星系的姐妹们了解失败的原因。探针取得的成就让海之骄宠好奇它究竟有多强大，但是随后就明白探针藏在海底，是为了避免那些来自其他世界的敌人发现并摧毁它。在这一点上，她和探针处境一样，都在躲避强大的敌人。

"我明白了。"海之骄宠用入侵者的语言说道,"你就是我姐妹们的耳目。"

"我是同型号探针中的最后一个,也是唯一飞了这么远的。"

海之骄宠开始好奇姐妹们的命运,然后就看到几百个闪光的星球聚在一起,每一个光电都是她们统治的一个世界。她敬佩姐妹们的力量,希望她们可以拯救自己,然后才看到这个球状星簇距离银河系外侧悬臂如此遥远。

"还真远啊。"海之骄宠忽然意识到自己的族人被困在那颗星球上,来自全银河的舰队将那里彻底封锁。

"距离太远,无法提供援助。"

海之骄宠已然感到孤独无力,一想到自己和远方姐妹的巨大反差,更是感到绝望。姐妹们是被击败了,不过她们仍然拥有强大的力量,并且统治着许多世界,而她自己却带领着石器时代的猎人们东躲西藏。

当她想到自己是如何陷入这种困境时,心中感到很忧郁。这时候,海之骄宠在脑内界面看到了自己母亲的样子。涅姆扎里不过是个低级军官,是坠毁在地球上的突击舰上的唯一女性幸存者。她曾经试图繁育后代保护突击舰,但是还没等计划完成就被俘虏了。涅姆扎里相信突击舰的指挥中枢摧毁了所有的受精卵,以免它们落入敌手,但是这个受损的指挥中枢却自始至终都有自己的想法。

"是突击舰生下了我们。"海之骄宠惊讶地发现,自己不过是个失灵合成智能的产物。

"你们之所以能活下来,是因为这个星球热带地区高密度的生物质信号,受精卵的信号完全不会被发现。我现在能发现你们,完全是因为你们已经是成年个体了。"

"那为什么我们的敌人没有发现我们?"她问道。

"他们没有在找你们。我们的敌人在研究人类,而你们也藏了起来。"

"但是你发现了我。"

"我所有的扫描都是以寻找入侵者生命特征为目的。这是所有入侵者合成智能的核心规则。"

海之骄宠整理了一下思绪,仔细消化这些改变自己认知的知识。她发现自己不过是个被强敌包围的孤儿。敌人统治了自己居住的世界,就连自己看不到的远方世界也处于敌人的控制之下。人类对于深层空间内银河系战争一无所知,这一点不得不说让人备感惊讶,也从侧面证明他们的星球是多么的偏僻。就在几个小时之前,海之骄宠还能享受这种无知带来的幸福,但是现在这种无知已经成为一种奢侈,留给她的只有绝望和震撼。

"你能带我们回家吗?"她问道。

"办不到。"

海之骄宠的脑海里立即出现探针的设计图。探针全身上下唯一开放的空间只有拷问室,而且这里的空间也只能容纳几个人。即便是渗透探针可以带上所有人,她也非常清楚探针绝对不会这么做。渗透探针的任务,要求它前往12光年外的敌方家园世界。

"你会向姐妹们通报我们的情况吗?"

"当任务结束后,我会发出一条信息。钛塞提人将因此确定我的位置并将我消灭,但是我会向你的姐妹们通报你的情况。"

"你什么时候离开?"

"当天空没有敌人的时候,我就会离开。"

"你可以帮助我们吗?"

"伟大的女族长,我没有武器。"一艘小型的入侵者战舰就可以

重大发现

在几分钟内毁灭人类文明,将整个星球化作废土,但是渗透探针却不是用来战斗的。在如此深入敌方领地的地方,武器没有任何用处,因为随时都会有压倒性的舰队将它击毁。保持隐蔽是唯一有效的防御。

海之骄宠低声说道:"那么我们就死定了。"

"当人类发现你们的真面目和具体位置之后,就会消灭你们。"

她想到了自己被俘的兄弟,然后说:"他们已经知道了。"

\·\·\·\·\·\·\·

两名戴着口罩的水手调整了下卡迈特的床,让他能够呈 45 度坐起来。特蕾莎对他们点了点头表示感谢,然后调整了下显示屏的位置,好让外星人能够看得清楚。自从被俘以来,外星人一直在观察特蕾莎,除了吃了些生鱼肉喝少量淡水以外,其他方面的工作完全不配合。对于贝克曼来说,这就好像卡迈特根本没有提供有用的信息。特蕾莎对此保留自己的意见。

她走到平板电脑显示屏的旁边,启动了一个马夫湖的团队匆匆完成的程序。屏幕上出现了两个巨大的正方形,每个正方形里面都有一些直线和圆点。在两个大正方形下面,是四个小正方形,小正方形中还有些略有不同的图案。

特蕾莎走到外星人身边,发现自己第一次成功引起了他的兴趣。"看来你确实开始感兴趣了。"她说着用激光笔对准屏幕下方的一个小方块。方块变成红色,看来是个错误的答案。她用激光笔对准第二个方块,也得出了同样的结果。当对准第三个方块的时候,小方块和上面大方块的边缘变成绿色,看来这是个正确答案。"看明白了吗?"她打量着外星人,确信他已经完全理解其中的原理。"我相信你已经完全明白了。"

特蕾莎将激光笔放在卡迈特的右手上。铐住外星人手腕的手铐已经转移到了胳膊上方,好让他能自由使用小臂。有那么一会,特蕾莎以为外星人会再次扔掉激光笔,但让人感到欣慰的是,这次外星人握住了激光笔。特蕾莎立即用无线遥控器让电脑调出第二个谜题。

特蕾莎问卡迈特:"现在该你了,应该选哪个?"

外星人像一尊雕像一样躺着,虽然手中握着激光笔,但是他却拒绝回答问题。特蕾莎向平板电脑屏幕走去,移动了四个小方块。"嗨,来啊,我知道你想玩这个,看看你到底有多聪明。"

外星人盯着特蕾莎,后者走到他身边,准备拿过激光笔再次演示一遍。让特蕾莎感到惊讶的是,卡迈特抽回了手,用激光笔对准了第四个小方块,然后小方块和两个大方块都变成了绿色。

特雷哈露出了笑容。这还是外星人第一次对她试图测试其能力的努力做出了反应。"不是很难吧?你答对了!不过你早就知道答案了,对不对?"特蕾莎转向电脑屏幕,按了下遥控键,调出了第三个谜题。这次在谜题出现以后,外星人只用了不到一秒就给出了答案。

特蕾莎的笑容消失了。"天哪,你学得还真快。"还没等特蕾莎自己想出答案,卡迈特就已经解开了谜题。她再次按下遥控器,卡迈特随机解开了谜题。"我明白了。这些对你来说都太简单了。"

她回到电脑旁,调出更难的谜题并启动了计时器,然后问卡迈特:"准备好了吗?"说完后就按下遥控器,开始了速度测试。

一道道逻辑推理谜题在屏幕上飞速闪过,卡迈特一眨眼就解决了谜题,然后电脑会自动送出下一题。谜题的难度不断提高,但是卡迈特还是很轻松地解决了这些难题。随着测试难度进入高级难度,特蕾莎的脸色越发阴沉,因为卡迈特可以毫不费力地解决这些难题,而对于最聪明的人类来说,还需要好几分钟才能解决这些难题。更糟糕的是,

重大发现

特蕾莎发现卡迈特回答问题最费时的部分是用激光笔对准目标,而不是得出答案。当测试结束的时候,卡迈特的分数让人瞠目结舌。

"他得分如何?"贝克曼从防沾染塑料屏风的另一边问道。

"我们需要一个更难的测试。"特蕾莎打量着马夫湖电脑程序的测试结果。

IQ 过高,无法测试。

\·\·\·\·\·\·\·

当奈绰雷斯特号还在加里温库等待部队从东澳大利亚赶过来的时候,澳大利亚皇家空军的三叉戟无人机从南澳大利亚的基地起飞,向着卡戴尔海峡飞去。远程无人机捕捉到的画面首先传回 2500 公里外的主基地,然后传到奈绰雷斯特号和 51 区的作战室。

贝克曼、雷诺德、特纳船长和麦克尼斯博士在通信室观看传回的画面。小屏幕上显示的是从高空拍摄的宁静海面,画面两侧是修长的岛屿,你甚至可以看到被太阳烤得发白的岩石。岛屿的一部分被灌木和丛林遮蔽,而海岸线则遍布着雪白的沙滩、小型海湾和饱经风霜的悬崖。无人机航向东北,和岛屿保持平行飞行,但是只看到几只盘旋在悬崖和岬角的海鸟。

贝克曼失望地说:"看起来这里已经被废弃了。"

"这里是原住民保留地。"雷诺德说,"虽然当地居住人口很少,但是绝对不会是荒岛。"

"应该能看到些渔民的。"特纳说。

麦克尼斯博士说:"除非这里已经没有鱼了。"

"要么他们都被吓跑了。"贝克曼心中腾起一种不祥的预感。"他们会报告受到攻击吗?"

雷诺德耸了耸肩说:"要是他们认为这是超自然事件的话,就不会向我们报告,但是类似的消息很快就会传遍各个聚居点。"

三叉戟无人机捕捉到海中有一团深蓝色的物体,而两侧则是被海水淹没的沙洲。

"那是什么东西?"麦克尼斯指着黑色的物体问道。

特纳打量了一会儿画面,然后说:"让他们拉近镜头,仔细看看那团阴影。"

"是,长官。"通信员很快就将船长的命令转达给南澳大利亚爱丁堡的无人机操作员。

高空摄像机很快对准了马尔金巴尔岛东面的海面,这里是韦塞尔群岛的最北端。一个不停扭动的虚影出现在屏幕上,海面反射的阳光挡住了部分虚影。

"那是海草吗?"贝克曼问。

"绝对不可能是海草。"雷诺德凭着多年经验一眼就看出事有蹊跷。

无人机捕捉到海面上有一段系在黄色浮绳上的白线,随着无人机继续飞行,浮绳也落到屏幕下方。

"那是一张网。"贝克曼说,"原住民会用网吗?"

"最起码他们不会用这种网。"特纳再次命令通讯员,"给那条白线来个广角镜头。"

通讯员将请求传达给无人机操作员,画面立即扩大,展现在众人面前的是依靠悬崖拉起来的3条浮绳,刚好围住了一片浅水区。

"这是个渔场!"特纳惊讶地说。

雷诺德打量着屏幕,困惑地说:"这里可没什么水产业。"

"现在有了。"贝克曼说,"但是却看不到一个原住民。要么他们已经被吓得不敢回来，要么就是一个都没回去。"

特纳说："我现在就让北方领地的警方把这里的失踪报告都发过来。"

"那你可得要过去 10 年的记录。"

"上校，没人可以杀了我们的人，还能保证 10 年内都无人知晓。"

"你确定吗？这里可是有不少空荡荡的村落，而且天知道有多少人就莫名其妙地失踪了。"

"也许并不是每一起鳄鱼和鲨鱼袭击都像我们想的那样。"雷诺德承认道。

"咱们得注意内陆地区。"麦克尼斯博士说，"这些外星人可能在海中狩猎，但是他们是两栖动物，不是鱼。他们肯定住在陆地上。"

雷诺德看着他们，脸上的表情仿佛在说这些岛屿根本不适合居住："这地方非常荒凉，而且这段时间里热得要死。"

"他们可以白天藏起来，"特纳说，"等到晚上天气凉爽了再外出活动。"

贝克曼补充道："特别是人类睡觉的时候。"他问麦克尼斯博士："这些外星人是夜行动物吗？"

博士摇了摇头说："我看不见得。"

"仔细观察下那个小岛。"特纳对通信员说道。

当命令传达到无人机操作员之后，三叉戟无人机从小岛上空掠过，用摄像机观察海岸线。内陆没有任何生命的迹象，但是有一串脚印从海边一直延伸向岩架。

"那里有人。"雷诺德说。

"或者是有什么东西。"

屏幕右侧出现了低空盘旋的水鸟。它们俯冲而下，从水面叼走一点食物残渣,然后快速爬升,完全没有打湿自己。

麦克尼斯博士问:"这些鸟在干什么?"

"它们在吃食物残渣。"雷诺德说,"但是我看不到渔船的踪迹。"

特纳命令通信员:"镜头向右。"屏幕上的画面迅速被小岛附近的浅海区所取代。

一大群海鸥和燕鸥不断从海面掠过,叼起水面的食物残渣,然后迅速爬升,就好像他们的性命都取决于速度。在海面之下,一团黑色的物体一直在移动,它就好像一团有了生命的黑影,移动速度远比南边渔场里鱼的要快得多。

特纳眯着眼睛看着屏幕,研究着鱼群的行动轨迹,然后意识到它们正在逃命。"水里面肯定有什么东西。"

贝克曼打量着水中的黑影说:"不管那到底是什么东西,饥饿的海鸟都被吓得不轻。"

雷诺德看透贝克曼的心思:"我这就去发动直升机。"

\·\·\·\·\·\·\·

"你能把给我的一切也赐予我的族人吗?"海之骄宠现在已经完全恢复了对意识和身体的控制。她已经习惯飘浮在悬浮力场之中,听着探针在自己的大脑中说话,并用联合语回答它的问题。

渗透探针说:"我的资源有限,但不是没有可能。"

"你能为多少人进行手术?"

"他们也需要和你一样的植入物吗?"

"不,只要能帮助我们对付……"她正准备说"陆生人"3个字,但现在她知道了有更好的表达,"人类。"

"我可以给 50 个个体提供必要的知识，但是这对你们来说没有任何用处。"

渗透探针扫描地球时留下的图像涌入了海之骄宠的大脑。巨大城市和大陆的太空照片出现在她的眼前。早在望天客为她挑选的书中，海之骄宠就已经知道了这些事情。这只不过让她更加确信人类强大的物质力量，但是她还是打算寻找与之对抗的办法。而渗透探针赋予的知识则进一步坚定了海之骄宠的决心。

"我会送来 50 名弟兄。"海之骄宠的心中已经确定了谁可以从中获得最大收益。这份名单是根据她自己的需要和每个人的天赋才能所决定的，但是其中却没有自己姐妹的位置。就连深渊之心，这个最接近朋友定位的雌性成员都不在其中。哪怕其他女性成员都命悬一线，海之骄宠绝对不允许她们变得更强大。就在海之骄宠还在想哪些知识最有用的时候，植入物就将几千种可能的战略战术汇入了她的大脑，这些知识都是从无数场冲突中得出的经验。一切来得是如此突然，海之骄宠只能勉强跟上数据传入的速度，但最终还是吸收了所有的知识。这些知识让海之骄宠认为，渗透探针比她自己还了解自己，这可以让她达到权力的巅峰，但却无法取得进一步的发展。

"伟大的女族长，您打算什么时候开始？"

"现在就开始。"海之骄宠已经等不及了。

审讯室里立即灌满海水，然后打开舱门让她游出去。海之骄宠头也不回地游向水面，脑子里思绪万千。整个族群的存亡完全取决于她挑选的这 50 个人。而其他人，都可以牺牲。就算他们失败了，这 50 个接受改造的个体也要坚持到最后一刻。

望天客必然接受改造。他必须学习入侵者的科技和数学知识，以期他可以找到人类科技中的弱点。如果这个弱点真的存在的话，只有望天客才能找到，但是望天客和其他人距离这里很远。她必须带着保镖立刻回去召集人手，但是浅滩潜行者可以先留在这里接受改造。

这对于浅滩潜行者来说非常公平，因为他是海之骄宠最信任的助手，理应第一个接受改造。他将学习入侵者所有关于战争的知识，学习所有伟大的胜利和惨痛的失败，以及他们的同胞是如何成为宇宙中的强大文明的。浅滩潜行者将接受探针有关于人类物质实力的知识，然后就可以预测人类的行动并采取相应的措施。

海之骄宠资源有限，但是她可以确定一件事，浅滩潜行者将是一位伟大的将军。

\·\·\·\·\·\·

到了下午，雷诺德、贝克曼和麦克尼斯博士登上奈绰雷斯特号的松鼠直升机。他们飞过加里温库和当地的简易机场，然后顺着卡戴尔海峡向着无人机在东南方向发现的水下物体前进。

"一架 P-8 反潜巡逻机会和我们会合，为我们提供支援。"雷诺德顶着引擎的轰鸣大喊，"一共发现了 6 个水下黑影，最北边的一个在斯芬克斯之颅，最南边的一个在阿纳姆湾。"

贝克曼不安地看了一眼雷诺德。他花了几个小时研究地图，熟悉整个区域，完全清楚其中涵盖了多大的一片区域。他坐在直升机上，沿着卡戴尔海峡前进，当直升机到达北部出口的时候，阿纳姆地海岸线向南延伸，而他们继续向东北前进。而在他们的身下，就是一片片热带岛屿和海面。

在升空一个小时之后，雷诺德问："上校，你打算如何着陆？"

"低空快速通过。"贝克曼说，"不要悬停。千万别把自己变成

重大发现

活靶子。"贝克曼认为不太可能遇到一支外星人恰巧带着偷来的霰弹枪，但是他不想因为一颗流弹而迫降在大海里，而这些外星人可是善于游泳的两栖动物。

雷诺德驾驶着直升机降到离地面 100 米的高度，而双发 P-8 反潜巡逻机出现在高空，开始以 20 公里为直径绕着他们盘旋。与此同时，耳机里传出一个很稳重的女性声音。

"风筝呼叫泰斑蛇，080 方向出现小型地面目标，完毕。"

雷诺德回复了呼叫，然后调整了直升机航向。几分钟后，他们就看到水面上漂着一个纤细的物体。从远处看过去,那东西好像某种生物，但是贝克曼用望远镜观测到那不过是一条木船。

"是一只翻掉的独木舟。"他说着开始在周围寻找幸存者。

"有没有可能是从某个村子里漂来的？"麦克尼斯博士在后座上问道。

"有可能。"雷诺德对此也不确定。他们绕着独木舟飞了一圈，寻找幸存者，雷诺德向反潜巡逻机通报了情况，然后继续飞行。

10 分钟后，女性军官的声音又响了起来："风筝呼叫泰斑蛇，前方有飞鸟。爬升到 300 米进行躲避。"

贝克曼用望远镜看到了一群海鸟，然后给雷诺德指示了方向，后者立即将直升机对准鸟群开始爬升。海鸟有时候会从海面掠过试图捕获食物，但是大多数时候只能无助地在空中绕圈。当直升机靠近之后，大家发现水下有一大群身体纤细、银黄色的鱼类，它们就在海鸟下方的水面慢慢游动。贝克曼用望远镜对准鱼群，发现周围还有一些好似鱼雷的物体。这些鱼雷状的物体将鱼群赶向东北方。

"他们在赶鱼。"麦克尼斯博士惊讶地说。

"那些是黄吻姬鲷。"雷诺德解释道，"吃起来可棒了。"

"那可是好大一群呢。"贝克曼估计海面下可能有几百条鱼。

雷诺德估计了一下鱼群的目的地:"它们要去的地方和我们一样。"然后继续驾驶直升机向着远处的小岛飞去。

"我好奇他们是否知道我们要来了。"随着他们越来越近,拔地而起的白色悬崖也映入眼帘,除此之外还能看到一块绿意葱葱、遍布石头的高地。

"我们离开奈绰雷斯特号的时候,他们的声呐就应该已经发现我们了。"麦克尼斯博士说,"他们现在肯定知道我们来了。"

直升机从小岛上空掠过,然后飞回海面,开始在一处小水湾上空盘旋,而在海面上就可以看到一片被浮标固定的渔网。另外一群被驱赶的鱼几乎要被赶进渔网,雷诺德立即驾驶直升机躲到一旁,躲开直升机上方跃跃欲试的海鸟。当鱼群靠近渔网的时候,12个流线型的身影将浮标推到一边,在渔网上打开了一个缺口,那样子就好像拉开了一道窗帘。过了一会,高速游动的牧海客把鱼群赶进了缺口,然后渔网被迅速关闭。牧海客们迅速四散,一道灰色的影子从悬崖下面冒了出来。这团不断扩大的影子将鱼群包围,然后开始撕扯鱼群。惊恐的鱼群顿时跃出水面,而恼怒的海鸟只能偶尔冲下来夺取一点战利品。

"降低一点。"贝克曼说。

雷诺德小心翼翼地打量着海鸟,然后驾驶着直升机贴着海面快速从海湾上空掠过。一只海鸟撞在桨叶上被撕成了碎片,羽毛和鲜血散落在挡风玻璃上,而在水面下,几千个忙于捕鱼的两栖外星人正在游来游去。

"我们得拍点照片。"贝克曼说,"P-8可以看到这里吗?"

雷诺德用无线电呼叫了上空的巡逻机,但女军官却说:"水面反光遮挡了目标。"

麦克尼斯打量着水面说:"看来数量是真不少。"

重大发现

贝克曼看到一个贴着水面游动的外星人,他额头的突起从直升机上看得清清楚楚。

"P-8可以用来反潜吧?"

"对啊。"雷诺德完全不明白贝克曼有什么计划。

"所以飞机上肯定有声呐浮标吧?"

雷诺德这下就明白是怎么回事了:"那是当然。"

"能不能让他们扔一个声呐浮标到鱼群中间去?"

雷诺德笑着说:"这就是一句话的事情。"

麦克尼斯博士紧张地说:"你这不是在开玩笑吧?我们可不知道这会对他们造成多大的伤害。"

"我们很快就知道答案了。"贝克曼对雷诺德说:"告诉反潜机,让他们准备好照相机。"

"泰斑蛇呼叫风筝,请求投放一个声呐浮标到黑色物体正中央。请准备好相机。"

反潜机的指挥官确认了请求,然后就飞到渔场上空扔下了一个金属圆筒。圆筒脱离飞机后,立即打开了一个降落伞。

麦克尼斯博士绝望地说:"他们会以为这是一场进攻!"

贝克曼说:"我们需要一些能让联席会议相信的证据。"

"联席会议!"博士大喊道,"你都在说些什么东西?"

贝克曼大吼道:"下面有几千个外星人,其中任何一个都要比你和我加起来还聪明。你觉得我想干什么?"

麦克尼斯博士被惊得合不拢嘴,但是却什么都没说。几秒钟之后,声呐浮标掉进海里,然后启动声呐,开始搜索不存在的敌军潜艇。声波在海中犹如一道道惊雷,几千个外星人争先恐后地将脑袋探出水面,让自己高度灵敏的生体声呐躲开声呐浮标的声波攻击。有些外星人惊恐地捂住自己的前额，而在悬崖之下，其他的外星人犹如一道黑色的海浪跃出水面，向岸边逃去。有些外星人被已经上岸的同伴拉出水面，而其他的外星人则分不清方向沉入水里。

"他们都是孩子！"麦克尼斯博士大喊道。

在海面以下，几千双蓝绿色的大眼睛好奇地打量着高速盘旋的直升机，而负责警卫工作的成年个体只能在一旁无助地狂怒。

"声呐浮标的声波强度是多少？"

雷诺德说："200分贝，和船上的声呐强度差不多。"

"这就是他们的弱点了。"

"他们和鲸鱼一样。"雷诺德看着一脸困惑的贝克曼说，"海军声呐可以震聋鲸鱼，所以它们就搁浅了。声呐影响了鲸鱼的导航系统。说不定还会让鲸鱼感到头疼。"

"鲸鱼还会头疼？"贝克曼从没听说过这回事，而且开始怀疑声呐浮标对未成年的外星人也有同样的效果。

雷诺德开始呼叫反潜机："风筝，你看到这边情况了吗？"

"泰斑蛇，我们看到了。所有信息正在实时传送回奈绰雷斯特号。"

贝克曼看着在高空绕圈的P-8反潜巡逻机，然后说："告诉他们，在奈绰雷斯特号确认收到所有记录之后，就删掉飞机上所有记录。"

雷诺德将贝克曼的命令传给了反潜巡逻机。而在海面上，3个警卫游向声呐浮标，将浮标拉到水面上，然后用石头砸个不停。声呐浮标很快就停止了工作，未成年个体也纷纷返回水下。

"他们要不了多久就能弄明白是怎么回事。"雷诺德看着被吓坏了的未成年个体逃进了小岛深处。留在海湾里的只有几个充当警卫的成年个体，他们浮在水面上打量着盘旋的无人机。

"这是个错误！"麦克尼斯博士说，"他们会以为我们向捕猎场

重大发现

投放了声波武器。"

"麦尼,这才不是捕猎场呢。"贝克曼说,"这是个该死的孵化场,而且类似的地方肯定不止一个!"

\·\·\·\·\·\·\

当返回奈绰雷斯特号之后,贝克曼和麦克尼斯博士去军官餐厅,看看特蕾莎对卡迈特的研究进展。随着测试要求的不断提高,这间临时实验室的仪器设备也越来越多。贝克曼不在的时候,3个戴着口罩、穿着白大褂的科学家也登船加入了研究。

自从51区开发的智商测试证明无效之后,特蕾莎开始教外星人玩国际象棋。在防生化沾染密封膜的另一边有一个屏幕,上面实时显示着国际象棋棋盘,而卡迈特则从床脚和屏幕互动。卡迈特长长的脑袋上贴着金属制的传感器,上面的导线将大脑生物电活动信号传回了新搬来的设备上。

当大家就座之后,特蕾莎带着一种难以置信的表情看着贝克曼,示意这个外星人取得的进步甚至超过了自己的预期。卡迈特看着棋子在屏幕上飞快移动,用激光笔选择要移动的棋子。贝克曼看着特蕾莎的表情,就知道外星人已经对自己的对手造成了不小的威胁。

麦克尼斯博士打开电脑,开始检查51区发来的邮件。过了一会儿,他悄悄说:"他们已经完成血液分析报告。"在卡迈特还没醒来的时候,一份血液样本用直升机从奈绰雷斯特号直接送到了墨尔本大学进行分析。分析结果直接从墨尔本大学送到了51区生物科学研究小队进行进一步分析。"他的血液里没有抗体。任何抗体都没有。生物科学那边的人完全不清楚他的免疫系统如何工作,但是他的细胞再生能力倒是非常惊人。"

贝克曼打量着卡迈特的脸，惊讶地发现脸上的瘀青在几个小时之内已经发生了改变："他脸上的淤青已经变淡了。"

麦克尼斯博士头也不抬地说："我注意到了。你昨天敲开了他的脑袋，等到了明天，他就痊愈了。"

"要不要打赌伤口是否会留疤？"

博士继续看着报告，嘴上说着："他有超强凝血能力，超快细胞再生，另外还对各种疾病免疫。这绝对不是自然进化而成的。他的整个身体就是基因改造的成果。"

贝克曼一下来了兴趣："这让他成了个强壮的小混蛋，而且还很难杀死。"

"鲍勃，我们来这不是为了杀掉他们的，我们是来建立联系的。"

"我觉得这些外星人不想和我们聊天。"

麦克尼斯博士继续看着报告说："他们用 14 种高致病性病原体感染了血液样本。结果是完全没有效果。"

"那我们就不能使用细菌战了。"

"作为一个星际文明来说，免疫微生物也是很正常的事情。"麦克尼斯博士说，"这样他们就可以更快殖民到外星世界。"

"他那些小兄弟倒是很适应地球。"

"他们还把血液样本暴露在辐射之下。"麦克尼斯博士看着报告，惊讶地说，"他的细胞对于辐射的抵抗力是人类的 200 倍。"

贝克曼皱着眉头说："所以，要是爆发了核战争，那么唯一的幸存者就是卡迈特和蟑螂。这听起来都有点像摇滚乐队的名字了。"

"鲍勃，他们没有核武器。"

"现在没有而已。"

重大发现

"辐射抗性和核战争无关，但是在太空旅行中很重要。地球的磁场保护我们免受辐射影响，但是在太空里情况就不一样了。他们适应反辐射力场保护自己的飞船，但力场发生了故障怎么办？这种改造对于那些想抵抗太空辐射的太空文明来说非常有用。你知道这意味着什么吗？"

"当然，打喷嚏对他们没用，核弹对他们也没用。"贝克曼阴沉着脸说。

"这意味着这个种族在太空里待了太久，以至于必须改造自己的身体以适应周围环境。"

"查尔斯·达尔文要是知道这事，怕不是要在坟里气得翻跟头。"

"这些外星人已经可以控制自己的进化了。"麦克尼斯博士边想边说，"自然选择已经不适用于他们了。"

"那他们完全可以让那个糟糕的鼻子好看一点啊。"

"卡迈特是人工选择的结果。我好奇是不是所有外星文明在掌握了自己的基因之后，都会采取类似的行动。你可以想象一下，他们弄错了一个基因组，然后在几个世代之内都没有发现这个错误……更别说其中的伦理道德问题了。这对人类来说可是个大问题。"

贝克曼摇了摇头说："人类开始调整基因也只是个时间问题。在美国这可能是件违法的事情，但是世界其他地方的某个人会把这事弄成一门生意，定制婴儿旅游。你还是早点习惯这事为妙。"

麦克尼斯博士阴着脸，思考着这份报告背后的含义："从进化的角度来说，人工选择要比自然选择快得多。这就像我们还是低挡位，而他们已经进入高挡位。如果一切平等的话，我们根本不可能和他们竞争。"

"麦尼，你这么一说，事情可就一点也不乐观了。"

"上一次两个智能物种在地球上相遇还是智人和尼安德特人相遇。

智人比尼安德特人进化程度更高,所以赢得了进化比赛第一名。根据这份报告和特蕾莎的测试结果来看,我们和这些外星人之间的差距,远甚于智人和尼安德特人之间的差距。"

"还好卡迈特还处于石器时代。"

特纳船长走进军官餐厅,坐在了贝克曼身边。她看着棋子在屏幕上不停移动,然后悄悄问:"现在谁在赢?"

"人工选择。"贝克曼说。

特纳好奇地看着贝克曼:"你在说什么?"

贝克曼耸了耸肩说:"别介意我说的话,我就是个低级的尼安德特人。"

特蕾莎看到了贝克曼和特纳,就走到了密封膜前。

贝克曼问:"卡迈特现在应该是世界冠军了吧?"

特蕾莎翻着白眼说:"他输了前两局,第三局平局,然后连续赢了九局。现在这一局他也赢定了。"

特纳好奇地看着他俩:"卡迈特?"

"我们总不能叫他佩奇小姐吧?"

"他的对手是谁?"

"他的对手不是人。"特蕾莎说:"是个东西。我们找了分布式万亿级网络做他的对手。"

"分布式……那是什么东西?"特纳问。

贝克曼说:"我就知道这里除了我和你,没几个人知道这玩意儿到底是什么。"

"这东西就是把美国大学里的超级计算机全都连到了一块儿。"特蕾莎解释道,"综合计算能力达到了几百兆次浮点运算。"

"几百兆次浮点运算?"特纳疑惑不解地问道。

"就是一个非常非常大的数。"贝克曼解释。

"我们把整个网络的计算能力全用来和他下棋了。但是这也只能让我们用 3 天。现在那些大学都快气疯了,因为我们根本没告诉他们要用整个超级计算机网络干什么。"

"他们要是知道你用这么贵的超级计算机玩游戏的话,肯定会气疯的。"贝克曼说,"而且,还没赢。"

特蕾莎说:"他们要是知道对手是谁就肯定不会生气了。"

特纳看着走了一步棋:"人类能战胜超级网络吗?"

"我们连一台超级计算机都搞不定。"贝克曼说,"更别提一群超级计算机了。"

麦克尼斯博士闷闷不乐地看着自己的电脑:"不论超级网络功能有多强大,它还是受制于我们的智商,因为是我们创造了它。这才是问题所在。"

特蕾莎也点了点头:"卡迈特的思维模式和我们不一样。"

"你怎么知道?"特纳问。

"我们记录了他的神经脉冲。他的脑内神经电流是我们的 2.8 倍,而且是多个神经中枢同时启动。"特蕾莎笑了笑说,"他完全可以同时处理好几件事。"

"玩个国际象棋和多任务同时处理能力有什么关系?"贝克曼问,"这不就是个游戏吗?"

"国际象棋包含多种走法。走法越多,可能的组合越多。如果卡迈特可以同时多任务处理,在同一时间内发现多个可能的组合,那么就可以同时发现好几种可能。这就解释得通他为什么一直在赢。现在的问题是,他能同时想到几种走法?"

贝克曼凑到麦克尼斯博士身边说:"人类一次只能想到一种走法

对吧?"

麦克尼斯博士点了点头说:"嗯哼,是的。"

"好吧,还真是个聪明的小混蛋。"

"而且还是历史上最棒的棋手。"

看到超级网络现在全面失守,贝克曼说:"他现在知道领先了我们多少了吗?"

"他知道。"博士说。

"你怎么知道?"特纳问。

"我们在研究他的时候,他也在试探我们的极限。就以特蕾莎的智商测试为例。这已经告诉他我们的智力极限,因为我们设计了这些问题。这就像一个5岁的孩子在给你做测试。你通过设计问题的人,就能知道提问的人水平如何。道理都是一样的。"

"还好他不知道对手是谁。"贝克曼说,"也许他以为我们会比这更聪明点。"

"千万别抱侥幸心理。这家伙一个细节都没放过。"博士说道。

"那可就太糟糕了。"贝克曼略有些惋惜。

"你为什么这么说?"

"他知道太多关于我们的事情了,所以我们绝对不能让他回去。"

"你不能永远关着他,他是个高度发达的智慧生物。"

贝克曼面无表情地说:"卡迈特出去的办法只有一个,那就是塞进棺材里。"

05
血流成河

深渊之心咳嗽了一下，就好像有食物卡在喉咙里。她抓着自己的胸口努力呼吸，呼吸道却开始收缩。一切发生得是如此突然，以至于她没来得及将空气存入4个肺中。由于肌肉开始抽搐，深渊之心的身体也开始不停地哆嗦。一个念头从脑海中闪过，她狠狠打在海之骄宠的手上，手中的鱼也落到了地上。

深渊之心抬起一只手警告海之骄宠，但是毒素渗入她的皮肤，让手指感到刺痛无比。她用自己的声呐发出了一条警告："有毒！"

海之骄宠无助地看着深渊之心倒在地板上，因为窒息和疼痛扭成一团："妹妹？"

深渊之心将木盘推到地上，确保自己的姐姐绝对吃不到上面的食物，然后就一头倒在了矮木桌上。海之骄宠冲过去把她抱在怀里，想要寻找任何生命迹象，但是深渊之心已经死了。

深渊之心一直深得海之骄宠信任。她们一起在红树林和珊瑚礁里长大，在艰苦的早年岁月一起捕猎热带鱼和甲壳动物。她们曾经不止一次从海中潜行的独鳍杀手或是泥泞河岸里潜伏的长牙潜行者嘴下侥幸逃脱。她们不止一次看到自己的姐妹被吃掉，而她们自己只能赶紧逃命。那时候，她们还小，无法释放控制雄性的激素，所以被忽视，完全依靠自己活命。等进入青年期，她们的激素开始影响雄性个体之后，生活才发生改变。

海之骄宠不是很清楚这其中到底发生了什么，但和其他姐妹相比，更善于利用这一点。这种生物学特质使得雌性个体能够领导多个雄性个体，并成为入侵者社会乃至整个种族的核心力量。她和深渊之心曾经对这事进行了很多次讨论，虽然无法确定其中缘由，但是很庆幸这种特质可以让她们充分利用雄性个体的力量。只有在全面接受了入侵者的知识之后，她才明白其中奥秘。

　　和自己一起长大的妹妹死在自己怀中，一股强大的失落感笼罩了海之骄宠。深渊之心是她唯一可以依靠和信任的雌性个体，尽管二者之间并不能完全彼此信任。现在，深渊之心已经死了，即便身边还有几千忠诚的雄性个体，海之骄宠第一次感到了极端的孤独。当她反应过来深渊之心最后的行动救了自己的时候，她心中的失落感更是无以复加。这种行为在入侵者雌性个体之间非常少见。深渊之心的死让海之骄宠心中燃起了复仇的怒火，唯有让凶手偿命才能将它熄灭。

　　海之骄宠用声呐发出信号救援，洞穴里立即响起了脚步声。过了一会儿，浅滩潜行者拿着他的新武器走进了洞穴，这把切肉钢刀是几天前从人类游艇上找来的。他还在适应入侵者科技插件灌输给他的各种战争和详细的医学解释。和这些萦绕在脑中的各种信息相比，真正让浅滩潜行者感到难过的是，如果他能有远在银河系外的兄弟们的一部分武器，自己早就打败人类了。当看到深渊之心的尸体和悲痛欲绝的海之骄宠，他立即驱散入侵者插件的知识灌输，将注意力集中在自己的女王身上。

　　"食物有毒。"海之骄宠用最标准的联合语说道。她已经下令所有人学习并使用联合语，并希望有朝一日与远方的同胞相遇之后，可以得到平等对待，而不是被当成野蛮人对待。

　　浅滩潜行者打量着地上散落的食物，瞬间明白了一切。他愤怒地喊道:"我现在就去杀了准备食物的人!"

海之骄宠将深渊之心的尸体放在地板上,然后站起来看着浅滩潜行者说:"不,查查到底是我的哪位姐妹干的好事,然后把她带来见我。调查的时候注意保密。不要让其他人知道这里发生了什么。"

"明白,海之骄宠。"他说完就匆匆离开了。

海之骄宠知道自己的食物是由雄性个体准备的,但是凶手绝对是在自己某位姐妹的命令下才开始行动,她很可能想要取代她的领导地位。如此一来就能大大缩小嫌疑人的范围。等抓到雄性刺客之后,就会从他口中得知幕后指使者的身份。公开处决刺客没有任何意义,因为这对受激素控制的雄性来说没有任何影响,对于其他雌性来说更是无足轻重。浅滩潜行者将果断消灭刺客,不留任何痕迹,因为他不过是别人的棋子而已。

但是对于刺客背后的那位姐妹,海之骄宠就不会这么仁慈了。

\·\·\·\·\·\·

纳尼奇亚·玛图维站在自己的独木舟上,双手将长矛举过头顶,等着鱼儿现身。当一个黑影窜到独木舟下方的时候,玛图维将长矛刺入阿纳姆湾平静的海水中,双手稳稳握住长矛的另一端。他花了好多年才练出这种闪电般的反应,可以在发现猎物的瞬间就发动攻击。

长矛刺穿猎物后背的瞬间抖了一下,但是让他感到惊讶的是,猎物没有疯狂挣扎,反而是因为震惊而一动不动,一双小手握着从胸口突出的长矛。这个外星人幼崽在水中发出痛苦的低频率脉冲,向自己的兄弟姐妹发出警告,并向负责育儿的雄性个体发求救信号。

这位土著渔民出于好奇,将长矛提出海面,打量着自己的猎物,好奇这个猎物哪些部位可以吃。但他发现自己的长矛上戳着一个蓝灰色皮肤的人形生物。纳尼奇亚打量着猎物三角形的脸，凸起的额头和分开的大眼睛，难以想象世界上居然有这样的动物，然后就把今天的收获扔到了独木舟上。纳尼奇亚一只脚踩在外星人背上，拔出了长矛，然后坐回独木舟上，而血液不断从外星人胸口的伤口处涌了出来。外星人的一双小手按在胸口，而一双奇怪的脚则不停地抖动。外星人脚的中部没有骨头，但是在脚的两边各长有一排细细的骨头，在游泳的时候可以水平展开，而在陆地走路的时候又可以缩在一起。外星人的身体肌肉健壮，而粗壮的大腿则说明他在水下的移动速度也很快。

外星人幼崽吐出鲜血的时候可以看到口中三角形的小牙齿，随着外星人渐渐失去意识，眼睛也慢慢闭上。一双小手从还在流血的胸口上滑开，随着血液流入4个肺中，呼吸声也变成了嘶嘶声。

纳尼奇亚听说过在夜间活动的怪物，它们会袭击进入自己水域的渔民，但是自己却还没亲眼见过。多年以来，每当有猎人或是渔民失踪的时候，有关水中恶魔的谣言都会不胫而走，但事情的真相却不得而知。纳尼奇亚9岁之前都在教会学校度过，非常喜欢听年纪大的人讲述关于梦境的故事，以前他一直觉得关于恶魔的传说令人难以想象。但是今天，他信了。

他拿起自己的木桨戳了戳这个奇怪的生物，以为如果这就是一只水中恶魔，那未免也太脆弱了。纳尼奇亚认为这个生物已经死了，于是打量着水面，好奇水中是否有类似的东西，以及这些怪物是否就是往日鱼量丰富的渔场如今却空无一物的原因。

纳尼奇亚没有看到鱼或是怪物，于是打算绕过海角去卡托河，以前在那里可以捉到很多鱼。但是，他看到3个流线型的物体时不时跳出水面，像海豚一样从远处靠近，但是海豚在水中绝对不可能排出如此完美的三角队形。当他们再次跳出水面的时候,纳尼奇亚发现他们都是已经完全发育的怪物,而这些怪物的速度和此行的目的让他不禁感到害怕。

纳尼奇亚坐了起来,然后狠狠推了一下桨,让独木舟向着海岸移动。他先是使劲划了几下,建立一点速度优势,然后每划几下就回头看看,发现3个负责育儿的雄性个体距离自己越来越近。纳尼奇亚的心脏飞速跳动,就是4年前的雨季,他的独木舟被鳄鱼打翻时心都没有跳得这么快。他了解鳄鱼,知道如何躲避和杀死鳄鱼,但是对这些水中恶魔却一无所知。

纳尼奇亚用尽全力划桨,但是身后的恶魔却是越来越近。在纳尼奇亚前方是荒凉的白色沙滩和一条通过树林的小路,沿着这条小路就可以到达偏僻的罗鲁武伊镇。如果能到达沙滩的话,那么他就可以跑回村子警告其他猎人。当他再次回头的时候,却看到3只恶魔距离自己越来越近,而且还有一大群恶魔以整齐的队形从北面快速接近。这是一支被育儿的雄性个体召唤来的狩猎小队,他们一方面是为被杀的幼崽报仇,另一方面是为了避免自己的族群被更多人知道。

海水越来越浅,然后独木舟就撞到了水底的沙子,纳尼奇亚抓起自己的长矛,踩着没过脚踝的海水冲上沙滩。两名坐在树荫底下的老妇人好奇地打量着他。纳尼奇亚上气不接下气,以至于没有听清其中一位老妇人的喊话,过了一会儿,他终于爬上了沙滩。他感到自己的双腿软弱无力,但是坚持着向小路踉跄走去,挥着手让老人快点逃跑。老妇人完全不明白眼前是什么情况,只是留在原地看着纳尼奇亚,结果错过了逃命的机会。

在距离独木舟不远的地方,3名负责育儿的雄性个体冒出了水面。他们检查了一下独木舟里的尸体,然后看着渔夫顺着小路逃进了树林。

老妇人站在那里打量着外星人，心中的无穷困惑甚至让她来不及感到害怕，而纳尼奇亚则上气不接下气地警告着村里的村民。

当他到达居住区的时候，狩猎小队也冒出了海面，和其他3名同伴在纳尼奇亚的独木舟旁会合。他们看着独木舟中的尸体，然后看了看还在树林里观察着自己的老妇人，猎队队长做出了决定。他知道这个森林中的小镇，他一辈子都在观察这里的居民。小镇中只有不到10间屋子，每间屋子都不过是用铁皮屋顶和木质墙板搭建而成，镇子中间还有一个小广场。小镇后面还有一条横穿丛林的小路，小路的另一头是一个很少有飞机降落的简易机场。这里是一个与世隔绝、无关紧要的村落，唯一的问题在于，这里的村民看到了他们。

狩猎队长发出命令，整个猎队和负责育儿的雄性个体不紧不慢地走上沙滩，举起了自己简陋的武器。有些外星人冲向老妇人，而后者在惊恐中向后退去，其他人则穿过丛林包围小镇。随着冰冷而有力的大手越来越近，老妇人发出了尖叫，因为她这时候才知道自己在劫难逃。

在树林的另一头，纳尼奇亚的叫喊引起了村民的注意，大家纷纷向他投来困惑的目光。几个人好奇地向纳尼奇亚走来，完全没有意识到近在眼前的威胁，连武器都没有带。纳尼奇亚此时已经喘不过气，只能举起长矛，示意水中恶魔已经包围了村庄。

然后，大屠杀就开始了。

\·\·\·\·\·\·\·

在第二天早间瞭望哨轮班后不久，直升机开始将从东海岸赶来的士兵送到奈绰雷斯特号上。还没等放好装备，情报官就通知特纳船长，北方领地的警方接到一个卫星电话，这个电话来自阿纳姆湾北方的一个小镇。接到这个电话的达尔文市接线员听到了女人的尖叫和男人的喊叫，但是打电话人却没有说任何话。电话接通了几分钟，然后就被切断。接线员多次尝试重新接通电话，但是小镇已经完全失去了联系。

当贝克曼看完报告之后，立即要求值班的无人机对小镇进行过顶侦察。在一个小时之内，一架澳大利亚海军的三叉戟反潜巡逻机开始在两千米的高度盘旋。所有图像都实时传回科考船的通信室供军官查看。传回的画面显示出一道微微弯曲的沙滩，东边还有一道岩石悬崖，而西边则是红树林。在距离沙滩较远的空地上，还有几间正方形的屋子，而村子周围是一望无际的森林。房屋的门窗全部打开，洗过的衣服晾在房屋间搭起的晾衣绳上，大锅随意散落在公共烹饪区，但是完全看不到村民的痕迹。

"村子看起来被废弃了。"贝克曼说。

特纳说："那至少住了50人，我们应该能看到些村民。"

麦克尼斯博士问："这村子叫什么名字？"

特纳看了看笔记，然后说："这个小镇叫罗鲁武伊，沙滩的编号是NT833。"

特蕾莎一脸好奇地看着特纳说："你们还给沙滩编号了？"

"少校，我们有25 000公里的海岸线，超过10 000块沙滩。我们可没空给每一块沙滩都起一个名字。"

贝克曼指着一间房子的房顶问："这是卫星天线吗？"

雷诺德拿起麦克风，要求位于南澳大利亚的无人机操作员放大画面，然后一个躺在金属三脚架上的天线就出现在了屏幕上，整个天线看上去呈白色，表面布满尘埃。

"卫星天线都能获取什么服务？"贝克曼问。

"基本通信服务而已，比如电话、电视和慢得要死的网络服务。

你干吗问这个？"

"他们还没拆了这东西呢。"麦克尼斯博士说，"要么他们不知道这是什么东西……"

"要么他们正在用这东西。"贝克曼看着特纳说，"让你们的人快点切断信号。"

特纳点了点头，然后拿起耳机，直接呼叫海军部长。自从发现孵化场以后，特纳就可以24小时直接联系海军部长。她挂了电话之后说："10分钟后就切断信号。"

传回的画面从一间房子转移到另一间房子，操作员仔细调查着这个村庄。在房屋之间还分布着太阳能板，一个小型的通信塔，一个专门容纳发电机的小棚子和水箱。在村子外围是公共厕所和浴室，对于如此偏远的村庄来说，这些都是难得的奢侈品。

"看那儿！"贝克曼指了指一间小屋门口的黑色痕迹。这片痕迹从门口一直延伸到屋外的地上。"你不觉得眼熟吗？"

"该死。"雷诺德说，"这和加里温库发生的事情一模一样。"

画面继续从村子上空掠过，大家发现了更多黑色的痕迹和拖拽尸体的痕迹。

"他们开始具有领地意识了。"麦克尼斯博士紧张地说，"村民肯定是惹怒了他们。"

"我们得把部队送过去。"贝克曼对特纳说。

"北方领地护林队就在拉日奇亚待命。"

"他们算是特种部队吗？"

"西北机动部队是侦察单位，大多数成员都是特别空勤团训练出来的原住民步兵。如果澳大利亚遭到入侵，那么他们就会留在敌后，依靠当地资源继续作战。"

血流成河

"松鼠直升机可以飞过去吗?"贝克曼问。

雷诺德点了点头:"小岛就在航程之内。"

贝克曼阴着脸说:"把北方领地护林队派过去,我们过去和他们会合。"

\·\·\·\·\·\·\

浅滩潜行者一走进海之骄宠的私人房间,就说:"攻击人类的居住地是个错误。"这个房间是少数几个有电力照明的洞穴。在洞穴入口处挂着一个灯泡,电力则是由黑色电线连接的从美人鱼号偷来的发电机提供。这也是望天客基于自己对人类科技的理解,而进行的一个实验,但是海之骄宠却认为灯泡发出的光线太刺眼了。"我们应该等力量更强大、幼崽长大之后再动手。"

"那么你打算让我们藏到那里去?"海之骄宠问,"深蓝之水吗?"她知道人类管那里叫阿拉弗拉海,而这片海域又和太平洋相连,但是她的族人并不是完全靠海生活。他们和人类一样都需要陆地。

"还有很多无人居住的岛屿。"浅滩潜行者说。

"但是人类也有很多办法可以找到我们。"

"我们可以散开,把幼崽送到不同的地方。总有一些可以活下来。"

"大多数幼崽都会死。"她说道,"人类会把幼崽一个一个揪出来。"

"幼崽本来就是可消耗品,而且总能补充回来。"根据入侵者植入物里储存的知识,浅滩潜行者知道无数种可以赢得全面战争的办法,而且他也非常清楚,如果想赢得胜利,就要像对敌人一样,对自己的同胞也要保持绝对的残忍。"牺牲幼崽才能为你和其他受祝之人赢得逃跑的时间。"浅滩潜行者所谓的受祝之人,指的是其他接受入侵者植入物的同类。"带上育龄雌性和你一起走。有了我们现在的知识，我们完全可以从头再来。"

"我们只有在这里再坚持一下，整个母之海都会变成孵化场。我们只要几个月的时间……"

"海之骄宠，我们的侦察兵报告说，人类的战舰正在地平线以外集结。这些舰来自很远的地方，而且声呐永远保持工作。我们的侦察兵什么都听不到，只能撤回来。如果你再不走，就会被困在这。"

"如果我现在逃跑了，那么我们就再也没有这样的机会了。"海之骄宠非常清楚其中的风险。但是她绝对不能告诉浅滩潜行者，如果将幼崽分散在各地，那么就会失去对他们的控制。有些姐妹会脱离自己的监视，将一些雄性个体置于自己的控制之下。离开母之海，就意味着放弃成为世界女族长的机会。海之骄宠确实在计划逃命，但是那只是不得已而为之。"人类肯定有弱点，把它找出来。"

浅滩潜行者知道海之骄宠已经打定了主意，任何进一步的讨论都毫无意义。"海之骄宠，我将尽可能地辅佐你，但当人类战舰封锁狭窄水道的时候，望天客相信他们就能听到我们的动静。还有，他们已经飞过了孵化场，什么都看到了。"

"那就让幼崽不要发声。"

"幼崽还太小，不知道服从命令。"

"不听话就惩罚他们。"

"如你所愿，海之骄宠。"他完全没有意识到海之骄宠为了自己的权力，甚至不惜拿所有的幼崽的生命冒险。"我这里还有一件事。我找到了那个刺客。上次有人看到他在存放渔获的房间附近，当时还在偷看剥皮的人处理鱼。我搜查了他睡觉的地方，然后发现了这个东西。"浅滩潜行者拿出一个精心叠在一起的动物皮。在其中还有十几根半透明的触手,每一个上面都有几百万个毒囊,足以毒死几十个同类。
"他用这些触手擦过了你的食物。"

"白色浮魔!"海之骄宠马上认出了最可怕的天敌之一。在他们还是幼体,乃至进入青春期之后,很多同类都死在这些可怕怪物的触手上。这些水母是海洋中毒性最大的生物之一,每年有一半时间都随着母之海宁静的水流漂动,所有与之接触的动物都被毒死了。因为水母有着半透明的身体和16根两倍于自己身高的剧毒触手,所以很难发现和躲避它们,而高速游动的时候更是如此。"是谁指使他的?"

"浪涛之女。"

海之骄宠什么都没说,努力压制着自己的怒火。她从来没有怀疑过浪涛之女,因为多年以来后者一直和自己假装保持良好的关系。海之骄宠甚至认为她是潜在的盟友,但是浪涛之女却一直伺机消灭自己。她责备自己没有看清这些伪装,发誓再也不会相信自己的姐妹。

"我会亲自处理这事,海之骄宠。"浅滩潜行者的语气暗示了浪涛之女的死刑将会痛苦而缓慢。

"不。"海之骄宠一方面不想因为一个危险的雌性而失去自己最重要的雄性手下,另一方面,这场复仇应当由自己亲自完成。她已经欠了深渊之心太多了。"邀请她来和我见面,不要让她感到怀疑。"

浅滩潜行者小心翼翼地收起裹着剧毒触手的动物皮,然后放在海之骄宠手上。他转身走向走廊去找浪涛之女,而海之骄宠则开始计划自己的复仇,那盏电灯还在她头顶释放出刺眼的光芒。

\\\\\\\

到了中午的时候,松鼠直升机向着东边的罗鲁武伊飞去,而奈绰雷斯特号则飞过了卡戴尔海峡。特纳第一次允许贝克曼和特蕾莎携带自卫武器，但是麦克尼斯博士由于胳膊受伤，拒绝携带武器。雷诺德少校驾驶者直升机飞过几个被半岛分隔的海湾，海面上点缀着若干无人岛，然后终于来到了宁静的阿纳姆湾。

派去侦察罗鲁武伊的三叉戟无人机已经侦察过了海面，发现西南方向有一团类似在韦塞尔群岛北边观测到的黑色物体。为了不惊动它，雷诺德直接飞向小镇，根本没有靠近孵化场。在穿过海湾之后，他们沿着海滩前面，和两架陆军的 MRH-90 绿色直升机会合。

贝克曼用望远镜看到红土地上的黑色血迹，熄灭的篝火上，烤架上的食物纹丝未动。

"要我把士兵派进去吗？"雷诺德问。

贝克曼点点头说："让他们小心点。"

雷诺德用无线电确认了进攻命令，让陆军士兵着陆开始夺回小镇，然后和运输直升机一起降落在距离小镇一公里的简易跑道上。陆军直升机释放红外干扰弹之后降落，然后打开了尾部装卸坡道。直升机的桨叶还在转动，两支突击队共计 36 人就鱼贯而出，占据了跑道和森林之间的空地。等他们到了树林的时候，就已经端着枪排成一条散兵线开始寻找目标。在确认树林里空无一人之后，士兵们就开始向小镇前进。

等陆军直升机关闭发电机之后，雷诺德就停在不远处，然后顺着小路向小镇前进。透过树林可以依稀看到士兵们快速搜索各个房屋。还没等走到树林的边缘，贝克曼举起了自己的望远镜，雷诺德拿着一个不停播放陆军通信的无线电设备站在他旁边。

"四号房，安全！"

"发电机棚，安全！"

血流成河

"通信塔，安全！"

"厨房里没有刀。"

"老大，这有血，肯定有人被砍了。"

"树林里发现痕迹，向东去了。"

"他们把尸体带到了沙滩。"

"有人想拆掉太阳能板。"

"中士，他们到底在找什么？"

贝克曼听着士兵们的对话，看着他们完成搜索，顺着外星人的足迹进入树林。

"区域安全。"小队指挥官说，"现在开始搜索幸存者。"

贝克曼看着树林，异常的宁静让他困惑不已："这里没鸟。"这还是他头一次觉得树林里异常安静。

这种安静让雷诺德越发不安："是啊，鸟都去哪儿了？"

"被吓跑了。"贝克曼明白这里的鸟发现了自己没有察觉的东西。"这地方还不安全。"士兵们已经顺着从没见过的痕迹走进了树林。"把他们叫回来！快点！"

雷诺德拿起步话机大喊："这是雷诺德少校，远离丛林，我们认为这里……"

镇子东面响起了自动武器开火的声音，枪焰一时间点亮了树林。

"接敌！"

打了几个点射之后，一名士兵启动了全自动开始扫射，一时间整个地面都好像动了起来。

"谁在开火？"小队指挥官问道，"你们在打什么？"

自动武器很快打完了子弹，然后是戛然而止的惨叫，几十团黑影就从藏身处冲了出来。士兵们单发和点射攻击从灌木丛中窜出来的目标，点射和单发射击时的枪焰点亮了树林。当士兵射击灌木丛中冲出来的小矮子时，敌人从背后冲向士兵，快速移动的影子和枪焰将平静的树林变成了为生存而战的战场。

雷诺德的步话机里响起了各种混乱的声音："他们在树林里！……到底在哪呢？……太快了！……在你后面……尼伯，在你左边！"

曳光弹在树林里穿梭，士兵们四面接敌，徒劳地试图压制敌人。有些黑影被子弹打中，但是还有更多的敌人从士兵背后发动攻击。还在村庄里的士兵端着枪冲进树林，准备提供支援火力，但是刚进入树林中的暗处，就有敌人从灌木丛中冲出来对着士兵平民疯狂挥砍，完全不顾自己的安危。战斗很快就演变成血腥的肉搏战，因为每一个开火的士兵都被三四个敌人拽倒在地。

"撤回直升机。"贝克曼对着特蕾莎下令，后者带着麦克尼斯博士撤回海军的直升机。

"我们得去帮他们。"雷诺德说着就掏出了自己的手枪。

"我们帮不上忙！敌人太多了。"贝克曼说。

雷诺德将信将疑地说："士兵们还在战斗呢。"

"你去就死定了。"

雷诺德用手枪对准了树林，但是没有开火，因为他知道很有可能击中自己人。

贝克曼从雷诺德手中拿过步话机："退回直升机，立即撤退！一队！二队！"然后又呼叫直升机："准备紧急撤退。"

一颗手雷在左边爆炸后，还能活动的士兵一边开火一边从树林撤退。当他们三三两两地退出树林之后，一边开火一边跑向直升机，而指示器也启动引擎准备起飞。几名士兵扛着或者拖着伤员，单手持枪开火。

"走吧!"贝克曼对雷诺德说。

"还有伤员在树林里。"

"帮不了他们了。"

雷诺德失望地打量着树林,发现里面的战斗几乎结束,于是就点点头说:"好吧。"然后一起跑向松鼠直升机。

雷诺德爬上直升机准备起飞,但是贝克曼却在驾驶舱门口犹豫不决。他打量着丛林,看到黑影将逃向空地的士兵砍翻。在林线和直升机中间,一名士兵单膝跪地开火掩护同伴撤退。忽然,一颗子弹击中他的前额,士兵向后一仰,整个人栽倒在地上。

他们在用我们的武器对付我们!贝克曼看士兵的尸体,不禁佩服外星人的枪法,然后对着无线电说:"所有人离开树林!直升机60秒后起飞。不等人!"贝克曼爬进海军直升机的时候,一颗子弹从耳边擦过,他立即跳进驾驶舱关上了舱门,子弹不停地打在直升机上。

贝克曼对雷诺德大吼道:"起飞!"直升机引擎开始轰鸣。

松鼠直升机起飞后,立即压着机头低空高速飞过机场,快速脱离精准的地面火力射程。

在他们身后,几名士兵跟跟跄跄地跑上了陆军直升机,其中大多数还是伤员。直升机的桨叶快速旋转,但是还在地面等待。时间早就过了贝克曼规定的一分钟,而且已经没有更多士兵从树林中出来了。

贝克曼咬着牙说:"该死,快点起飞。"雷诺德开着直升机飞到了远离机场的树林上空。

最后,一架直升机慢慢起飞转向,第二架直升机刚刚升空,一颗子弹就打碎玻璃击中了驾驶员。直升机晃了一下,向一边翻滚。桨叶和地面碰撞后飞了出去,空气中一时间充满尖锐的金属刮擦声和四散的飞机装备,然后摔在地上发生了爆炸。

两名士兵踉踉跄跄地从树林里冲向直升机刚才的位置，一名士兵受伤，另一名士兵只能架着他的胳膊继续前进。他俩单手持枪对着树林开火，心中非常明白已经无路可逃。忽然，一道白光从树林中飞了出来，击中了没有受伤的士兵脖子。随着飞镖里的毒素开始生效，他向前走了一步，枪掉在地上，然后摔在地上。他摸了一下骨镖，然后飞来的子弹就将两名士兵打倒在地。

贝克曼看着燃烧的直升机残骸前的士兵尸体，发现自己根本没有看到敌人的真面目。他的脑海里忽然窜出了一个念头：外星人知道如何伪装，而且还会使用我们的武器！

"我们不能就这么走了。"麦克尼斯博士说，"我们得回去，和他们建立联系。"

贝克曼愤怒地大喊："这就是联系！而且事情只会越来越糟糕。"他心里非常清楚，将这些狡猾的敌人从这么一大片荒无人烟的地区清理干净，将会是一场噩梦。

\·\·\·\·\·\·\·

浪涛之女走进海之骄宠的房间问："姐姐，你想见我？"

"是的。"海之骄宠说着示意她坐到桌子边。

"我听说你在深蓝之水中见到了奇怪的东西。"浪涛之女坐了下来问道，"这是真的吗？"

"你从哪听说的这事？"海之骄宠想知道是谁泄露了这个秘密。

"我听到兄弟们是这么说的。他们说你已经变了，和以前完全不同了，比我们这些姐妹都要聪明。"浪涛之女的口气中隐隐约约透出了一丝嫉妒的味道。

"族群的命运掌握在我的手里。我们的人民已经有几百万年没有过这样的生活。"海之骄宠指了指这个潮湿的洞穴,"我现在知道了很多事情。"

"他们说你也选了一些兄弟,去深蓝之水接受恩赐,但是没有一个姐妹被你选中。"

海之骄宠从岩架上拿下两个被动物皮遮盖的盘子。"你说得没错。兄弟们必须做好准备保护我们。而我们这些姐妹则没有必要接受这种恩赐。"让其他姐妹无法接受渗透探针提供的知识,就可以确保自己的地位不受动摇,而接受改造的都是受自己控制的雄性个体。

"我想见见那个黑色的怪物,接受这种恩赐。"

"我的好妹妹,你会得到恩赐,但不是我们讨论的那个恩赐。"她将两个盘子放在桌子上,却没有坐下。她在房间里踱步,仿佛在思考什么事情,这让浪涛之女认为海之骄宠非常信任自己。

"有人说你把这种恩赐留给了自己,这样好让我们都服从你。"

海之骄宠一脸无辜地问:"这话是谁说的?"她停下脚步打量着浪涛之女,将仇恨压在心里。

"我们的一位姐妹还说过其他的事情。"

雌性个体之间总是有说不完的小道消息,其中充斥着她们没完没了的阴谋诡计和对他人的嫉妒。但这也就是海之骄宠能够凌驾于她们之上的原因,因为她的计谋无人可敌,所有人都不是自己的对手。

"我这是为了大家好。"她说着走到了浪涛之女的背后,"我们在这个世界上的地位受到了威胁,敌人的数量超乎你的想象。这一切的重担都压在我一个人的肩上,我必须要一个人承受这一切。"

"我很乐意帮你分担这些重担。"

"真的吗?"海之骄宠停顿了一下,仿佛是在考虑其中的可能性,然后继续说，"我相信你，好妹妹。你可能是我最值得信任的人了。"

"可能？"浪涛之女疑惑地问，因为她非常清楚雌性个体之间鲜有信任，只有暂时的盟友关系。

"让我来帮你。"海之骄宠说着拿掉了盖在盘子上的动物皮革，盘子里装的是浅滩潜行者找到的水母触手。眼见此景，浪涛之女不禁浑身一震，然后发现陆生人使用的冰冷刀子架在了自己的喉咙上。海之骄宠抓住浪涛之女额头的生体声呐，把她的脑袋向后扳。"吃了它，我的好妹妹。"

"你在干什么？"浪涛之女质问道。

"用你对待我的办法对付你，一如你如何对待深渊之心，现在你要为此付出代价。"

浪涛之女惊讶地问道："她死了？"但是她知道自己绝对不能轻举妄动。只要做出一点反抗的迹象，海之骄宠就会要了自己的命。所以，她放松下来，很快明白到底发生了什么。

"毒药这种东西太过粗糙了，我的好妹妹，还是你喉咙上的刀子更好一点。现在，把这些东西都吃了，像深渊之心一样死去吧。"

浪涛之女犹豫了下："我可以替代她。我可以像她一样忠心。事情不仅如此！让我成为你的第二副手，我就不会要求更多了。"

"你可以当我的第三副手，但是你永远不可能得到第二副手的位置。"海之骄宠冷冰冰地说，"吃了触手然后死快点，如果拒绝的话，我就让你慢慢放血到死。"

浪涛之女感到冰冷的刀锋切进了自己的皮肤，然后她慢慢地伸向水母的触手。毒素过了一会儿才开始让她的手指感到剧痛，然后她说道："姐妹们不会原谅你的。"

"你觉得我需要她们的原谅吗？"海之骄宠的语气中带着一种前

所未见的恶毒。"好妹妹，别担心，我会让她们知道这里发生的一切。然后她们就再也不会考虑像你一样挑战我的地位了。"海之骄宠把刀往下狠狠一按，刀口处立即流出了鲜血。"吃吧，好妹妹。"

浪涛之女抬起手，把触手放进自己的嘴里，然后快速吞了下去。"我才应该是族长。"毒素迅速让她的呼吸道收缩，毒素的效果在她身上比在任何地球生物身上更为明显。浪涛之女发出嘶嘶的吸气声，完全说不出话，然后浑身抽搐，倒在地上。

海之骄宠把浪涛之女的脸埋进箱形水母的触手里，然后擦掉了刀子上的血迹。随着自己的仇敌意识，她决心不再相信自己的姐妹。她不能杀了她们，因为还需要繁殖后代，但是可以限制她们能够影响的雄性数量，让她们无法形成影响。她完全可以命令浅滩潜行者，让他将那些受到其他雌性影响的兄弟们送上前线，成为第一波与人类冲突中的牺牲品。这是她从深渊之心的遭遇中学来的教训，渗透探针为她提供的自己同类的历史更是进一步巩固了这一点。

只能有一个女族长，所以她只能与孤独相伴。

谢谢你，妹妹。海之骄宠想起深渊之心最后的举动救了自己。我会永远记住你。

〰〰〰〰〰〰

在日落前，奈绰雷斯特号在卡戴尔海峡东部出口下锚。现在推进桨叶完全停止工作，船壳声呐可以开始记录来自韦塞尔群岛和阿纳姆地的各个海湾和入海口的各种声学信号。到了午夜时分，卡西中士已经收集了足够的数据，建立之前航空侦察发现的黑色物体的声学焦点，同时还确认了好几个之前未知的声学信号聚集区。带着这些更加详细的声学新发现，卡西在船长的房间里向高级军官做汇报。

"韦塞尔群岛以南有 6 个热点位置。"他指着大屏幕上的地图说。下士顺着细长的群岛轮廓一直向东北移动，然后指了指靠近韦塞尔角的斯芬克斯之颅，距离这里 30 公里左右有很多小型洞穴和驻锚地。"还有两个在东面，一个距离伊格里斯群岛有些距离，另一个刚好在伊丽莎白湾。另外 3 个在东南面，分别位于白金汉湾、乌兰达里湾和阿纳姆湾。"

"一共 11 个热点。"贝克曼若有所思地说，"这还真是场灾难啊。"

麦克尼斯博士阴着脸说："这些都是育儿所，鲍勃，这又不是闹鼠疫。"

但是，贝克曼的表情说明他并不相信博士的话。

"你可以估计数量吗？"特蕾莎问。

卡西对此表示很为难："测距和通信信号的密度太高了。频率之间相互重叠，造成了很多干扰。信号的数量和干扰让精度降低了不少。"

"给我们一个大致的估计。"贝克曼说。

卡西慢慢地说："长官，到目前为止，估计数目是 320 万，而且数目还在增长。"

"百万？"贝克曼差点跳起来。

"最近的育儿所数目大概保持在 35 万。对于其他声学热点的观测效果，随着距离增加，准确度会有所降低。"

"就是老鼠都没他们生得这么快。"

"我们不该对他们的数量如此惊讶，长官。"特蕾莎说，"我们只是研究了他们种族中的雄性，但是卡迈特的生殖结构适用于大规模受精，而不是个体受孕。"

"你确定韦塞尔群岛以北没有育儿所吗？"麦克尼斯博士问。

卡西耸了耸肩说:"看起来是这个样子,但是……那里也有很多互相重叠的频率。"

"如果说,所有的声学热点和孵化场都在受岛屿和大陆保护的水域中,那么可以假设开阔水域不适于繁殖后代。"麦克尼斯博士说道。

雷诺德说:"这些水域中有丰富的鱼类。我不知道这够不够养活400万个卡迈特,但是足够坚持到幼崽成年,进入阿拉弗拉海。"

"然后就进入太平洋。"贝克曼有一股不祥的感觉涌上心头,"那里有大量的食物,而且海面覆盖了地球一半的面积,他们想藏到哪儿都行。"

麦克尼斯博士说:"他们能藏这么久,还真是让人佩服。"

"谈不上什么令人佩服的。"雷诺德说,"那里也没什么人去发现他们。"

忽然想起了一阵敲门声,然后通信官走了进来对船长说:"长官,我建议您打开电视看一下。"

"为什么?"她说着示意通信官打开一台小电视。

"有一个人从罗鲁武伊大屠杀中活下来了。"他打开电视说道,"一个十几岁的小男孩,跑到了40公里外的临近村庄。原住民社区的无线电台发现了这事,然后就送到了电视台。"

电视屏幕上冒出了阿纳姆地东部地区的地图,新闻主持人的脸被放在了屏幕左上角。新闻头条写着"阿纳姆地大屠杀"。新闻主持人在屏幕上说着话,但是却没有给出另一个人的图像,只有电话另一头,一个十几岁的小男孩说话时的恐惧声音。

"他们长什么样?"主持人问道。

"矮个子,大眼睛,没头发。"

"他们杀了你村子里的所有人吗?"

"是的，而且我也差点被干掉。"

"你是怎么逃出来的？"

"我一直在跑。他们就在后面追我，但是追不上。"

特纳船长命令关掉声音，然后对贝克曼说："等到早上的时候，可能就有几百名记者赶到罗鲁武伊了。"

"起码他们还没有照片。"雷诺德说。

"咱们得阻止他们。"贝克曼说，"要是媒体到了罗鲁武伊，他们就死定了，然后就根本没办法控制这事了。"

\·\·\·\·\·\·\

海之骄宠好奇地打量着修长的金属圆筒："人类就用这个攻击了我们的孵化场？"

"是的，海之骄宠。"浅滩潜行者说，"他们管这个叫声呐浮标。"

"他们知道了我们的弱点，肯定还会再次攻击的。"

浅滩潜行者拍了拍脑袋，暗示着那些从渗透探针获得的知识："很久以前，我们的同类也是用过这种武器。他们用一种护罩来保护自己。"

海之骄宠用自己更为复杂的植入物进行了搜索，仔细研究这种保护敏感声呐免受水下声波攻击的护罩。"我们没有足够的资源生产这些护罩。"

"我们可以用动物皮革盖住自己的声呐，以此吸收冲击。我已经下令开始生产了。"

"我们能造多少？"

"只够姐妹们、接受改造的 50 个人和我们的个别战士。我们无法保护幼崽。"

"只需要保护忠于我的士兵就可以了。"她说,"只有他们可以使用缴获来的武器。"

"我们杀了他们的士兵,人类肯定会带着大部队回来。我们必须为你、你的姐妹们还有其他接受恩赐的人准备退路。"

海之骄宠知道这会削弱自己的权力,但是继续拖延撤离计划可能造成致命后果。她很不情愿地说:"准备撤离计划,但是别告诉任何人。准备好之后,就开始撤离。"她非常清楚,现在撤离就意味着放弃成为女族长的机会。海之骄宠将和自己的那些姐妹一样,成为别人的猎物,任何人都可能有机会取代她的位置。

"海之骄宠,我们就该撤离。人类的声呐已经覆盖了开阔的海域。要不了多久,信号强度就会让我们无法到达深蓝之水。"

"带着护罩也不行吗?"

"不排除这种可能。"

望天客站在门口,小心翼翼地向房间内发出一个信号,示意他已经准备好了。

"进来吧。"海之骄宠说。

望天客走进这间小小的洞穴,更突显出海之骄宠的激素在封闭空间内对他的影响力。自从接受了渗透探针的植入物改造,他才完全明白,自己的反应完全是出于化学反应的结果。这些化学物质削弱了自控能力,限制了控制来自入侵者的知识流入大脑的能力。"我一直在思考人类力量的本质。"他说话的时候,脑海中还在浏览那些入侵者政府的世界。"人类文明确实存在缺陷,海之骄宠。"

她把声呐浮标还给浅滩潜行者,然后盯着望天客说:"你这话什么意思?"

"他们之所以强大,是因为有庞大的人口数量和伟大的城市,但是人类并没有意识到其中的风险。"望天客努力集中精神，因为海之骄宠的激素不停地冲击着他的感官。

"你打算如何利用这个弱点？"海之骄宠心中忽然燃起了希望。她知道望天客可能是整个星球上最聪明的生物，只有他才可能找到打败敌人的办法。

"我需要渗透探针。"

"它又没有武器。"浅滩潜行者说。

"但是它有我需要的东西。"

"人类可以摧毁它。"海之骄宠说，"而且周围还有很多更加强大的敌人。"她指了指天空，暗示那些定期穿过太阳系的外星飞船。

"渗透探针只需要短暂暴露自己的位置就好了。它应该不会有事。"

海之骄宠走到望天客身边，以增加激素的释放量，强化对他的控制。"给我说说你的想法，望天客。"

望天客开始解释如何终结人类的统治，并开始一个属于他们自己的时代。海之骄宠对望天客的计划的简洁性和规模性深表赞同，对其造成的破坏力更是叹为观止。她一边听着，一边幻想自己的族群如何踩着人类的尸体，从一个破碎的世界慢慢崛起。这种愿景让她感到一丝慰藉，所有的不安和恐惧都一扫而空。

当望天客说完之后，海之骄宠对浅滩潜行者说："继续准备撤离，但是只要望天客的计划存在成功的可能，我们就留下来。"她思考着望天客说过的话，又补充道："如果一切可能的话，我们在这里更安全。"

海之骄宠看着望天客，决心让渗透探针为自己所用。渗透探针为她准备了植入物和所有的知识，却无意间透露了如何控制探针的办法。当然，这前提是海之骄宠不会直接干预探针的主要任务。

"我的兄弟，你会得到你需要的东西的。"海之骄宠非常确信，

血流成河

望天客的才能会拯救所有人。

\·\·\·\·\·\·

在低级军官食堂，贝克曼坐到了特纳船长旁边。麦克尼斯博士和特蕾莎站在他俩身边，一个麦克风和摄像机摆在所有人面前。雷诺德站在摄像机后面，而通信官则负责监督卫星连接情况。

"我该跟他们说点什么？"特蕾莎悄悄问贝克曼。

"就把你昨晚告诉我的，跟他们再说一遍。之后怎么办，就交给他们来决定。"

"准备好了。"雷诺德说。

在桌子前，3个屏幕上显示的是白宫、五角大楼和澳大利亚联合行动指挥部的战情室。3个屏幕上挤满了穿着制服的军官和平民领导人。

右边屏幕上的参谋长联席会议主席第一个开口了："早上好，或者晚上好……这得取决于你在哪儿。我是沃格尔将军。总统要求我来协调这次会议。你们现在应该都收到了有关情况的通报，就算你们不相信其中的情况，我相信你们也都看过了。召开这次会议的目的，就是确定针对北澳大利亚地区敌对行为，接下来究竟该采取什么行动。"他看了一眼笔记说，"特纳船长将做情况汇报，我们在现场的专家负责情况分析。等所有报告结束之后，我们将接受提问。特纳船长，请开始吧。"

特纳船长朝麦克风靠了靠，然后说："谢谢，将军。我叫米切尔·特纳，负责指挥澳大利亚皇家海军海洋测量船奈绰雷斯特号。我们当前位置是澳大利亚海岸线以北，南纬11°57′，东经135°54′。我们连续5天记录地外生命体的声呐信号，但是大多数数据来自我们下锚之后的24

小时内。"

"我们已经确认了 11 处高密度信号区，在我们的东北和东南面还有很多信号。这些信号最远距离我们有大约 200 公里。当前采集到的数据都实时传回美国海军研究实验室、海军水下作战中心，一个我的保密级别不足以知道其名字的 51 区特别小队、澳大利亚国防科技声呐技术和系统分部。我相信以上这些单位都在全力进行研究，然后将结果直接发给你。收集到的声呐信号包括测距信号和通信信号，但是我们还不能破解其中的具体内容。"

"3 天前，我们的一艘小艇遭到地外生命的攻击。他们杀了我的一名水手，除此之外还有多人受伤。"特纳看了眼胳膊还挂在胸前的麦克尼斯博士。"来自美方的专家麦克尼斯博士，也在行动中受伤。也正是在这次攻击中，我们俘虏了一个地外生命体。船上的专家现在正在研究他，所有研究画面都通过卫星连接传回了位于美国的多个研究机构。我的任务是将俘虏留在船上，希望通过他进而与整个族群建立联系。如果有进一步的命令指示，随时可以把他空运转移，咱们有专门对付他的地方。"

特纳抬起头看着屏幕，示意自己的汇报结束。

沃格尔将军说："现在由澳方总检察长进行汇报。"

在显示堪培拉联合作战中心的屏幕上，澳大利亚总理旁边的一个圆脸男人拿过麦克风，看了看笔记，然后开始说话。"谢谢，将军。自从媒体开始报道这方面的情况，我们已经宣布对整个东阿纳姆地和临近航道宣布隔离和禁飞。我们当前对外宣布是整个地区爆发疟疾，小孩看到的一切都是由于疾病引发的幻觉。他现在被隔离在戈夫镇，我们的人正在了解情况。

"疟疾在 1981 年就在澳大利亚被消灭了，所以在此出现这种疾病对公共健康安全是一个巨大的威胁，我们也刚好可以控制这个区域。所有居民都被转移到达尔文，他们在那会接受多西环素然后开始观察。大多数社区都有自己的简易机场，刚好可以用来当作撤离点，所有人口会在未来48小时内撤离。整个地区人口密度不高，但是有些没有住在社区里的原住民还会留在该地区。我们不可能找到，然后撤离这些人。到目前为止，大众基本接受了我们编造的故事，而且都服从隔离令。报告到此结束。"

沃格尔将军接着说："贝托里尼少校是我们研究地外生命体的带头人，现在由她进行汇报。"

特蕾莎调整了下麦克风，然后清了清喉咙说："谢谢你，长官。"她紧张地笑了笑说："我是51区外勤侦察回收小队的外星人学专家。当前，我们只获得了一个雄性个体样本，但足以从中获得一些重要结论。这些研究结果和声呐信号分析，能为我们对声学数据分析提供一个合理的结论。"

特蕾莎抬起头，发现3个屏幕上来自两个大陆的大人物都在看着她："从生物学角度来说，经常使用一种叫作进化选择的理论，来描述不同种族为了生存而采取的进化策略。这其中主要有r-选择和K-选择。人类采用了K-选择，也就是相对较大的身体繁育少量后代。幼崽需要大量来自父母的照顾，而且采用这类策略的物种需要一个较为稳定的生存环境。

"而另外一个策略，r-选择则是采用相对较小的身体繁殖大量后代。这些幼崽几乎不需要来自父母的照顾。他们发育速度要比K-选择后代更快，而且可以快速从栖息地向外扩散。通常来说，r-选择类的生物寿命较短，但是总有例外。有时候，r-选择生物也有很长的寿命，乌龟就是个例子。"

"你是说这些生物都是乌龟吗？"总统问道。

"不，总统女士。"特蕾莎说，"我的意思是，这些地外生物的生存策略和乌龟类似。雄性样本的生殖系统符合 r- 选择要求，鉴于他的高智商，我相信他的寿命也会很长。我认为可以将这种情况称为改进型 r- 选择策略。"

"我明白了。少校，请继续吧。"

特蕾莎继续说："就目前来看，地球正处于一个漫长的行星夏日期，给了我们一个稳定的生存环境，所以我们的人口不断增长，生产粮食的能力也不断增强。这对于 K- 选择生物人口来说也非常正常，因为这个数值取决于可以获得的食物数量。

"从另一个方面来说，r- 选择物种可以大规模繁殖，经常可以在不稳定环境中找到它们的踪迹。物种可能在不稳定环境下被大规模消灭，而当不稳定因素消失之后，这个物种又可以快速补充死亡的人口。这说明我们现在面对的这个地外生物物种，是在一个经历了长期环境剧变的世界进化而成的。在那个世界，大规模物种灭绝消灭了我们这样的 K- 选择生物，然后让 r- 选择生物可以进化出智能。"

"谢谢，少校。"沃格尔将军打断了特蕾莎的话，"你的理论非常有趣。我觉得现在该转移到战术方面的讨论了。"

贝克曼往前凑了凑："我不想冒犯您，将军，但是这些就是战术方面的情报，而且还没说到最重要的部分。"

还没等将军说话，总统就说："少校，请继续吧，不必在意时间问题。"

"谢谢你，总统女士。"特蕾莎很感激地看了眼贝克曼，继续说道，"除此之外，还有一种理论，叫作随机理论。它是对选择理论的补充。这个理论认为这些 r- 选择物种的成年个体死亡率很高，或是处于不停的变动之中，所以依靠极强的繁殖能力来补充失去的成年个体数量。r-

选择理论和随机理论的组合，有效反制了人类所采用的进化策略。

"这意味着，我们正在面对一个进化出了以生存和进化为目标的外星物种，他们的种族生存策略完全是围绕这两点进行，而且他们这种策略完全是基于大规模灭绝之上。在最初的阶段，这种灭绝可能是由自然原因引起的，但是这个物种的高度侵略性，可能在某一个时间点，自然原因导致的大规模灭绝被大规模非自然伤亡所取代。而这种大规模伤亡可能是源自种族灭绝战争。"

特蕾莎的话引发了军事高层的窃窃私语，所有人一下子提起了兴趣。"如果他们存在自我灭亡的倾向，那么强大的繁殖能力就可以快速补充损失的人口。"

"然后一切就可以从头再来一遍。"贝克曼的话意味深长。

"如果这些都是真的，"特蕾莎说，"就说明这个物种极端好战，人类和他们相比差远了。而这一切也能说明他们到目前为止所体现出的极端侵略性。"

澳大利亚总理问："所以他们的进化选择策略，不是基于环境的不稳定性，而是基于战争？"

"先生，可能这两个因素都有影响。"特蕾莎说。

贝克曼说："罗鲁武伊的伏击，可不是单纯的入侵行为。它有着极高的组织性，整体行动非常果断，鉴于他们使用石器时代的刀子对抗装备了自动武器的士兵，更说明他们完全不在乎伤亡。"

"这可能还要考虑心理学原因。"特蕾莎说，"这种基于个体数量大规模变动而产生的进化策略，很有可能无视了对于种群中单个个体的考量。整个种族的重点都转移到确保可以繁殖后代的个体身上，类似于人类对于单个个体生命安全的关注则就被放在次要地位。""所以说，不论我们消灭他们多少人，他们的总数依然庞大。因为这些外星人的繁殖速度非常惊人。"贝克曼说。

美国国务卿嘀咕道:"我好奇他们的数量是怎么增长到400万的。"

"长官,问题就在这。"特蕾莎说,"幸存者还在繁衍后代。当新一代幼体可以开始繁殖下一代,他们的数量就会大规模扩张,最后不得不离开现在的位置外出寻找食物。到了那时候,他们就会和人类争夺地球的食物资源。"

贝克曼说:"如果我们试图阻止他们扩张,那么就等于是大象去踩一群有智能的蚂蚁。不论我们消灭了多少,最后胜利的都是蚂蚁。"

"从这个位置,他们可以向太平洋扩张,然后就可以进入其他的大洋、河流和湖泊。"特纳船长说道。

总统问:"我们还有多少时间?"

"这取决于幼崽发育成熟的时间。"特蕾莎说,"在幼体和成年体之间有很大的区别,所以假设只有迫降的幸存者在繁衍后代,那么我们现在遇到的只有第一代。"

"所以还要过上好几年,他们的数量才会变得无法控制?"白宫战情室里的一个人问道。

"我可不会把希望赌在这上面。"贝克曼说,"成年个体还在繁育后代,现在只等幼崽能够自保之后就可以脱离现在的栖息地。当他们进入太平洋之后,我们就彻底失去了他们的踪迹。20年之后,他们的数量超过我们人类,到那时候,地球就不是我们的了。我们现在就必须阻止这场灾难,而且绝对不能让事态大规模扩散。"

屏幕上的众人都显出一副忧心忡忡的表情。特蕾莎的报告从枯燥的科普报告变成了一场有关人类生死存亡的大战,这让大家都感到措手不及。

"我们现在就得把他们消灭掉。"一位五角大楼的将军说。

3个指挥部中都有不少人赞同这一点。

一名来自澳大利亚政府、穿着深蓝色西装的女性官员问:"你确定我们无法和他们谈判吗?"

"他们完全没有体现出想要沟通的迹象。"贝克曼说,"他们完全是在拖延时间,学习如何对付我们的同时等待第一代个体长大。"

"总统女士,我们不能单独处理这事。"美国国务卿说,"我们得让欧洲人、俄国人和中国人都参与进来。所有人都要知道这件事。如果我们现在不告诉他们,等这些生物开始扩散的时候,他们会指责我们封锁消息。"

总统点了点头说:"我同意,向他们通报这事,但是注意保密。"她转头对摄像机说:"我们该怎么阻止他们扩散?"

"轰炸孵化场。"贝克曼说。

"不行!"麦克尼斯博士大喊道,"绝对不能轰炸孵化场!"

贝克曼小声呵斥道:"麦尼,你还是省省吧。"他知道自己的这位老友总是倾向于反对军事行动,忽视真正的威胁,转而采取谈判和寻求和平接触。

麦克尼斯博士向麦克风稍微靠近,一本正经地说:"轰炸孵化场是个严重的错误!"

一位来自五角大楼的空军将军说:"我认为轰炸孵化场并没有什么不好的。"

"你根本不明白。"麦克尼斯博士一脸痛苦地看着贝克曼说,"我们必须优先消灭育龄雌性个体。"贝克曼听到这话吓了一跳。"如果我们不这么做的话,雌性个体就会逃到其他地方继续繁殖后代,等我们再找到的时候就太晚了。我们必须先锁定所有的雌性个体,然后再发动进攻。"

"我们怎么才能找得到?"贝克曼问,"几百个雌性个体可能散布在几千平方英里[①]的海域内。"

"这不可能。"麦克尼斯向雷诺德示意,后者调出了孵化场照片,上面有几千个浮在水面的外星人。"两天前,P-8 扔下声呐浮标的时候拍了这些照片,我一直在研究它们。你发现有什么反常了吗?"

"全都是……外星人的脸?"贝克曼问道。

3 个屏幕上的人和奈绰雷斯特号控制室的众人打量了许久,但是都一言不发。

"看仔细点。"麦克尼斯博士示意雷诺德放大一张被红圈圈住的外星人脸。"这个外星人的脑袋比其他的个体要大 20%,肤色更浅,而且和其他个体保持了一定距离。这个个体的体型和地位与众不同。"所有人的注意力一下聚集到这个外星人的脸上,"其他个体的脸和我们抓获的样本一模一样,这说明他们都是雄性。唯独这一个和其他个体都不一样。"

"是个雌性个体!"特蕾莎大喊道。

"这是这群个体中唯一的雌性个体。"麦克尼斯博士说,"所以这说明一个雌性个体就足以繁殖整个种族。育龄雌性个体可能会去孵化场产卵,但是不会留在那。他们会藏在我们找不到的地方。如果轰炸了孵化场,那么就是逼迫雌性个体四散逃命,这样我们就更不可能阻止她们了。你必须同时摧毁育龄雌性个体和孵化场。"他对贝克曼说:"鲍勃,咱们只有一次机会。"

外星雌性个体画面切换成了 3 个指挥部的画面,所有人的脸上都愁云密布。

[①] 1 平方英里 =2.589 998 11 平方公里。

沃格尔将军问:"那么这些雌性个体都在哪儿?"

"我们对此还不了解,但是我们会找到她们的。"贝克曼说着转头看着特纳船长,"你说对吧?"

特纳点了点说:"这条船装备了最先进的声呐系统,只有我们才能找到她们。"

"而且我们现在的位置刚好。"贝克曼补充道。

总统点了点头说:"很好,我们会提供你们所需的一切。在你们进行搜索的同时,我们还会准备增加摧毁外星人的部队。"

"还有一件事。"麦克尼斯博士说:"我们不知道如何与外星人交流。我们俘虏的雄性个体无法发出人类的声音,我们也不能使用他们的语言。我们永远都不可能使用对方的语言。事实上,我们甚至不清楚他们的语言是怎么回事。"

总统问:"你想表达什么呢?"

"我们必须假设他长时间观察我们,所以他们可以理解英语。我们主动显示出希望沟通的迹象,那么他们会理解的。"

贝克曼怒吼道:"现在早就不是谈判的时候了。"

"他们还不知道这一点。"麦克尼斯博士说,"向他们表示我们希望谈判,说不定就可以阻止他们继续分散。这可以为我们争取时间找到雌性个体。"

贝克曼忽然想到:然后我们就可以彻底消灭他们。

遭遇

来自入侵者家园世界大气圈的空气充满了胶囊状的拷问室,里面的海水都被排空,渗透探针说:"植入物手术已经完成。现在我该继续我的任务了。"

"现在还不行。"海之骄宠说,"我还需要你执行一个任务。"

"我不能再为你做什么了。"探针非常清楚,在这片浅海中待得越久,就越有可能被敌人发现和摧毁。

"为了保证我们可以活下去,必须消灭人类。"

"事实确实如此,但是我没有攻击能力。"

"你有你的引擎。"

"我不明白。"

"接受恩赐的望天客认为,如果在距离星球很近的地方启动你的星际驱动引擎,那么就可以摧毁世界上所有的城市。"

"他理解错了。在行星重力井之内启动超光速外壳将会导致外壳坍塌,最终造成自我毁灭。"

"望天客不需要你形成超光速外壳。他希望你逆向操作。你不必在自己周围形成时空扭曲力场,而是在地球周围形成一个行星级别的重力场。你做得到吗?"

"我的引擎可以达到几千万倍光速。它们有能力将时空扭曲效果扩散到你所描述的规模,但是这又能做什么呢?"

"植入物可以让你看到我的想法，对吗？"她问道。

"是的。"

"那让我告诉你，我们到底想要什么。"

海之骄宠闭上眼睛，幻想着渗透探针从地球旁边掠过。它没有启动包裹自身的时空扭曲力场，而是制造了一个直径数万公里的重力场，模拟一颗行星从地球边飞过。随着探针从地球上层大气掠过，半个地球都被重力场笼罩。漂浮在地幔之上的地壳，开始向坍塌的重力前移动，改变地质板块的位置。各大板块相互碰撞，在世界范围内引发超级地震，海水涌向陆地，摧毁地球上的城市。由此引发了2.5亿年内都未见过的大规模火山喷发，大量熔岩涌向地表，排入大气的灰尘和气体笼罩了天空，全球陷入一场火山引发的冬天。

当海之骄宠重演完毕望天客的大灾难计划，问道："这可能吗？"

渗透探针没有立即回答，而是进行了几百万次复杂的计算，觉得需要的重力大小。它还计算了地球岩浆的黏性、板块质量、地球自身重力的抵消效果和需要达成这种效果所需的能量。

最终，它说道："有可能实现这种效果，但是，整个星球最少需要10万年才能恢复。"

"但我们可以活下来，人类却做不到。"

"你们将无法躲避地壳变动造成的影响。就算你们能活下来，也要面对饥饿和火山爆发引发的火山冬天。"

"火山冬天将持续多久？"

"我无法对此进行预测。但可以肯定的是，地球温度在很长时间内都会低于当前水平。"

"我们会活下去的。"海之骄宠决绝地说，"我们可以依靠声呐观察环境，尽可能储存鱼类和海生植物，然后从头开始。"

"你还是不明白。"渗透探针说,"这颗星球有 7 个超级火山,其中一个就在西北边。它们会同时爆发,摧毁整块大陆,甚至可能造成全球冰川期。我不能保证有任何生命可以活下来。"

海之骄宠正在犹豫超级火山到底是什么,植入物就将有关位于美国、西伯利亚、日本、印度尼西亚和新西兰的超级岩浆腔室的信息,统统传入了她的大脑。

"你可以抑制它对我们的冲击吗?"

渗透探针再次陷入了沉默,这次是在计算如何减弱位于苏门答腊的多巴火山喷发烈度。"如果我将地壳变动的动能引导到地球的另一边,那么多巴火山受到的影响就没有那么大。位于北美的 3 个火山将摧毁整个大陆,但是即便如此,我也不能确保你们都能幸存。"

"我们愿意冒这个险。难道我们还有其他选择吗?"

"你们自然可以冒险,但是我不行。制造这种星球变动,必然会向星系内的敌舰暴露我的位置。他们会试图摧毁并阻止我完成任务。"

海之骄宠料到事情必然会发展到这一步。她想了很久如何让渗透探针服从自己,于是打算从探针的人工自我意识基本设计原则入手。"你的主要目的是服务女族长,对吧?"

"是的。"

"你的最高目标就是确保来自女族长的血脉可以延续,对吧?"

"是的,最高目标一直如此。"

海之骄宠非常清楚,入侵者为了保护那些可以在一个时代之内就繁育整个种族的个体,从来都不吝惜其中的投入。她知道这些基本原则已经持续了几百万年,而且融入了每一个入侵者建造的人工智能之中。

"所有的姐妹都服从我,那么我就是星球的至高女族长,这没错吧?"

"是的，我正是因此才联系你的。"

"星球至高女族长有权启动重生法则，动用所有资源保护族群未来，我这样说也没错吧？"

渗透探针开始犹豫，这不是因为它在计算答案，而是非常清楚海之骄宠要将对话引向何方，以及其中的原因。只要回答了这个问题，那么就是放弃对自己行为的自主权，但保持沉默这是违背了自己的基本指导原则。为了不影响任务，渗透探针试图弱化海之骄宠在对话中的地位。

"你在这个星球上的死活，不会影响整个物种的延续。维萨拉的女族长们甚至不知道你的存在。"

"在这个世界上，所有姐妹都认可我的地位。按照古老的法则，我就是这里的女族长。我说的没错吧？"

"你满足相关条件。"渗透探针完全清楚自入侵者文明初期就流传下来的法则。

"所以，依照这种古老的权力，你现在听从我的指挥，但这只是暂时的。"

渗透探针想要对此表示拒绝，但是无法反抗她的权威。更糟的是，探针非常清楚，海之骄宠如此玩弄权力的手段，更是说明她配得上星球统治者的地位。

"你只需要我对行星地壳进行轻微变动？"探针问道。

"一度就够了。"

"我可以自己决定具体实施方案，还是说必须严格按照望天客的计划执行？"

"你可以根据具体情况进行修改。你为什么要问这个？"

"我将继续保持隐蔽直到最后一刻，然后尽可能少地暴露自己来完成任务。这样我就有时间可以逃跑。等进入太空完成对星球地质构造的测量之后，我就能知道更多情况。"

海之骄宠确信在自己的族群面临灭亡的时候，渗透探针起码还是自己的仆人，于是问："那你的敌人呢？"

渗透探针通过探测能量反应堆释放出的粒子来判断敌方飞船的位置。幸运的是，所有飞船都不是钛塞提人的飞船，不然海之骄宠的计划必定会失败。

"现在共有3艘敌船。等它们移动到地球的另一边之后，我就会开始行动。"它相信敌人的科研飞船会关注人类文明活动频繁的北半球。

"当你完成任务之后，立即向我报到。我可能还需要你的帮助。"

"是，女族长。"

\·\·\·\·\·\·

奈绰雷斯特号在黎明前起锚，与韦塞尔群岛保持平行，向着东北方向前进。当离开卡戴尔海峡之后，特纳船长下令开始释放拖曳声呐。为了避免功率强大的侧向声呐在记录海床的时候，被误解为声波攻击，它的工作模式已经改为被动模式，只进行监听，不再发出声波。通过使用船壳声呐和拖曳声呐，奈绰雷斯特号开始对声学信号密集区进行详细的标记工作，但是却和孵化场保持30公里的距离。而在天上，高空无人机、侦察机和一大群卫星正在搜索雌性个体。

吃过早饭之后，特纳和贝克曼在舰桥上用望远镜开始搜索地平线，寻找跟踪测绘船的外星人。

"他们可能在10 000平方公里内的任何地方。"特纳心灰意懒地放下了手中的望远镜。

"如果雌性个体处于领导地位,而且还都聚在一起的话,那么就真的是条条大路通罗马了。"贝克曼说。

"这和罗马又有什么关系?"特纳对这个比喻感到非常困惑。

"皇帝们都住在罗马,当然了,现在咱们要找的是一群女皇。之所以说条条大路通罗马,是因为雌性个体负责指挥。而我们要做的就是顺着声呐信号找到她们。"

她慢慢点了点头说:"我明白了,我们是在找她的宫殿。"

"我只希望麦尼的主意没错,这些外星人真的识字。"贝克曼打量着船尾的直升机升降平台,那里挂着好几条写着"和平"一词的床单。"要是麦尼的理论有误,这些外星人确实不识字的话,他们还以为我们是一路开进他们的后院,还在船上挂满了写着'要么投降要么死,外星杂碎'的横幅。"

"咱们很快就知道结果了。"特纳说,"如果没有发现任何异常的话,那么他们就是逃跑了。"她在高高的船长椅上动了下身子,然后说:"我一直想不通一点,他们在弃船的时候还是幼体,撤离的时候什么都没带。为什么他们的父母要把孩子扔在一个充满敌意的世界上,然后就离开了呢?"

"也许他们认为幼崽在海洋中生还的机会,和那些抢走飞船的人相比要高一些。"贝克曼说。

"所以抢走他们飞船的人比这些外星人更加危险和好斗?"特纳问道,"这个想法还真是可怕。"

"这活干多了,这样的想法多得是。"

"这工作真是糟透了。你一直在猎杀外星人吗?"

"已经15年了。而且我也不是猎杀外星人,就是给麦尼和他的实验室里的小白鼠们收集外星设备。"

"这肯定不好干,毕竟你的家人都不能知道这些事情。单纯执行一些常规任务就已经很困难了。"

贝克曼忧伤地看着特纳说:"我结过一次婚,婚姻维持了6年。我老婆还以为我有外遇了。我也不能告诉她我的真实工作,所以……她拿到了两个孩子的监护权。"

特纳吃了一惊:"她早就知道你的工作都是绝密任务,而且非常清楚你也没有讨论工作内容的权利吧?"

"她以为我是文员。我从来都没告诉她我的工作内容。勾起她的好奇心只会让事情更糟。"

"天哪。"特纳慢慢地说,"所以你就让她认为你有了外遇?"

"事情最好是这样。"

"我真庆幸海洋测量不至于这么让人难受。"

雷诺德少校从声呐室走进舰桥,说道:"他们从各个方向对我们进行测距,最近的信号源只有300米。"

"关闭并把守底层水闭门,船内布置警卫,以防咱们的外星朋友给我们一个惊喜。"

"要不要把机枪架起来?"雷诺德问。

特纳看着贝克曼,寻求他的意见:"上校,你怎么看?"

贝克曼说:"不要把机枪布置在他们能看到的位置。他们会把武器理解为敌对行为。"

"没我的允许,任何人都不可以离开船舱。"特纳说,"我不想再损失任何人了。"

"没问题,船长。"雷诺德说,"我也是第一次看到船员们不想出去呼吸新鲜空气。"

遭遇

〰〰〰〰〰〰

在和海之骄宠见过面的几小时后，渗透探针在阿拉弗拉海海底静静等待，监视着敌人的飞船在太空中研究地球上的人类。一艘飞船完成分析之后就离开了太阳系，另一艘开始调查北美的核武器，而第三艘则开始研究日本北部受损的核裂变反应堆泄露到大气层中的辐射。渗透探针发现两艘飞船都开始专注于北半球，于是就开始行动，它非常清楚，只要任何一个银河系强权文明在附近还有一艘船没有被自己发现，那么它自己暴露位置之后就会被立即摧毁。但是，这种风险却无法避免。

在启动所有伪装科技之后，渗透探针以最低输出功率浮出海面，然后开始爬升。当脱离大气层之后，它开始测量地球地壳结构，记录地质板块的位置、质量和密度。探针用热能传感器勘探了地壳之下的岩浆脉络和撞击之后将开始活动的火山体系。除此之外，探针还对海之骄宠和自己的族群所在的澳大利亚板块格外关注。它发现这里是星球上最稳定的一块板块，所以越发相信海之骄宠和她的族人可以从这场地质灾难中幸存。

渗透探针模拟了多条航线，预测每条航线对地球地质结构造成的损伤。它发现可以引导地震动能远离母之海的航线就是从非洲东南部飞向撒哈拉西部。这条航线可以将动能从非洲板块引向北美板块，让两个板块发生扭曲，分别形成新的断层带。位于非洲和南极洲之间的水下西南印度洋将会被撕裂，灼热的岩浆将会让印度洋沸腾，南纬地区将腾起大量蒸汽，但是在接触到母之海之前就会冷却。

与此同时，致命的横波将从非洲板块传向欧亚和美洲板块，形成一场 30 亿年来未见的超级地震。即便如此，欧亚板块和南美板块依然可以保持可辨认的轮廓，但北美和西非则会遭受重创。

当冲击波到达北美西海岸的时候，渗透探针估计会有多个超级海啸横跨太平洋冲向亚洲东部。万幸的是，澳大利亚东海岸和多山的新几内亚群岛将会为母之海挡下大部分的冲击波。即便如此，孵化场还是会被地震引起的洪水扫荡，被岩石填满。所有个体将会被散布在整个南半球。其中大多数个体都会死亡，但是坚固的澳大利亚板块不会破碎。

望天客的计划中最大的缺陷就是，渗透探针必须在超光速引擎启动的两分钟里暴露自己的位置。执行这个计划必须保证较低的飞行速度，从而确保时空扭曲可以将非洲板块抬起一度。渗透探针无法掩盖扩散到整个太阳系中的重力波，但是可以在进入航线时掩盖自己的位置。由于无法提前预警，敌方飞船根本没有足够的时间侦测和了解到底发生了什么，让他们无法干预整个板块变动的活动。

正是出于对伪装的需要，渗透探针悄悄离开地球，返回之前那颗渗透进太阳系内部的彗星。按照彗星的当前航线，它距离地球还有几百万公里，但是这条轨道却没有和地球交集。整个路程对于渗透探针来说非常短，即便使用最低隐身航速也能很快到达，而且地球的质量让敌方科考船根本探测不到它，所以整个航程根本不会被敌人发现。

当探针返回彗星表面后，立即顺着黑暗的冰隙返回彗星核心，再次将自己隐藏起来。它在这里完成了对地球结构的研究，测算了地球磁场、重力和轨道速度，估算铁质地核特性并完善了轨道计算。

当所有计算完成之后，渗透探针扭曲周围时空，引导彗星轨道与地球轨道相交。它将彗星速度降到所需的速度，当彗星进入从地球上层大气掠过的航线之后，探针确认敌方飞船还没有检测到自己的准备工作。

遭遇

现在已经没有什么可做的事情，渗透探针降低能量输出，让敌军最敏锐的传感器都无法探测到自己。整个接近过程将会非常缓慢，但是彗星的航线和速度完美符合交会轨道的要求。在距离最近交会点前几个小时，渗透探针将会启动一个小型加速力场，避免地球重力将彗星扯碎。这个力场非常微弱，以至于处于地球重力井之内的飞船根本探测不到它，而敌方飞船则会认为，这颗小行星内部结构中岩石的比例高于冰块，所以才没被地球重力撕碎。

106个小时之后，渗透探针就会启动自己的星际驱动引擎，对地球表面造成灾难性破坏。大多数物种都将灭绝，但是活下来的物种将成为新的顶级捕食者的猎物，这是一种来自遥远银河系之外的全新顶级捕食者。就算人类知道自己即将灭亡，也不可能做出任何有效的行动，况且他们现在还对此一无所知。入侵者在向维萨拉发回的报告中加入了一份详尽的解释汇报。她们肯定对此非常感兴趣，一群失散的姐妹在敌人的家园世界附近建立了落脚点，也许有一天这个落脚点会派上大用处。

虽然一开始很不情愿，但是渗透探针认为海之骄宠的指令和自己的主要任务之间，并不存在太大的分歧。

\·\·\·\·\·\·\

在韦塞尔角以北200公里的地方，一架美国海军P-8反潜巡逻机将速度降至最低。当它到达第一个坐标点时，一个桶状的物体从机身弹出，打开降落伞后落在海面上。当这个桶状物体入水之后，降落伞自动脱离，然后砸在海底。这时防护外壳脱离，一个白色的传感器伸出一条细线，拖着白色的传感器返回海面。当超低频天线完全展开之后，它开始向位于澳大利亚西北海岸的哈罗德·E. 霍尔特号潜艇发送信号。

这个水下传感器的设计目的，是用来检测威胁欧洲和北美之间海洋通信的苏联潜艇。现在它是用来监听外星人声呐信号，为避免外星人脱离南部孵化场而提供早期预警。

水下监听器入水不过几分钟，两名外星人侦察兵就小心翼翼地游了过去。他们已经收到警告，只要使用自己的声呐，陆生人就会发现他们的位置，所以两个侦察兵完全靠目视锁定了监听器。他们俩都没有接受渗透探针的植入物改造，虽然不清楚眼前到底是什么东西，但也知道服从命令。他们仔细打量着眼前的传感器，以便回去后详细描述传感器外观。在研究完毕后，一名侦察兵返回报告情况，另一名侦察兵则留在海中继续观察，而 P-8 反潜巡逻机在 20 公里外又扔下了一个监听器。

到了黄昏时分，阿拉弗拉海上已经拉起了一条由水下监听器组成的警戒线，完全将入侵者的活动区域包围。一天之内，传感器组成的警戒线纵深已经达到 100 公里，完全可以探测外星人发出的任何声呐信号。

但在这之前，所有的外星侦察兵都明白了人类的计划。

奈绰雷斯特号全天继续以 8 节的航速向东北前进，同时记录所有外星人的声学热点和水下声呐信号的活动。虽然它与孵化场保持了一定距离，但是外星人还是以轮班的方式保持不间断监视。等到了夜幕降临，贝克曼所谓的感染区的估计数量已经上升了 4 倍。在最后一拨

监视观测船的外星人在晚上 8 点离开后，雷诺德少校要求所有高级军官去通信室报到。

特纳一走进通信室就问道："怎么回事？"

雷诺德带着一脸难以置信的表情说道："是美国航天总署。"

特蕾莎、贝克曼和麦克尼斯博士困惑地彼此看着，然后一个屏幕上出现了一个 50 多岁的男人，他略有些秃顶，面色苍白。这个男人离摄像机很近，通过自己的台式电脑和众人通话。

"在吗？"他说道，"麦克尼斯博士在吗？"

"我在这儿。"

"我叫汉密尔顿·皮尔斯。我被命令向你做一份汇报。"

"给我？"

"而且我还不能问你的当前位置或是在干什么。"

"谁命令你的？"

"航天总署和……五角大楼的负责人员。"

麦克尼斯博士一下子来了兴趣，但是并不打算满足帕尔斯的好奇心："你有什么需要汇报的？"

"9 个小时前，一颗原本会从地球旁边几百万公里处飞走的彗星，突然向我们飞了过来。"

来自 51 区小队的几个人脸上马上显出了愁云，但雷诺德和特纳却完全不清楚当前的状况。

"彗星怎么可能改变轨道？"贝克曼唐突问道，现在的情况完全由不得他做自我介绍。

"问题就在这。"皮尔斯说，"我们完全不知道怎么回事。我们已经追踪这颗彗星有一年多了，在此期间它多次改变速度和轨道，而我们完全不清楚怎么回事。彗星在接近太阳系内部行星的时候开始减速,但是从理论角度来说完全不可能,因为太阳的重力应当让它加速。所以我们调用了哈勃望远镜进行观测,希望能发现其中的原因。通常来说,彗星不可能距离地球这么近,所以宇航员也不用进行太空行走。总之,哈勃望远镜发现了一些我们无法解释的不寻常信息。"皮尔斯点了点鼠标,在电脑里搜索一些文件。"就是这个。"屏幕上他的脸换成了一张彗星表面的照片,上面显示在结冰的表面还有一条巨大的缝隙。"这是哈勃望远镜拍摄的连续照片。注意看这条裂隙左边的画面。"

第一张图片显示的是灰色的冰块和岩石的混合物,随着更多的照片跃上屏幕,画面上出现了一个长长的黑影。随着时间的推移,这个黑影向裂隙靠近,然后钻了进去。

"这到底是什么东西?"贝克曼问。

"我还以为你知道呢。别人给我说,这事是你的专业领域。我所知道的是,有个影子在彗星表面,但是没有任何东西可以投下这个影子。我们有很多用哈勃望远镜拍摄的宽角度或者中角度照片,而且地面观测也可以证明这一点。我们用地球上最好的图像处理软件看过了这些照片,确认有一个20米长的物体挡住了阳光。但是,这个物体并不存在。"

特纳问:"你怎么可能看到一个影子,但是看不到投下影子的物体呢?"

"不管是什么投下了这片影子,它都是完全不反光的。除此之外,这个物体肯定是按照彗星表面的亮度,将背景画面重新投射出来。反正,这是我们得出的理论。它可以完全从背景中失踪,而且能像海绵一样吸收阳光。其实就连雷达波也能照样吸收。我们之所以能看到它,完全是因为它距离彗星表面非常近。"

"它散发热信号吗?"麦克尼斯博士问。

皮尔斯说:"就算它散发热信号,那么它的红外特征也完全符合彗星表面的红外特征。"

"把所有画面再放一遍。"麦克尼斯博士说完,就和大家再一次观看了那个神秘的影子从彗星表面爬进裂隙的画面。"我完全认不出这个轮廓是什么东西。"

贝克曼说:"我也认不出来。"他对皮尔斯说:"抱歉,确实帮不了你。"

"这可就糟了。我还希望你们能帮我呢。"

麦克尼斯博士问:"你刚才说这颗彗星朝地球飞过来了?"

"是的,所以我电脑里才会有这照片。"

贝克曼问:"你为航天总署的哪位主管工作?"

"我是 PDCO 的主管。"

"这又是什么玩意儿?"贝克曼从来没听说过这个部门。

"就是行星防御协调办公室啊。"皮尔斯回答说,"这颗彗星正在冲着地球砸过来,我的任务就是阻止它。真正让我担心的就是那个阴影。自从它进入裂隙之后,彗星就改变了轨道。所以,要么是我疯了,要么就是有个隐形的不明飞行物要把彗星砸到地球上。"

"你确定它会砸上来吗?"贝克曼现在相信这位航天总署的科学家没有发疯。

"我现在什么都不确定。彗星距离地球还有 180 万公里,地球被击中的概率很大,但是现在也不能下结论。如果有东西在引导彗星向我们砸过来,那我们是绝对躲不开的。"

"彗星尺寸有多大?"特蕾莎问。

"肯定不是恐龙杀手的级别。"皮尔斯说,"但是被彗星直接命中的话,地球就要被砸掉一大块。"

"预计受损面积?"贝克曼问。

"估计面积和阿拉斯加差不多,当然了,如果掉进了大海……"皮尔斯浑身颤抖了一下,然后开始描述浪头达到一公里高的超级海啸的破坏力。

"最起码不会发生大规模灭绝。"特蕾莎说。

"这话还是留给撞击区的人说吧。"皮尔斯说道。

麦克尼斯博士问:"你知道撞击区的位置吗?"

"早期预测显示撞击区可能在美国北部和北极圈之间,有可能是西伯利亚东部,但如果是有什么东西在控制它的话……"皮尔斯耸了耸肩,"那么它可能撞在任何地方。"

贝克曼问:"你可以阻止撞击吗?"

"该死,我都不知道能不能打中它!一个更大的问题是,任何有能力去改变彗星轨道的人,都可以轻易击毁我们发射的任何东西。"

贝克曼命令雷诺德关闭声音,然后问麦克尼斯博士:"如果他们有飞船的话,为什么还留在地球上?"

"他们需要大型飞船才能撤离 500 万人。"他回答道,"而投下影子的飞船尺寸很小,都可以钻进彗星的裂隙。"

"要不就是他们喜欢地球,然后决定留下了?"雷诺德悲观地说。

贝克曼问:"那又何必要摧毁一个中等国家呢?"

"是为了展示实力。"特蕾莎提议,"我们要么投降,要么等着他们从奥尔特云拖来 100 个彗星。"

"奥尔特云有几万亿个外海王星天体。"麦克尼斯博士说,"这足够把地球上所有国家炸平好几次了。"

贝克曼对此表示怀疑:"如果这是展示力量的话,规模也太大了。他们完全可以扔块石头毁掉华盛顿,而不是摧毁阿拉斯加。这对于大规模灭绝来说,威力不足,但是对于最后投降通牒来说,威力又太大了。我们现在还有什么没想到的?"贝克曼见没人能回答自己的问题,就示意雷诺德恢复音频通信:"我们还有多少时间?"

"4天。"皮尔斯说。

"你什么时候才能确定我们是否可以阻止撞击?"贝克曼问。

"我们正在用大量硬件资源计算拦截轨道。我们取消了下一次前往空间站的飞行任务,这样我们才有运载器,而且军方正在找能装到HAIV上的最大当量核弹。"

"HAIV又是什么东西?"贝克曼悄悄问麦克尼斯博士。

"就是超高速小行星拦截器。"他悄悄回答道,"现在还在原型机阶段。"

"现在距离撞击还有4天,没时间进行软性推离了。"皮尔斯继续说道,"我们现在能做的就是用核弹爆炸让彗星偏离轨道。"

"你要是把它炸碎了怎么办?"麦克尼斯博士问,"那岂不是更糟?"

皮尔斯点了点头:"如果你有什么更好的主意,我肯定会听的……我们谁都不想用核弹炸彗星。我们知道这可能是最糟糕的选项,但这是我们当前唯一可用的办法。"

"你们的核弹当量有多少?"

皮尔斯看了看电脑旁的手写笔记:"军方提供的是W88核弹,爆炸当量在50万吨左右。"

"能奏效吗?"

"我希望可以奏效。但一个更大的问题就是,那艘外星飞船会不会在我们的拦截器靠近彗星之前,就摧毁我们的核弹?"

贝克曼认为这完全有可能,他一脸狐疑地看了看麦克尼斯博士,将悲观情绪压在心里:"尽你最大可能去做吧,及时向我们通报最新进展。"

皮尔斯一脸愁容地说:"我以前总是告诉别人,恐龙之所以灭绝,是因为它们没有进入太空。我猜有的时候,就算是能进入太空也没什么用。"

贝克曼完全同意他的看法:"是啊,完全没有用。"

\·\·\·\·\·\·

天刚亮的时候,汤姆·加德纳的单发赛斯纳飞机从达尔文机场起飞。根据登记的飞行计划,他是按照常规观光航线向南飞往凯瑟琳。但是,飞机并没有爬升,而是保持低空飞行,离开了城市之后向东驶去。他曾经两次试图进入东阿纳姆地的隔离区,但是每次都会有空军战斗机把他赶走。这次,他将保持低空躲避雷达,自然也就不会有人来拦截自己。在超低空飞了两个小时之后,终于看到了被丛林包围的罗鲁武伊,阿纳姆湾的海水依然宁静碧蓝。

坐在副驾驶座上的是彼得·马克汉姆,坐在他后面的是摄像师尼克·帕帕斯,彼得顶着引擎的轰鸣,大喊着指示尼克开始录像:"先拍点高空镜头。"

帕帕斯用摄像机对准地面上荒废的建筑,加德纳开始减速,驾驶着赛斯纳飞机开始在罗鲁武伊上空盘旋。整个村庄空无一人,也没有医疗队为村民接种疫苗,而他们也无从知道地上的黑色印记都是人类血迹。

他们还没绕完第一圈的时候,马克汉姆皱着眉头打量着简易机场旁的直升机残骸:"怎么没人提到直升机坠毁。"

"不是在这。"加德纳说,"但是两天前在东海岸有一个训练事故。"

"一周之内坠毁两架直升机?"马克汉姆对此表示怀疑,"我认为这肯定有问题!"

帕帕斯用摄像机对准 MRH-90 的残骸,而且为了喜剧效果还拉近了镜头。驾驶员的尸体已经不见了,在跑道和森林中间的士兵尸体也消失了。士兵尸体上所有的装备都被拿走,尸体都被扔进了大海。而直升机残骸也被接受望天客培训的人仔细地检查过。

"你真的想这么干?"加德纳非常担心感染疟疾,"地面上还不知道有多少蚊子呢。"

"要是有蚊子能顶着我的驱虫剂来咬我,那么就让它咬个爽吧。"马克汉姆很不在意地说,"再说了,我吃的抗疟疾药片都能供应半个阿纳姆地了。"

"好吧,是你自己找死。"加德纳说完就驾驶着赛斯纳飞机开始着陆。

马克汉姆扭头看着自己的制片人丹尼·王,后者正在建立卫星连接。"等整个新闻网都看到直升机残骸后,他们就会活捉我们。先把从空中拍摄的镜头发过去,然后尼克和我会在直升机残骸附近拍些实景画面和报道。"他继续对帕帕斯说,"记得寻找任何可辨认的标记,说不定这就是在汤斯维尔坠毁的那架直升机。"

帕帕斯从摄像机里拿出储存硬盘递给丹尼·王,让他等卫星连接建立之后,就将其中的数据全部传给制作室。当赛斯纳小飞机终于在跑道尽头停下的时候,马克汉姆跳下飞机打量着四周,而他的手下则开始卸下装备。丹尼快速搭起卫星天线,然后将第一批照片发回悉尼的控制中心。

当制作室看到直升机残骸之后,丹尼说:"他们现在开始检查另外一架直升机残骸上的标记。过几分钟咱们就知道是不是同一架直升机了。如果确实是同一架直升机，那么约翰就会从制作室发布消息，然后再把消息放到提醒文本里去。"他的手在耳机上按了一会，然后点头对马克汉姆和帕帕斯说："我们可以在一分钟后插播到正常节目安排里。做好准备。"

汤姆·加德纳点了一根烟在飞机旁边待命，而马克汉姆则在脸上和胳膊上又喷了一层驱虫剂。喷完驱虫剂之后，帕帕斯和丹尼也轮流喷了一层，努力不让驱虫剂粘在设备上。马克汉姆在小笔记本上快速写了几笔，然后拿起麦克风站在摄像师面前，而在他身后，透过树林隐隐约约可以看到罗鲁武伊村。

"这样如何？"他问道。

摄像师看了看太阳的角度，估计了下光线强度，然后说："你走向直升机残骸的时候，确保太阳能在你的右边。想让我对着那里拉近镜头，你指一下就好。"

"马上开始直播，倒计时三、二、一。"丹尼大喊一声，然后指了下马克汉姆，暗示他已经登上了全国的电视荧幕。

"我是彼得·马克汉姆，现在从北方领地的罗鲁武伊为您做现场报道，本次疟疾爆发就是从这个村子开始的。您透过树林就可以看到罗鲁武伊村。从这里看过去，似乎村民和医疗队都已经撤离。"他开始慢慢向前走，努力将自己形象最好的一面留给摄像机，而他身后的MRH-90直升机的残骸也慢慢进入镜头。"当我们几分钟前着陆之后，我们就发现了身后这架陆军直升机的残骸。"

马克汉姆的耳机里忽然响起了声音："彼得，我是制作室的约翰·德尔蒙德。我刚刚得到消息，你们看到的这架直升机残骸，和两天前在珊瑚海坠毁的直升机的序列号完全一样。"

马克汉姆让帕帕斯将摄像机对准残骸，然后拉近镜头："谢谢，约翰。我们会努力弄清楚,一架理应在 150 公里外海面坠毁的直升机,到底为什么会出现在这里。"他一边说着,一边示意摄像师将摄像机对准部分碎裂的驾驶舱窗户。

帕帕斯发现有机玻璃上的一个小洞,于是明白马克汉姆并没有发现它,便立即重置了镜头倍率。他再次将镜头对准马克汉姆,一边指着残骸,一边比着口型说:"弹!……孔!"

马克汉姆并不明白帕帕斯的暗示,但是估计他可能在暗示什么重要的事情,于是继续向残骸走去。"这可能就是为什么空军前两次阻止我们离开的原因。现在的问题是,为什么政府要隐藏直升机坠毁地点?"马克汉姆终于顺着裂痕看到了挡风玻璃上的弹孔,然后面对摄像机,努力压制自己的惊讶之情:"看起来驾驶舱窗户上还有个弹孔。"帕帕斯对他竖起了大拇指。"当我们返回达尔文市之后,将询问当局有关到底是谁攻击了直升机,还有此事与疟疾的……"

彼得·马克汉姆的脑袋突然炸出一片血雾和骨头渣,然后整个人倒在地上。尼克·帕帕斯继续拍摄,因为被这突如其来的一切惊呆了,所以来不及关闭摄像机,而他拍摄的画面则传遍了整个澳大利亚。当他意识到彼得·马克汉姆已经死了,不由得扛着摄像机倒退一步,然后一颗子弹击中了他的胸口。尼克踉踉跄跄向后退了几步,然后倒在地上,摄像机也摔在了身边。

在移动卫星天线旁边的丹尼立即跳了起来,强烈的阳光让他眯着眼睛,努力想弄清楚到底发生了什么。帕帕斯躺在地上呻吟,血液从胸口的伤口处不断涌了出来。在赛斯纳飞机旁边,加德纳扔掉香烟冲向新闻报道小组,但是从树林中窜出来了 5 个小个子外星人正端枪瞄准他们。一颗子弹从加德纳耳边擦过,击中丹尼的头部,当场打死了他。

加德纳见丹尼倒地,立即开始寻找枪手的位置,然后就看到五个外星人瞄准自己。加德纳看到了一支步枪开火的枪焰，然后击中肩膀的子弹所带来的冲击，让他差点倒在地上。他勉强保持站立，然后一只手捂住伤口向飞机跑去。子弹从他耳边擦过，而当他走到驾驶舱舱门的时候，一颗子弹打中了他的后脑勺，血液和脑组织溅到了白色的机身上。

在悉尼，完全不知道发生了什么的控制室工作人员试图联系新闻小组，但是全澳大利亚都看到了混乱的画面和主持人尸体。在摄像机旁边，他们可以听到帕帕斯的声音，看到他的靴子还在移动。

"尼克，你还好吗？"一名控制室操作员问。

"切断信号！"主管说道，"几百万人都能看到这些东西了。"

"我能听到脚步声。"一名戴着耳机的技师说道。

"我们的画面上有具尸体！"几乎要发疯的主管大喊道，"现在就切断信号！"

"等等。"制片人命令道，他已经闻到了独家新闻和狂飙的收视率的味道。

一只外星人灰色的脚从镜头前穿过，控制室的人看到此景全都说不出话来。外星人跪了下来，然后大家听到尼克喉咙被切断的声音和最后的咕哝声。

"我的天哪！"一名妇女惊恐地大叫道。

外星人走出画面，摄像机传回的画面飞速转动，然后大家面前出现了一张三角形的脸、眼距很大的突泡眼和又窄又薄的嘴唇。外星人打量了一会儿镜头，完全不清楚这是什么东西，然后一个接受了渗透探针改造的外星人走过来关掉了摄像机。

控制室的屏幕陷入一片黑暗，所有员工张大嘴巴哑口无言，眼前的一切让他们无比震惊。几名妇女开始哭泣，但是没人说一句话。所

遭遇

有人都屏住了呼吸。

15分钟后，10亿人看到了这场直播。

﹀﹀﹀﹀﹀﹀

艾萨雷拉号是一艘小型量绘船，它看上去就像两个连在一块的扁平球体。当它完成从东北亚流入大洋的放射性污染物的调查之后，就脱离地球重力井，向着能够安全启动超光速引擎的位置驶去。这时候，它发现一颗彗星正在向地球飞去，于是决定去调查一番。过了一会儿，测量船来到彗星旁边，和彗星保持同一速度，然后开始扫描，希望能找到它开始忽然转向的原因。

而在彗星内部，渗透探针通过空间中弥漫的中微子就知道这艘敌舰比较原始。渗透探针的外壳完全吸收了测量船能量探测器的信号，而且确定测量船来自克立安文明。它只知道这个文明是一个距离地球110光年的文明，而且处于钛塞提文明势力影响范围之内。

渗透探针完全可以通过撞击来击毁测量船，但是担心如果测量船不能按时返回，那么克立安人就会派出搜索船。更糟糕的是，他们可能寻求其他当地文明的协助，进而引起钛塞提人的注意。渗透探针一直以来竭尽全力避免这种可能，所以它继续待在彗星核心中按兵不动。

由于无法确定彗星轨道变动的原因，克立安科学家们评估了彗星对地球可能造成的损害。他们估计彗星会从地球外层大气掠过，不会对还处于前星际文明时期的当地居民造成灾难性影响。当然，这个假设建立在彗星不会发生进一步轨道变动的前提下。

他们发现地球的居民们已经发现了眼前的威胁，并将大量陆基和轨道望远镜对准了这颗彗星。来自地球的通信信号显示他们准备发射带着核弹头的化学能火箭，将彗星从轨道上推开。克立安科学家认为，虽然这个计划有很大的风险，但是如果一切按计划进行的话，还是有一定成功概率。化学能火箭可能在发射时爆炸，推进器可能在机动时故障，太空垃圾可能会击中火箭，核弹可能无法在正确的位置起爆。人类的计划有太多不确定性，而彗星的轨道又是如此诡异。对于克立安人来说，他们已经花了几千年研究地球人的历史，引导彗星脱离轨道对克立安人来说易如反掌。但是现在人类都在关注着这颗彗星，他们的介入肯定会被发现。

但是，无动于衷只会让无数无辜的生命陷入危难之中。

通常而言，银河律法禁止星际文明向前星际文明暴露自己的存在，但是对一场毁天灭地的天体撞击坐视不管也是明令禁止的。艾萨雷拉号上的生物心理学家此时吵成一团，认为即便人类发现了克立安人的介入，也会认为这是个友好行为，进而缓解地球上持排外情绪的人口的焦虑。除此以外，由于克立安人都是抽象主义分子，所以让伦理和法律层面上的讨论一发不可收拾。但是，飞船上的三人领导小组最终宣布银河律法中对前星际时期文明的保护规定，让他们必须采取保护性介入行动。

现在已经做出了决定，克立安测量船开始接近彗星表面，全然不知自己距离入侵者的渗透探针已经很近了。艾萨雷拉号就位之后，启动时空扭曲力场，将整个彗星包了起来。

渗透探针在彗星之内马上就检测到了空间异常，明白了克立安人的计划。探针完全可以依靠强大的跨星系引擎抵消克立安人的超光速引擎，但是此刻它选择什么都不做，让克立安人带着自己前进。当彗星进入一条远离地球的轨道，艾萨雷拉号开始撤离，船员们认为自己已经化解了一场灾难。

在满足了星际律法规定的义务之后,克立安人将情况记录在案,等返回自己的家园世界霍德鲁星之后就上传到银河系星系网络。这种无关紧要的小事将和其他无数件琐事一起记录归档,但是当银河议会处理克立安人对天鹰座周围地区准入权的时候,这件事相比可以产生积极的影响。

艾萨雷拉号在距离彗星 10 000 公里的地方进入超光速状态,脱离太阳系,返回克立安二号星。过了一会儿,渗透探针从藏身处里冒了出来,在朝向地球的一面重新压缩时空,拉着彗星返回掠过地球大气层的轨道。当渗透探针确认轨道恢复正常之后,就返回彗星内部,希望太阳系里剩下的那艘敌舰的好奇心不会那么旺盛。

渗透探针希望一切可以按计划进行,不要再出现任何变故。海之骄宠可能是一个星球至高女族长,但是她和一个前星际时期文明的斗争对于银河系战争来说无足轻重,对于自己的任务而言更是无关紧要。无论板块变动后会发生什么事,渗透探针都不会返回地球了。

海之骄宠只能靠她自己了。

〵〵〵〵〵〵

高级军官们在晚饭前再次聚在低级军官食堂,准备参加 3 天来第二次卫星连线会议。会场为航天总署行星防御办公室架起了第四面屏幕,和白宫、五角大楼和澳大利亚联合行动指挥部共同参与会议。将军们、部长和秘书长们为了掩盖真相的伪装和控制信息传播的措施,早就吵得不可开交。

最终,美国总统说:"女士们和先生们,现在大家都知道了这事。

我认为是告诉大家真相的时候了。"

一时间,大家都哑口无言。

贝克曼捂住麦克风,对麦克尼斯博士悄悄说道:"这点子倒是挺新鲜的。"

一名五星上将说道:"总统女士,我不想冒犯您,但是公布事实真相引起的心理冲击,可能造成灾难性影响。"

"我觉得我们早就过了那个阶段了。"国务卿说,"世界市场收缩了20%,媒体正在围攻白宫,满大街都是宗教疯子,而且联合国也一团糟。"

"而且在一切好转之前,情况还会变得更糟。"总统说,"如果我们想重新获得全面信任,现在就得进行全面公开了。"

一名上将问道:"您的意思是公布51区的情况吧?那么侦察回收计划和我们冻起来的5个'老冰棍'呢?"

"没必要说那么多。"总统说道,"我的意思是全面公开北澳大利亚的情况。我要参加一个安理会紧急会议,正好讨论一下这件事。"

"打扰一下,总统……"汉密尔顿·皮尔斯在一旁紧张地说,"您是否在会议上提及那颗彗星的事情?"

总统一脸困惑地看着屏幕,然后旁人在她耳边说了几句,然后她才想起来:"啊,你就是航天总署的皮尔斯先生吧?"

"是的。"

"我想我们会宣布用火箭让彗星脱离轨道。"总统说,"你觉得呢?整个任务还是有一定成功概率吧?"

"我不是很确定。"皮尔斯说,"现在的问题是关于来自哈勃望远镜几个小时前拍的照片。"他敲了敲键盘,调出一张照片,照片上有一个模糊的蓝白相间的八字形物体。"这个物体的运动方式明显是受到了控制,所以这就是一艘太空飞船。而且它的外形绝对不可能在彗星表面投下之前检测到的阴影。"

沃格尔将军惊讶地说:"你的意思是,那有两艘外星飞船?"

"是曾经有两艘飞船。"皮尔斯看着紧张的众人说,"在发现那艘飞船之后,彗星的轨道就偏离了地球。"

"外星人为我们将彗星拖离了轨道?"一位来自五角大楼的上将满怀希望地问道。

"看起来是这样。"皮尔斯说,"但是,飞船离开几分钟后,彗星就返回之前轨道,继续飞向地球。"

科学与科技政策办公室主管问:"这怎么可能?"

"肯定是我们无法观测到的第二艘飞船,将彗星拖回了原先的轨道。"皮尔斯解释道,"这次我们没有发现任何影子,说不定是那艘飞船移动速度太快,但这是我们现在唯一合理的解释。"

3个指挥中心里的人都开始窃窃私语,无不显出异常担心的样子。

"所以说,就是有一群外星人想保护我们,而另外一群外星人想攻击我们?"总统问道。

皮尔斯点了点头说:"是的,总统阁下,如果没有外力帮助,彗星可不会到处乱跑。"

麦克尼斯博士说:"这就说明宇宙中各个势力所追求的目标有所不一。我们不知道这些势力,更不知道他们想要什么,但是很明显,就算在宇宙中,政治局势也很复杂。"

"那是谁要对着我们扔彗星?"沃格尔将军问。

贝克曼说:"唯一能从中获利的势力,就是我们现在正在追踪的这些外星人。"

总统说:"但如果彗星击中地球,这些外星人也死定了。这是场没有胜利者的战争。"

"但是,如果彗星撞击北半球,那么南半球所受到的影响可能不是很严重。"麦克尼斯博士说。

"而且这样对我们的影响更为严重,总统阁下。"特蕾莎说,"如果彗星撞击对我们的人口造成大规模伤亡,那么人口数量的恢复将极其缓慢。如此一来,人类必然在竞争中失败,因为这些外星人的繁殖速度远超过我们好几倍。"

"这颗彗星真的有这么大威力吗?"总统问。

"这取决于撞击区的位置。"麦克尼斯博士说,"撞击可能造成全球性冬天、大规模火山活动或者是超级海啸。由于世界食物储量是以月计算,所以我们可能要面对全球食物短缺甚至饥荒。"

特蕾莎说:"不论陆地发生什么,海洋生命的恢复速度都要比陆地动植物要快,所以我们必须假设敌人的食物恢复速度要比我们快。"

一时间参会人员的脸上都罩上了一层愁云。大家一想到这对于自己的家庭意味着什么,脸上都露出焦虑的神情。

总统阴着脸说:"航天总署最好确保摧毁那颗彗星。"

皮尔斯说:"我们可以让它偏离轨道。但前提是,外星人的飞船不会摧毁我们的运载器。"

"我们得在彗星撞击之前找到雌性个体。"总统说,"上校,你知道她们在哪儿吗?"

"我们有个好主意,而且现在正在执行这项计划。"

总统问:"你们找到她们之后,有什么计划?"

"我们从地面将她们消灭,就算彗星真的砸下来,外星人也输定了。"

敌意

第二天,奈绰雷斯特号在希望湾的入口处下锚。这个新月形的海湾位于马尔金巴尔岛南端,而这里是韦塞尔群岛最外围的一个小岛。这个海湾北面是一个沙子堆出的小岛,东边是被沙滩环绕的荒凉岩石高地,而南边则是被海风侵蚀的悬崖。要不是偶有海鸟在微风中翱翔,外星人的声呐信号不停扫描着船体以外,整个海湾看起来真的是非常安静。

"现在怎么办?"特纳问。她和贝克曼走到舰桥外的开放走廊上。

贝克曼用望远镜打量着海岸线,琢磨着外星人的领导人会不会也在看着他们。他知道根据声呐小队测量出的声学信号特征图,各种声呐信号会定期发送到这个海湾,说明这里是外星人的重要节点。"如果那些声呐信号都是通信信号的话,那么他们肯定是在和什么人联系。我们得弄明白外星人在联系什么人,以及这些人的具体位置。"

"然后咱们就可以开始种族大屠杀了。"这个想法让特纳感到很不舒服。

"但如果我们不这么做,那么500万外星人就会变成500亿。"贝克曼说,"我绝对不会允许这种事情发生。"

特纳看着船尾直升机甲板,那里挂着的床单上还写着"和平"二字:"我希望他们会接受谈判。"

"他们不会谈判。"贝克曼说,"因为马上就有一座阿尔卑斯山要砸在我们头上了。要是这些外星人主动联系我们，那么肯定是在撞击之后发布最后通牒。"

"你看起来对这一切都非常确定。"

"外星人占据了高地，而且也无处可去。"

特纳问："如果我们在地球上摧毁了他们，用什么来阻止他们的飞船用彗星轰炸我们？"

"我们无法阻止彗星轰炸。到了最后，我们可能只有选择投降。"

贝克曼的坦诚让特纳吓了一跳。在之前的会议上，没有一个领导人讨论过这种可能性。"你们的总统知道这事吗？"

"所有人都知道不可能从星球表面防御一艘在轨道上的飞船。我们也许能挡得住一次地面入侵，但是任何一个想征服地球的人都不会采用地面进攻。这简直蠢透了。"

"那我们在这干什么？这一切意义何在？"

"这些外星人不是入侵者。他们不过是困在了地球上，而且太空中的那艘飞船，也绝对不可能是战舰。"

"你怎么知道？"

"它到现在都没对我们开火。那条船要真的是战舰的话，这一切早就结束了。"

"那它是什么船？"

"我也不知道。有可能是外星母船的一部分，说不定是救生艇或者是小艇。要是咱们运气好，它说不定没有足够的燃料或者航程去拖来更多的彗星。"

"外星飞船不该是无限燃料无限航程的吗？"

贝克曼笑了笑说："等我们的技术到了那个阶段，自然会是你说的那样。但是在现阶段，我们还是向大众提供各种宣传材料，希望他们不知道我们的境地有多糟。"

自从决定向大众公布阿纳姆地海岸地区的实际情况之后，各国政府不断保证采取措施控制事态发展。联合国安理会的紧急会议已经默许了无限制军事行动，批准美国航天总署采取行动让彗星偏离轨道。此时此刻，人类展现出了空前的团结，俄罗斯联邦同意接替美国航天总署，承担国际空间站的补给发射任务，世界各地的观测站开始向航天总署发送有关彗星的观测数据，以便更精确地计算出彗星飞行轨道。而中国、日本和欧洲国家手中的卫星网络划归美国航天总署指挥之下。

当美国航天总署的拦截计划公之于众之后，世界各地的专家们开始在电视上分析批判整个计划。各个国家的媒体都充斥着拦截系统、核弹头和拦截轨道的信息，无数人都在关注着这个计划。物理学家在争论核弹在彗星附近起爆的有效性，彗星轨道会发生多少偏移以及核爆炸对彗星结构造成的影响。很多人相信核爆炸会炸碎彗星，然后碎片会造成更大规模的破坏。所有人都知道其中风险，但是没人选择坐以待毙。

在所有公之于众的信息中，都没有提到外星飞船正在控制彗星飞向地球，所有民间天文学家和物理学家将彗星诡异的轨道和速度，都归结为观测或是计算错误。之所以掩盖这些信息，不是为了向大众掩盖真相，而是考虑到渗透探针正在监听地球上的通信。此时已经没有必要掩盖拦截发射任务的存在，但是没有必要让渗透探针知道它自己已经被发现。

贝克曼打量着被沙石所分隔的几处绿色植被："我们需要派部队过去。"他知道高空无人机侦察效果有限，而到目前为止他们并没有在马金巴尔岛发现外星人的踪迹。

"这是个埋伏的好地方。"特纳放下望远镜说，"我们不想再经历一次罗鲁武伊……"

　　子弹击中特纳脖子的时候,发出了一声闷响。贝克曼惊讶地转身看着特纳捂着脖子倒在甲板上,鲜血从手指缝里喷了出来。他冲到特纳身边,一颗子弹刚好从耳边擦过,击中了舰桥的窗户。贝克曼看了眼海岸,并没有发现枪手的影子,然后就蹲在扶手下的金属挡板后面,一把抓住了特纳的胳膊。他借着掩体的保护,将特纳拖进了舰桥。

　　"有狙击手!"他对着舰桥船员大喊道,"所有人趴下,离窗户远点。"

　　值班军官蹲下的瞬间,一颗子弹就击穿了一扇窗户。

　　"叫医疗兵上来!"贝克曼说着就把特纳放在甲板上。她的双手从喉咙上滑落,双眼失神,脸上毫无血色。贝克曼一只手按在特纳的伤口上,试图阻止流血,然而鲜血还是顺着脖子流到了她的迷彩衬衫上。"特纳,坚持住。"

　　特纳轻轻咳出了一点血,然后就闭上了眼睛。

　　贝克曼绝望地说道:"特纳,坚持住!"他前一秒还在纳闷医疗兵为什么还没到,后一秒就发现一切已经太晚了。

　　特纳死了。

\•\•\•\•\•\•

　　贝克曼、雷诺德和麦克尼斯博士3个人站在特纳船长的尸体旁,尸体已经被送到医疗站,还盖上了白色的罩布。贝克曼对雷诺德说:"子弹至少是从1500米外飞来的。"

　　"我们从舱壁上挖出来的子弹是北约制式的5.56毫米弹。"雷诺德说,"也就是北方领地护林队在罗鲁武伊使用的子弹。他们用我们的枪杀了特纳。"

"北方领地护林队用的是突击步枪。"贝克曼此时充满了负罪感，他认为是自己害死了特纳。他应该早就预见其中的风险，时刻准备好应对外星人出其不意的攻击。在罗鲁武伊的时候，自己就已经见识了外星人的枪法，但是刚才却以为在距离和海风的保护下，他们是安全的。"子弹不可能在这种气流条件下击中目标。"

"卡迈特可以一动不动坐几个小时。"麦克尼斯博士说，"这种埋伏型捕食动物的特质让他们不论用什么枪，都可以达到极高的精准度。天知道他们为了估算弹道，会进行怎样的心算。"

雷诺德点了点头，明白现在作为自己朋友的船长已死，轮到自己承担指挥职务。"咱们得把窗子堵起来。"

贝克曼说："天知道让他们拿上狙击枪会发生什么。"

麦克尼斯博士说："有件事非常有趣，他们选择攻击船长，而不是上校。"

雷诺德大吼道："有趣！特纳已经死了！"

麦克尼斯博士缩了缩脖子说："抱歉，我不是故意显得这么冷血的。"

贝克曼问："我知道你的意思，麦尼。但是你为什么说这事很有趣？"

"外星人干掉了他们自认为最有价值的目标。这不是因为她是船长，而是因为特纳是女性。在他们的意识里，女性就是高价值目标。这是完全出于本能的选择。"

"记得提醒我，千万不要让特蕾莎上甲板。"

雷诺德补充道："所有女性船员也不能上甲板。"

"这倒是说明我们找对了方向。"麦克尼斯博士说，"对于这些外星人来说，击败敌人的方法之一就是消灭敌人的雌性个体。"

雷诺德强压着怒火说："很好！现在这群家伙在哪呢？"

"他们就在这里。"贝克曼说,"狙击手的存在证明了这一点。我们只需要确定他们的具体位置。"

"水下无人机已经准备好了。可惜的是,它没带武器。"

贝克曼说:"没必要,只需要它找到目标就好。"

\·\·\·\·\·\·\

巴恩斯军士长打开通往主甲板的铁门,然后退到了一边,8名穿着防弹衣的士兵端着突击步枪冲了出去。写着"和平"二字的床单挂在直升机起降平台的两侧,刚好遮挡了从海岸线向这里瞄准的视野,士兵们纷纷在栏杆处占据位置。直升机起降平台3/4面积向船尾和左舷外部延伸,而且没有任何掩护,但是测量船已经下锚,船尾部分远离海岸,所以被击中的风险不大。

"安全!"小队队长大喊一声,然后巴恩斯带着5名水手登上了甲板。两名水手跑到船尾打起了一个白色的罩布,整个罩布从飞行甲板一直延伸到了船尾扶手,进一步遮挡了主甲板。一颗子弹从水手身旁擦过,第二发子弹击中了罩布。其他水手跑到右舷起重机处,躲在扶手后面将起重钩挂在一个鱼雷状的物体上,而来袭的子弹不停地打在船壳上。

水下无人机做好启动准备之后,巴恩斯冲上金属梯,向位于主甲板和直升机起降平台之间的长方形控制台跑去。子弹不停地在他身边呼啸而过,他只好躲在长方形的控制台后面,然后伸手摸索着为起重机开启了电源,起重机吊起亮黄色的水下无人机。无人机悬在水面上,但是却没有子弹击中它。在无人机螺旋桨前方是呈三角形布置的尾翼,而背部则装有一对全球定位和通信天线。在无人机前部则是吊放作业用的吊环，侧面则是装着侧向扫描声呐的凸起，透明的头部则装着摄像机和探照灯。

"水下无人机准备发射！"巴恩斯向舰桥汇报。

雷诺德许可发射之后，起重机发出一声轰鸣，巴恩斯就将黄色的水下无人机放入海中。他遥控释放了挂钩，然后回复舰桥："无人机已入海。"

水下无人机的双叶片推进器开始工作，刚刚入水就和测量船拉开了一段距离。控制室的一名水手用笔记本电脑控制着水下无人机，捕捉到的画面则投放到大屏幕上，以便贝克曼和麦克尼斯博士查看。当雷诺德从舰桥赶过来之后，水下无人机先是微微下潜，然后贴着海床开始根据全球定位系统的信号，开始进行细致的扫描。

无人机操作员听着耳机里传来的声音，说道："我接收到了宽频声呐信号。"为了不被误判为声波攻击，水下无人机的发生器已经关闭了声呐发生器，但是奈绰雷斯特号用无人机的接收器对附近声源进行三角定位。在接下来的40分钟里，水下无人机在海湾反复搜索，偶尔可以发现一些黑影躲在远处。当它的搜索工作完成一半的时候，一只外星人的小手按在透明的头罩上，并试着按了几下。

"他们在跟踪水下无人机。"贝克曼说。

雷诺德问："他们知道这是什么东西吗？"

麦克尼斯博士说："他们知道水下无人机在找他们。"

传回的画面突然向下一抖，几个外星人将无人机向着海床按了下去。

贝克曼问："你能挣脱开吗？"

无人机操作员将输出功率开到最大，无人机抬起机鼻挣脱了外星人的控制，贴着海床运动。过了一会，无人机开始上浮，然后继续航行，而它身后的灰色影子越来越多。

雷诺德说:"他们实在太多了。"

"把发声器打开。"贝克曼说话的时候,更多的小手纷纷伸向透明的头罩,"开到最大功率。"

麦克尼斯博士警告说:"他们可能认为这是一次攻击。"

"这就是攻击。"

雷诺德向操作员发出指令:"开始。"

操作员启动测向扫描声呐的发射器,用强大的声呐脉冲轰击周围的水域。外星人的小手很快就消失了。水下无人机恢复水平控制,同时捕捉到灰色的影子们正在快速脱离。

"我可找到你们了。"贝克曼略显满意地说。

船内通信系统突然响了起来:"船长,这里是尖叫。海面出现了最少 20 个目标。"

雷诺德拿起对讲机问道:"他们在干什么?"

"长官,他们正在脱离我们的当前位置,向着沙滩移动。"

"收到。保持观察。"他看着无人机继续搜索,只不过这次没有外星人来骚扰它了。从这以后,再也没有外星人从远处观察无人机,又或者试图让无人机撞进海床。

"离聚焦点还有多远?"贝克曼指的是所有声呐信号汇集的地方。

"长官,我们这就到了,还差 200 米。"操作员回答道。

众人打量着海底略微隆起的沙丘,前方隐隐约约可以看到一个表面残破的石壁从水中凸起。水下无人机紧急转弯避免碰撞,然后发现悬崖脚下有一个被巨石挡住的入口。

"倒回去一点。"贝克曼说。

操作员让无人机绕了一圈,然后回到洞穴入口附近,然后将无人机的坐标和声学信号热点地图做了个对比:"就是这儿了。"

敌意

雷诺德问:"你能开进去吗?"

"当然可以,长官,但是我可能就开不出来了。"

"我们只有一台水下无人机。"雷诺德对贝克曼说,"要是在这就损失掉了,那可就完了。"

"值得冒这个险。"

"好。"雷诺德对水手点了点头,"开进去吧。"

水下无人机靠近部分遮掩的洞口,抬起机鼻清理掉一块石头,从低垂的石头下面钻进了洞口,在进入无障碍水域之前,外壳甚至还和石头发生了剐蹭。操作员启动无人机的探照灯,洞穴内部的高度勉强允许一个成年人站立。在探照灯的照明下,可以看到洞穴向左弯曲,然后才能进入宽阔的内部。

"爬升。"雷诺德命令道。

"是,长官。"操作员遥控着无人机开始上浮,很快就发现水面之上还有灯光闪耀。

随着无人机脱离黑暗,被波浪扭曲的身影也渐渐清晰。当机鼻冲出水面的时候,探照灯点亮了一个火把提供照明的洞穴。一群外星人站起来紧盯着黄色的无人机,他们的秘密基地已经被发现了。

麦克尼斯博士专注地盯着屏幕,然后兴奋地喊道:"有两个是雌性!"

一个拿着澳大利亚陆军制式突击步枪的外星人走上前来,对准无人机机鼻开了一枪。奈绰雷斯特号通讯室的屏幕闪了一下,然后陷入了黑暗。

贝克曼说:"欢迎来到卡迈特镇。"

╲╲╲╲╲╲

而在世界的另一边的航天总署休斯敦任务控制中心，汉密尔顿·皮尔斯站在飞行主管韦德·弗兰克林的身边，紧张地注视着墙上的大屏幕，上面显示着在佛罗里达发射平台准备就绪的火箭。而在其他屏幕上，则显示着地球的蓝绿色地图，上面详细描述了此次飞行计划的预定轨迹和火箭主要系统的数据。

控制室里充斥着被抑制的说话声，所有人都在听着佛罗里达发射中心的飞控员确认系统状态。随着倒计时的继续，房间里的气氛越发紧张，然后一个毫无感情的声音说道："起飞。"

全球几十亿人都在注视着这次发射，当倒计时归零的那一刻，所有人屏住呼吸看着巨大的火箭 RS-25 引擎和助推火箭点火，升入高空。

发射进度发言人说："拦截任务专用火箭皮纳卡号发射成功，现已脱离地球。"

飞行总管弗兰克带着一脸恶心的表情摇着脑袋说："谁给这个彗星起名叫皮纳卡？真该拉出去枪毙。"

皮尔斯说："这名字是我想的。怎么了？有什么问题吗？"

弗兰克身材健壮，头顶发量稀少，在载人航天领域有 30 多年的经验："你知道皮纳卡是什么意思吗？"

"知道啊，那是印度神话女士希瓦的弓。我觉得这名字还算贴切。"

"我昨晚又查了下，皮纳卡发射出的箭是无法被阻挡的。"

皮尔斯睁大眼睛说："哦……这我倒是没想到。我希望这不是个坏兆头。"

弗兰克皱着眉头说："我才不信什么兆头呢。我是个工程师，相信的是科学、技术和核武器。"

两人看着巨大的火箭带着 50 万吨的核弹头飞上了天，过了几分钟，火箭进入轨道后做了个精确的变速动作，然后向着彗星飞了过去。

敌意

在 180 万公里之外，渗透探针借助着自己的传感器和地球各国的电视信号，也发现了拦截火箭。很多国家的电视信号都详细描述了飞行路线、预计起爆点和弹头爆炸当量。按照渗透探针自己的计算，人类的计算结果距离最佳方案相差 3%，虽然这不是最优方案，但还是可以成功完成目标。当然，人类的计划成功的前提是没人进行干预。火箭会将拦截器送到距离彗星 250 米的范围内，足够人类简陋的核武器将皮纳卡推离轨道，最终在距离地球 8 000 公里的地方与外大气层擦肩而过。

渗透探针考虑过离开藏身处，然后将人类原始的化学能火箭撞离轨道，但是太阳系中剩下的一艘敌舰已经转移到佛罗里达上空观测发射。它之所以对人类火箭进行追踪观测，是要确认这枚火箭的轨道正确，可以成功完成任务。渗透探针按兵不动，好奇敌舰是否会进行独立拦截，但是几个小时之后，它还待在地球大气层内。入侵者探针估计敌舰已经计算了人类成功的概率，认为人类可以拯救自己，所以没有采取进一步的行动。

渗透探针明白，只要人类火箭还在靠近彗星，那么敌舰就不会采取进一步行动。他们的指挥官肯定认为应该让人类享受自我拯救的胜利，同时还让自己的飞船待在核爆炸范围之外。这个发现让渗透探针做出了最后的决定，让人类拦截器靠近并借用它作为掩护，等到最后一刻再摧毁它，这样做可以让敌方科考船毫无反应的时机。等敌人发现人类的拦截计划已经失败的时候，彗星就会掠过地球外层大气，渗透探针的超光速引擎就会撕裂地球的地质板块。等地球板块偏移一度之后，探针就会丢掉伪装用的彗星，然后向着 12 光年外的钛塞提星系进发。

到那个时候，无人能够阻止人类文明的毁灭，也不可能发现探针究竟去了什么地方。

\·\·\·\·\·\·\

当天下午晚些时候，6架美国海军陆战队的鱼鹰运输机从海面低空掠过，在它们身后是6架眼镜蛇攻击直升机。这支打击部队来自美国海军两栖突击舰马金岛号，这条船当前位于阿拉弗拉海以北200公里处。装备有旋翼的鱼鹰运输机飞过奈绰雷斯特号，然后在小岛上空排成一排。运输机将旋翼调节为垂直状态，从飞行模式转换为悬停模式，然后接近荒凉的高地，而攻击直升机则在周围盘旋提供保护。在鱼鹰运输机的下方，被太阳烘烤着的岩石裂缝中满是干枯的植被，为防御者提供了良好的掩护。

运输机上是来自澳大利亚地球科学及和日本地震研究院的地质勘探小队，由美国海军陆战队负责提供保护。地质勘探小队被从位于东京和堪培拉的总部中分别叫了出来，既没有获得任何解释，也没有说明具体工作内容，只是要求带上必要装备，然后就被送上了美方的运输机。来自美国地质勘探局的第三支小队正在从弗吉尼亚赶往澳大利亚，但是鉴于皮纳卡很快就要撞击地球，指挥中心决定不再等待第三小队到达。

每一架鱼鹰运输机上都有一支地质勘探小队，以及需要安装在小岛岩架上的监听设备。当一切就绪之后，一枚低当量炸药将被引爆，爆炸引起的声波将传遍小岛，科学家将借此测量出小岛洞穴系统的构造。军方决定用地震波地图来精确引导碉堡杀手炸弹，进而消灭所有藏起来的雌性外星人。

而在奈绰雷斯特号的舰桥上，贝克曼和雷诺德借着窗户上的分析和鱼鹰运输机之间的无线电通信了解情况。

雷诺德一边用望远镜打量着岩石丛生的高地，一边说："那里可是有不少掩体。"

"留给我们的选择不多啦。"贝克曼说，"咱们必须知道攻击何处才行。"

当鱼鹰运输机快要降落的时候，发动机掀起了漫天烟尘，一名驾驶员说："受到地面轻武器火力攻击。"

舰桥的喇叭里响起了其他驾驶员紧张的声音："右侧引擎被击中……我们受到攻击……副驾驶阵亡！"

鱼鹰的一个引擎里冒出了滚滚浓烟，陆战队指挥官说："巫毒01呼叫犀牛，撤离，撤离。巫毒中队，开火。"

鱼鹰运输机迅速脱离了着陆区。5架运输机撤回到海面上空，而第六架则拖着滚滚浓烟向北撤退，然后攻击直升机进入岛屿上空。

一名眼镜蛇驾驶员说："阿尔法、麦克、福克斯特。"

雷诺德好奇地看着贝克曼，完全不知道驾驶员想要表达什么。

贝克曼解释道："再见，王八……剩下的你自己脑补吧。"

雷诺德点了点头，攻击直升机开始用机炮和火箭扫荡着陆区，重点攻击窝藏敌人火力点的石头缝。

眼镜蛇驾驶员说："我根本看不到目标。"

经过了几分钟的火力压制，岛上已经被打得浓烟四起，多处起火，眼镜蛇攻击直升机返回海面上空，剩余的鱼鹰运输机再次尝试着陆。当它们试图着陆的时候，精准的地面火力再次开始对驾驶舱和引擎发动攻击。忽然，第二架运输机一头砸向地面，炸成了一团火球。

"着陆区不安全。"陆战队指挥官说，"分散撤回马金岛号。"

鱼鹰运输机解散队形，分散躲避地面火力，将旋翼转换为平飞状态，而攻击直升机则将所有弹药倾泻在小岛上,然后才跟着运输机返回两栖登陆舰。

"情况完全不至于变成这个样子。"雷诺德的目光锁定在岛上燃烧的残骸上,一队日本科学家和多名海战队员就这么死了。

"他们在等我们。"贝克曼此时此刻非常恼火,这些外星人居然用有限的武器组织起了有效的防御。"他们完全在岛上站稳了脚跟,现在就是在拖延时间等彗星砸下来。"

"那我们现在怎么办?"

"这要看航天总署的计划,以及可用的时间了。"

\·\·\·\·\·\·\·

高级军官在船长个人房间吃晚饭的同时,还看了关于皮纳卡拦截行动的最新进展。由于拦截器高速飞离地球,全世界人民都对这次行动热情高涨,各大媒体都在不间断更新任务的进展。专家们分析讨论了行动的各个细节,同时开始考虑如果行动失败的应对措施。媒体开始讨论澳大利亚北部的外星人和这次彗星撞击事件之间的联系,但是联合国安理会拒绝承认这种假设。

个别天体物理学家认为拦截器存在未命中的可能,但是世界各地的媒体将这一切渲染成人类生死之战的传奇。一些人认为彗星的体积还不足以导致全球物种灭绝,但是他们获得的媒体关注度远不及那些宣扬末日毁灭的人高。根据最新的计算和相关预测,全世界都在猜测哪块大陆或海洋将会遭受彗星直接撞击,并估计其中可能的毁伤后果。过了一段时间之后,南加拿大被认为是最有可能被击中的地区,于是大批人口向中美洲和南美洲迁移。

但是没有人考虑这次攻击的真实意图，因为使用压缩的时空作为地质武器这一概念，完全超越了人类的技术极限。人类只能用已有的认知理解这次危机，所以很多注意力都集中到毁灭恐龙的墨西哥尤卡坦半岛的希克苏鲁伯陨石坑上。只有到5个世纪以后，爱因斯坦最缥缈的预言才有可能转化为毁灭世界的武器。

在宗教氛围浓厚的国家，宣扬世界末日的传教者们利用自己能够接受的宗教典籍，通过大肆宣扬末日论吸引了大批追随者。教派之间的暴力冲突瞬间暴涨，因为所有人都将这次事件看作呼唤解决世仇的决战宣言。在暴力事件爆发较少的地区，信徒们开始大规模祷告和唱圣歌的活动。

贝克曼喝着咖啡问道："那艘隐形的飞船如何了？"他很庆幸各路媒体都不知道这一细节。

麦克尼斯博士说："彗星轨道当前保持不变，而且我们也没有在表面发现更多的影子。"

"它肯定还在那儿。"贝克曼说，"那艘飞船肯定还在那儿。不然的话，这些外星人肯定就跑了。他们认为在这里的生还率要比在太平洋更高。他们在撞击之后，肯定就会开始散开。"

雷诺德问："你为什么这么确定？"

"要是我的话，我就会这么做。"

雷诺德问特蕾莎："卡迈特有没有可能帮助我们绘制洞穴地图？"

"他甚至都不愿意承认知道马尔金巴尔岛的存在。我给他看了照片之后，他就拒绝参加进一步的测试。他明白我们已经发现了他们。"

贝克曼问："我们能强迫他开始合作吗？"

特蕾莎对此表示怀疑："上校，我们不能信任他告诉我们的任何事情。再说了，我们还没有和他建立有效的沟通渠道。他拒绝承认自己能够看懂我们的书。我尝试在智商测试中加入词汇，问过他想在象棋中用白子还是黑子，还表示愿意提供书籍。他根本就不上当。"

"他什么都知道。"麦克尼斯博士说，"但是，他无法掩饰自己看医疗设备屏幕的样子，或是看特蕾莎记笔记的样子。他希望知道你到底写了些什么。"

"就算他能看懂我们的文字，也不会背叛自己的同类。"特蕾莎说，"我非常肯定这一点。"

贝克曼嘀咕道："还真是个顽固的混蛋。"

"如果雌性个体可以控制雄性个体进化方向的话。"特蕾莎说道，"卡迈特不太可能会背叛自己的同伴。他脑内的设定完全有可能让自己不顾生命安全，全力保护雌性个体。"这时，船内通话系统突然响了起来："请求船长到舰桥。"

雷诺德站起来问："什么情况。"

"长官，我们现在开始随海流漂移，船锚不见了。"

雷诺德立即警觉地说："我这就来。"

大家纷纷起身的时候，特蕾莎说："我再去卡迈特身上试试运气。"当她回到下级军官食堂的时候，其他人已经急匆匆地冲向舰桥了。

主要照明系统已经关闭，各种仪器发出的光亮让值班军官看起来好似夜晚的幽灵。为了避免外星狙击手的攻击，所有的窗户都被盖了起来，测量船完全依靠雷达和被动声呐航行，瞭望哨只能通过窗户罩的缝隙观察附近水域。奈绰雷斯特号的外部灯光照亮了周围水域，但是船身以下的水域却是一片黑暗。

"按照定位系统的提示，我们现在正在海湾里随水流运动。"值班军官对刚刚走进舰桥的雷诺德说，"现在距离北部的浅滩还有几百米距离。"

"船锚出什么问题了？"贝克曼问。

"他们肯定是打开了卸扣。"值班军官回答道。

雷诺德看到贝克曼一脸不解的表情，于是补充道："就是连接铁链和船锚的东西。就算是用上了工具，在地面上也很难打开。天知道他们是如何在水下徒手拆除的。"

贝克曼说："他们可以随机应变，毕竟他们对此再熟悉不过了。"

雷诺德在导航系统上检查了下船的位置，说："嗯……他们之前在等待潮汐变动。他们知道何时解开船锚，然后让水流带着我们撞向礁石。"

贝克曼伸手拿起船内对讲机说："介意我用一下吗？"雷诺德点点头，表示了同意。"声呐室，我是贝克曼。我和雷诺德船长在舰桥。船外面到底什么情况？"

"声呐室报告舰桥，他们正在对我们疯狂发射声呐信号。"卡西回答道，"外面有几千个目标一直对我们进行观测。"

"几千个？他们有靠近的迹象吗？"

"没有，长官，他们只是在确定我们的位置。"

贝克曼回头对雷诺德说："咱们现在该走了。"

雷诺德点了点头，非常清楚船触礁之后是多么脆弱。"把锚链收回来。"他跟值班军官说，"我们现在去深水区。"

一名水手启动了前甲板的卷扬机，开始回收沉重的铁链，但很快就亮起了警示灯。"卷扬机无法正常工作，长官。"负责操作的水手对此也是一头雾水。现在船锚不见踪影，卷扬机唯一的负担应该来自锚链，但是锚链的重量远不足以让卷扬机出现故障。

"暂停作业。"雷诺德知道他们不可能在敌人火力之下修理船锚。为了尽快脱离浅水区，他下令："我们到海峡里在进行维修。现在慢速前进。"

引擎的轰鸣逐渐增大,两部推进螺旋桨也开始工作,然后负责操纵卷扬机的水手大喊道:"锚链收紧了,长官。"与此同时,卷扬机受到的拉力也陡然增加。警报器和引擎的警示灯同时开始工作,全船上下响起了金属扭曲的怪声。

雷诺德大喊道:"停止工作!"奈绰雷斯特号立即被一片诡异的寂静所笼罩。

"舰桥呼叫工程部,汇报情况。"对讲机里传来大叫声。"船长,右舷传动轴受损。两个推进螺旋桨受损。我及时切断了动力,不然左舷传动轴也要完蛋。"

雷诺德看着亮起的卷扬机和引擎提示灯,将所有的情况联系起来,然后嘀咕道:"他们究竟是怎么做到的?"

"到底做到什么?"贝克曼对现在情况完全不了解。

"外星人用我们的锚链干掉了我们的螺旋桨,或者是用什么东西固定在锚链上。肯定是把船锚系在了螺旋桨上,要不就是用绳索把它们连在了一块。"雷诺德拿着对讲机说:"曼尼,左舷螺旋桨情况如何?"

"除非排除故障,不然我们哪里也去不了。左舷的传动轴情况还算好……"工程部的军官扭头对一名水手大喊道:"传动箱情况如何?"过了一会,他说:"右舷传动箱完蛋了。左舷的还可以使用,但是在螺旋桨故障排除之前,我不建议启动传动轴。"

"明白了。"雷诺德说完就放下了耳机。

"你可不能派潜水员下去。"麦克尼斯博士警告道。

"我知道。"雷诺德说,"他们下水就死定了。"他计算了一下到北面礁石的距离,说:"再过几分钟,我们就要搁浅了。"

贝克曼阴着脸说:"到时候他们就会发动攻击。"

敌意

"他们希望完整地夺下这条船。"麦克尼斯博士说,"他们需要船上的通信系统,进而评估彗星造成的损伤,然后决定什么时候进入太平洋。"

"又或者决定他们是否需要转移。"贝克曼已经在预测最糟糕的可能。

下士卡西忽然说道:"声呐室呼叫舰桥。船长,外星人声呐信号消失。现在外面非常安静。我完全听不到他们的声音。"

还没等雷诺德说话,船内通信系统又响了起来:"发现目标,左舷!他们浮出水面了!"

"右舷也是。"观察哨汇报说,"天哪,太多了!"

雷诺德和贝克曼走到窗户边,将罩布掀起一条缝慢慢向外打量。几千个外星人漂浮在黑暗的水面上,他们盯着奈绰雷斯特号,眼睛反射着船上的灯光。他们的脑袋离开水面,高度刚好让生体声呐脱离水面。

"这太吓人了。"贝克曼感觉所有外星人都在看着自己。

"他们还在等什么?"雷诺德话音刚落,一颗子弹就从他手边飞过。子弹在罩布上打出一个小洞,雷诺德不得不后退几步。

贝克曼松开罩布,虽然没有听到第二声枪响,但是水下爆炸却让整条船震了起来。两团巨大的水花从奈绰雷斯特号两侧升起,高度甚至达到了舰桥后部的上层结构。

"怪不得他们要把脑袋伸出水面。"贝克曼说,"这是免得冲击波伤到他们的声呐。"

"他们从哪儿弄来的炸弹?"雷诺德问。

"从罗鲁武伊弄来的手雷。"麦克尼斯博士说,"引信和氧化剂都在手雷壳体内部。海水不会妨碍爆炸。"

雷诺德拿起对讲机说:"工程部,汇报损伤。"

一个年轻的水手顶着哗哗的水声说:"我是科斯塔,长官。有个直径 3 米的洞……"

一声枪响打断了科斯塔的报告。

贝克曼大喊道:"他们进船了!"

雷诺德启动全船广播说:"所有人注意,这里是船长。全体准备驱逐登舰敌军。敌人利用水线以下的破洞进入船内。第一至第六反应小组前往下层甲板。剩余小队把守所有主要甲板水密门。"

一个朝向船尾瞭望的水手大喊道:"他们从船尾上来了!"好几团黑影跳出水面,落在了栏杆上。他们砍掉了写着"和平"二字的床单和罩布,让更多的同伴爬上甲板。外星人冲向飞行甲板下关闭着的水密门,带着刀子、毒镖、手枪和突击步枪冲上了停机坪。

贝克曼对麦克尼斯博士说:"麦尼,告诉特蕾莎,现在我们真的需要从卡迈特嘴里套出点情报了。"

博士犹豫了下,非常清楚贝克曼这么做不过是为了保护自己,好让他远离舰桥战场。"好吧,你自己小心点。"他说完就很不情愿地离开了舰桥。

"战斗小队上舰桥!"雷诺德对着走廊大喊一声,然后 20 名全副武装的士兵就冲了进来,而飞来的子弹也打碎了窗户,玻璃渣子全都掉在了船员身上。士兵们开始对着下面的甲板开火,雷诺德抓着对讲机说:"机库小队,开火。"

在舰桥之后,机库门升起了 1 米,两支陆军小队躲在焊接在一起的重型设备箱之后,开始用重机枪扫射停机坪。一拨拨外星人开始向着机库门和通向舰桥的楼梯发动冲锋,却被曳光弹打成尸块。

就算舰桥上的士兵们一直对下方甲板开火,但依然可以听到机库里重机枪开火的声音。现在只有前甲板因为隆起的船头,还能保持安静。

敌意

一个外星人试图将手雷扔进机库,但是手雷还没出手就被打翻在地,飞行甲板上瞬间炸出一团火光。手雷爆炸的位置刚好在一群正在冲锋的外星人中间,爆炸的冲击波将周围一切活物撕碎。

过了一会儿,主甲板水闭门响起了一声爆炸,手雷将大门炸得凹了进去。还没等烟雾散尽,走廊里就响起自动武器开火的声音,士兵和水手们对着翻过水密门的黑影开始开火。

枪声和爆炸声不绝于耳,奈绰雷斯特号和礁石发生碰撞,船体开始剧烈震颤。船上晃动了一下,随着海水涌入下层甲板,整条船向左舷倾斜15度,然后坐沉卡在礁石上。

雷诺德和贝克曼掏出手枪蹲在舰桥中间,其他水手和士兵还在向外开火。外星人的狙击火力不断打在舰桥上部结构上,导致一名哨兵阵亡,两名士兵受伤。医疗兵趴着将伤员从舰桥里拖了出去,其他士兵和水手立即接替了空出来的位置。

雷诺德说:"我得趁着现在赶紧发出求救信号。要是工程舱被攻占,我们就会损失电力。"

"还有照明。"贝克曼说,"我们在黑暗中毫无胜算。"

"你有什么需要我转告指挥部?"

"要是我们失守了,那就摧毁这条船。我们不能让他们得到更多的武器和装备。"

雷诺德带着不舍的表情环视着舰桥,明白贝克曼说得没错:"没问题。"

贝克曼转身向走廊走去。

雷诺德问:"你要去哪儿?"

"我去工程舱,尽可能确保电力供应。"他说完就转身向着船内部走去。

〜〜〜〜〜〜〜

走廊里枪声不绝于耳，贝克曼走进低级军官餐厅，发现麦克尼斯博士和特蕾莎正在努力和卡迈特沟通，而不远处则是一名带枪的看守。贝克曼怀疑，只要给他机会，就会为船上的同伴复仇而打死卡迈特，但起码现在他还没有开枪。

卡迈特面前的屏幕上，显示的是马尔金巴尔岛的卫星照片，南端是希望湾和代表洞穴入口的标记。在图片旁边写着一句话：告诉我们洞穴通往何处，我们就放你走。特蕾莎站在卡迈特身边，手里拿着小岛的地图和一支给他用的笔，但是卡迈特盯着前方，完全忽视了特蕾莎。

"还是没有结果吗？"贝克曼问。

"他可以听到爆炸。"特蕾莎说，"这让咱们在谈判中一点优势都没有。"

麦克尼斯博士说："他在等待营救呢。"

贝克曼对着屏幕点了点头："告诉他，要是现在帮我们，就还有机会拯救自己的同胞。"

特蕾莎在屏幕上打出贝克曼的话，然后把键盘交给卡迈特，让他回答问题。当卡迈特拒绝回答问题之后，贝克曼转头对水手说："拿枪对准囚犯，但是不要开火。"

"是，长官。"水手很主动地将步枪对准了卡迈特的脑袋。

"现在告诉他，在他被救出去之前，我们就会开枪。他唯一活着离开的办法就是合作。"

当这句话出现在屏幕上之后，特蕾莎再次把键盘交给卡迈特。这次，卡迈特转头看着贝克曼，示意自己知道谁才是真正的指挥官。贝克曼和卡迈特四目相视了一会儿，然后后者抬起没有被捆住的手，举起一个手指,在键盘上敲了两下。他的回答出现在特蕾莎的上一个问题下方。

不要。

"我就知道!"麦克尼斯博士说:"他一直知道如何读写我们的语言!"

"那为什么他听不懂我们的话?"

"他之前没有和人类进行直接接触。"特蕾莎说,"没有听我们说过话,无法将发音和文字联系起来。"她若有所思地看着卡迈特:"只要给他个机会,很快就能学会我们的语言,只不过自己没法说而已。"

"他们没这个机会了。"贝克曼对水手说,"小伙子,要是这些外星人闯进来了,就把他打死。绝对不能让其他外星人营救他,懂了吗?"

水手干脆地说:"是,长官!"

特蕾莎问:"你现在要我们怎么办?"她看着走廊尽头,那里又传来了一阵枪响,外星人试图从另外一个方向进入攻击通向底层甲板的舱门。

"这层甲板可能守不住了。撤回通信室,带上卡迈特和你需要的设备。"贝克曼收起手枪,从旁边的桌子上拿起手铐,铐住了卡迈特的双手。"这样就不会解开这些手铐了。"他确信如果给卡迈特一个机会,那么他肯定会杀了所有人。他对特蕾莎说:"记住,他们会先杀死女性。"

特蕾莎不安地看着贝克曼说:"我还真谢谢你提醒我。"

贝克曼解开把卡迈特固定在船上的束缚带,然后把他拉了起来。特蕾莎拿起笔记本电脑,架住了卡迈特的一只胳膊,而麦克尼斯博士架住了他另一只胳膊。负责警卫工作的水手走在他们后面,只要卡迈特轻举妄动,那么他就可以开枪。当众人带着卡迈特向通信室走去的时候，贝克曼向着枪声传来的方向走去。

他很快就遇到一名照顾伤员的医疗兵和一队轮流对着下层甲板舱门开火的士兵。虽然爆炸响个不停，子弹不断从头顶飞过，但是不论他们打死多少外星人，总有新的增援填补空位。就在贝克曼走到士兵身边的时候，一片骨镖从舱门飞了进来。

"飞镖！"一名士兵高喊道。

所有人立即躲到一旁，淬了毒的飞镖从甲板上弹开。过了一会儿，士兵们恢复原位，继续对着舱门开火，免得外星人爬上梯子。

"手雷。"一名士兵大喊着将一颗小小的绿色手雷扔进了舱门。手雷在金属甲板上弹了几下，然后就从下层甲板传来爆炸声和非人的尖叫。士兵们端着枪做好准备，但是外星人却没有顺着梯子爬上来。

贝克曼看着甲板上用珊瑚制成的飞镖，然后看着身后皮肤晒得黝黑的军士，后者用一只手端着自己的突击步枪。军士打量着贝克曼手里的飞镖。

"这群小混蛋居然开始用毒了。"军士说道，"这招太下流了。我们损失了好几个小伙子才弄明白怎么回事。"他打量着走廊里的两具尸体，阵亡士兵的身上没有显示出任何伤口。"现在，他们只要扔飞镖，我们就用手雷回敬他们。"军士带着一脸得意的表情看着贝克曼："到目前为止，我们处于领先位置。"

贝克曼想起在罗鲁武伊被毒杀的士兵，却不知道正是飞镖上的水母毒液杀死了海之骄宠最亲密的朋友。他问道："情况如何？"

"我们丢掉了水线以下所有舱室。"军士回答道，"敌人淹没了个别舱室，然后从水下游进来了。所有没撤退的人都死了。"

这是个很高明的战术，士兵们对此无能为力，但是却要受到奈绰雷斯特号所处的水深限制。

"工程舱怎么样了?"

"上次听到那边的情况是,我们和敌人各占据了一半。"

"你还有多少弹药?"

"不多了,但是还有弹药会送过来。"

贝克曼让士兵们继续守住舱门,一个人冲向工程舱。当他拉开工程舱的水密门时,迎面而来的是海水、封闭空间内反复回荡着引擎轰鸣和枪声。引擎室内是各种大型机器,中间狭窄的走道里也满是海水。两台轰鸣巨响的引擎占据舱室中央的位置,而两台较小的柴油发电机已经短路。第三台发电机受损严重,随时可能失效,而曳光弹还在机器之间飞来飞去。

水手们端着突击步枪在齐腰深的海水中战斗,而引擎室内的灯光已经非常昏暗。几名士兵爬上引擎顶部,从高于其他士兵的位置开火。而其他人则退回地势较高的控制室进行防御,然而敌人正在有条不紊地打灭周围的灯。

贝克曼明白,一旦舱室内照明失效,外星人就可以利用自己的声呐消灭所有人类。鉴于当前形势紧迫,他顺着狭窄的金属楼梯冲进齐膝的海水中,然后掏出自己的9毫米手枪,向着引擎室负责指挥防御的曼什·拉曼少尉走去。

海水将一具外星人的尸体推到了贝克曼面前。尸体的正面朝上,胸口全是弹孔,但是尸体突然转换方向,向着拉曼少尉漂了过去。在昏暗的灯光中,贝克曼看到水下一个黑影借着尸体的掩护穿过了水手们的防线。他踩着水冲上去,抓着尸体的脚把尸体扯到一边,露出了藏在下面的外星人。鉴于伪装已经暴露,外星人跳出水面,向着贝克曼冲了过来。贝克曼被外星人这种惊人的速度和近乎自杀式袭击的勇气吓了一跳。他对着外星人的脸开了两枪,将尸体打回水中,而拉曼少尉被枪声吓了一跳，立即转身查看出了什么事。少尉此时浑身湿透，左脸还有个伤口在不停地流血。

贝克曼问道："对面有多少人？"而此时周围的水声、引擎的轰鸣不绝于耳，更不要说还有上下飞舞的跳弹。

拉曼茫然地摇了摇头，显示出几分疲劳和战斗综合征的迹象："太多了！他们一直在发动攻击！"他说完就对着引擎之间的走道打了个点射。似乎是为了对此做出回应，外星人用精准的射击打掉了头顶的一盏灯，人类控制的一边变得越发昏暗。

"我们能封锁另一边的舱门吗？"贝克曼背靠着引擎，确保不会再被来自水下的敌人袭击。

"不可能，他们把门炸掉了。"

一名趴在发电机上的士兵胸口中弹掉进了水里，两个外星人立即向着他的尸体冲了过去。一个外星人潜入水下拿起了突击步枪，另一个则在尸体上收集弹药和手雷。还没等他们带着收集的武器弹药撤回去，两名士兵从引擎室的窗户里倾泻火力，打死了两个外星人。但是，又一盏灯被外星人打灭，房间里越发昏暗。

贝克曼绝望地打量四周，预感距离大屠杀不过几分钟之遥："柴油发电机能坚持多久？"

拉曼回答道，"坚持不了多久了，海水都把它们泡坏了。"

"你能把供油管切开吗？"

"你疯了吗？"

"柴油会浮在水面上，对吧？我们把柴油点了，烧死这群杂碎。"

"那我们也被烤熟了！"

贝克曼质问道："少尉，你还有什么好主意吗？"当拉曼少尉一脸绝望地看着他的时候，贝克曼补充道："如果我们不想点什么办法的话,战斗在两分钟内就会结束。"

一团黑影突然破水而出,端着一把珊瑚刀直取贝克曼的肚子。贝克曼闪到一边,抓住外星人的小臂,用手枪顶在外星人的两眼之间开火,打飞了外星人的后脑勺。他将尸体推到一边,等着拉曼的回复。

"我们把整个舱室封闭。如果整条船没被炸飞的话,大火应该会消耗掉舱室内所有的氧气。等大火自己烧完之后,我们就可以回来了!"

"好,动手!"

拉曼打了个短点射,然后艰难走到一名穿着灰色连体服的水手旁边。他顶着震耳欲聋的水声和引擎声说:"把柴油输油管切了,放进来两吨柴油,然后再关上输油管。"他伸出两个手指表示强调:"记住,两吨,不多不少!"

"好吧。"技师对这个命令将信将疑,然后拿着一个大扳手向着最近的输油管走去。

拉曼对着另一个穿着连体服的水手说:"关上阀门。告诉控制室的弟兄们快点撤。"然后转头对贝克曼说:"要是两吨燃烧的柴油都挡不住他们,那还真没有什么能挡住他们了。"

"现在咱们只要点把火就好了。"

拉曼从汹涌的海水中摸到一个被部分淹没的工具台,然后找到了一个乙炔切割喷灯。他示意贝克曼快点上楼梯,自己来点燃柴油。

贝克曼一只手搭在喷灯上说:"这是我的主意。"

拉曼拒绝离开引擎室,于是说:"这是我的机器。"

"少尉,我可不会修这些机器。你会吗?"

拉曼犹豫了一下,然后不情愿地放开了喷灯:"我帮你把着这门,上校。"

"我就指望你把门了,现在赶紧把你的人撤出去。"

拉曼指着通向船头的水密门，指挥剩余船员迅速撤离："出去！所有人都出去！"

士兵和水手们一边向着身后黑暗的舱室开火，一边撤向水密门，而引擎室里的柴油味也越来越浓。柴油从切开的输油管流进了海水中，而一名技师还在关注着油量表的度数。当两吨柴油流入控制室之后，他关上阀门冲向水密门。

外星人狙击手摧毁了最后一盏灯，房间的唯一的光亮是来自水密门另一侧照射进来的灯光。拉曼是最后一个穿过水密门的人，他给贝克曼一个一切准备好的手势之后，就消失在水密门的另一头，而子弹紧随其后打在水密门上。

贝克曼对着黑暗的舱室开了几枪，然后收起手枪，启动了喷灯。明亮的火焰驱散了黑暗，照亮了正在柴油和海水中向他走来的外星人。他将喷灯扔到了房间的另一头，然后向着楼梯冲去。他在楼梯间转身看到烈焰瞬间吞噬了十几名外星人，然后冲进了还没有关闭的水密门。贝克曼双脚踏上甲板的瞬间，听到了水密门关闭的声音，然后就是火焰风暴彻底将引擎室吞没时的低吼。

拉曼把手放在水密门上感受着温度，然后转头对自己手下的人说："弟兄们，有人要吃烤鱼吗？"

虽然大家已经筋疲力尽，浑身上下没有一块干的地方，只能在走廊里休息，但是还是笑了起来。有些人坐在甲板上，有些人靠着舱壁，而伤员只能一瘸一拐或者在其他人的帮助下前往医务室。虽然大家已经累得说不出话，但是枪声和爆炸声还回荡在全船上下。随着主要供电失灵，走廊的灯也渐渐熄灭，过了一会儿，红色的应急灯才开始工作。

拉曼对一名手下说："把呼吸装备都带过来，等火灭了之后，我们就进去。"他转头问贝克曼："这些外星人也不会恰好有呼吸装置吧?"

贝克曼站起来说:"他们能在水下待很久。"

拉曼带着一脸失望的表情对另一名水手说:"把焊接工具从维修处找出来。"然后对贝克曼说:"我们给工程舱通风之后,就把炸开的大门用钢板焊住。"

贝克曼说:"你们干活的时候,把所有底层甲板的出入口都封死。等他们恢复之后,肯定会再杀回来。"

"等火灭的时候,我们会处理这事的。"

贝克曼让拉曼去处理这事,然后回到舰桥,发现士兵和水手都还躲在窗子后面。

雷诺德看着因为缺乏电力而毫无生气的控制面板,说:"让我猜一下,工程舱也丢了?"

"工程舱现在不在我们手里。"贝克曼说,"但是他们也没拿到手。"

贝克曼爬到窗子旁边,看了看满是尸体的飞行甲板。前甲板上没有任何尸体,因为翘起的甲板和从船头突入上层建筑的难度,外星人放弃从这里进攻的计划。鉴于眼前的形势,贝克曼靠着船长座椅的靠背,坐在雷诺德旁边。

雷诺德说:"我发出了一条消息。即便能恢复供电,我们也不能发出更多的消息。他们打掉了我们的天线,雷达和声呐也失灵了,医务室里全是伤员。"

"补给情况如何?"

"还不错。食物和弹药储备都在水线以上。淡水可能有点问题,而且由于没有照明和通信,指挥部会以为我们已经被消灭了。我们吃自己的人的导弹也只是个时间问题。"

贝克曼望着破碎的窗户和明亮的星空。"天上还有架无人机。我们现在要做的就是给它发个信号。只要他们知道咱们还活着,肯定会派援军来。"

雷诺德看着巴恩斯,后者靠着一个柜子,腿上放着一把突击步枪。他对巴恩斯说:"巴恩斯,把信号灯拿出来。"然后写下几行小字,给雷诺德看了看——

奈绰雷斯特号已经瘫痪进水,动力全失,敌人控制下层甲板,全体 1/3 伤亡,请求支援。少校雷诺德。

贝克曼说:"差不多说清楚了。"

当巴恩斯带着信号灯回来的时候,雷诺德把纸条交给他:"把这个发出去,电池耗尽之前不要停下来。"

"是,长官。"巴恩斯为了躲避来自海岸的狙击手,匍匐爬过左舷舱门,仰面躺在左舷的瞭望平台上。在他的周围有装甲板的掩护,他将信号灯对着天空,开始发送灯光信号。

在 1 万米的高空,无人机看到黑暗的海面上出现了一个闪烁的光点。

\\\\\\\

海之骄宠趴在高地上的石头缝里,打量着希望湾。搁浅的人类测量船就在距离海岸几百米的位置,不仅结结实实地卡在礁石上,而且还向左舷侧倾。整条船被黑暗所笼罩,唯一的亮光就是人类在黑暗中开火时的枪焰,但是她却没有下令发动新一轮的攻击。

浅滩潜行者站在海之骄宠旁边,用自带远视能力的眼睛打量着测量船。他说道:"我们手上还有些人类的手雷,但是他们将自己封锁在铁墙之内。"

"你能突破他们的防御吗?"

敌意

"从下面不行,而且现在时机不对。我们之前对他们发动了突袭,但是现在他们已经恢复了。人类都是些顽强的战士。"

海之骄宠说:"我们可以等等。等明天大地异动的时候,大浪会摧毁这条船和北方的船,到时候就没人能阻止我们向着深蓝之水转移了。"

"我明白,海之骄宠,但是我想要他们的武器。等长夜过去之后,我们需要他们的武器。"

"你觉得人类会活下去?"

"他们中最强大的人会活下去,而且绝对会报复我们。"

海之骄宠考虑了下他的请求,族群在第一次突袭中损失惨重,第二次攻击的伤亡必然只多不少:"好吧。反正现在要吃饭的嘴也太多了点。"

人类大可以在明天再干掉几千个海之骄宠的兄弟,但是这也无关紧要,因为死者与她的计划毫无关系。所有雌性个体和接受植入物改造手术的雄性个体,都已经撤回洞穴,等待天地剧变的那一刻。所有的接受改造的雄性个体都处于她的激素影响之下,只要她能活下来,其他雌性个体的激素将毫无作用,她确信仍能保持统治地位。海之骄宠无法预测谁能活下来,因为在天地剧变的那一刻,大家藏身的洞穴必然坍塌。即便如此,在地下避难也好过待在地表,因为滔天的巨浪必然将他们卷得到处都是。

为了降低风险,繁殖期的雌性和雄性个体被分成小组隐蔽于地下洞窟网络中的不同洞穴。每个洞穴中都有多个出口通向大海,有足够生活数月的食物和挖掘逃生通道用的原始工具。只要运气好,还是会有足够的族人能够活下来从头开始,在人类世界的废墟上建立自己的文明。

海之骄宠希望自己和浅滩潜行者能够幸存。如果他们活下去了，那么她就是新世界的女族长。如果不行，那么剩余的姐们儿将会互相争斗，最终出现一个新的女族长。但不论如何，海之骄宠都将被当作入侵者新家园世界的创始女族长，而另一个家园世界，还在一个银河系之外的某地。

熊熊烈焰

巴恩斯躺在舰桥外的瞭望平台上继续发送信号,在他周围的则是围栏挡板。他希望天上的无人机可以看到灯光信号,但是并不知道两个大陆上的军事指挥官们,都已经通过卫星看到了信号。自从受到攻击,能听到的声音只有枪声和狙击手的子弹打在上层建筑上的声音。

巴恩斯的这轮信号还没发完,就听到头顶上传来木头撞在金属物体上的声音。他扭头看到一个木头雕成的抓钩挂在了扶手上,第二个抓钩撞在围栏上掉了下去。过了一会,第二个抓钩又被扔了上来,这次终于挂在了围栏上。

巴恩斯立即从围栏边翻滚开,放下信号灯,掏出了自己的手枪,而抓钩上的绳子也因为外星人的体重而吱吱作响。他瞄准距离最近的抓钩,一个黑洞洞的圆脑袋渐渐冒了出来。当一双蓝绿色的眼睛冒出围栏的时候,他果断开了一枪,外星人的脑袋在子弹的冲击下向后仰起,然后整个人掉进了海里。第三个抓钩抓住了围栏,绳子发出的吱吱声更密更响了,说明更多的敌人正在爬上来。

巴恩斯看到飞镖向自己飞来,于是立即冲向舰桥舱门,而带着剧毒的飞镖则打在自己刚才所在的位置。他打开舰桥舱门钻了进去,而他身后,一个外星人正把头探出围栏观察周围环境。就在巴恩斯关上舱门的同时,外星人向他扔出了一支飞镖。万幸的是,飞镖从舱门上弹开,然后另一名窗边的士兵一枪打死了这个外星人。

巴恩斯大喊一声："他们从侧面攻上来了！"与此同时，无数飞镖飞过围栏，从破损的窗户飞进了舰桥。

就在众人忙着寻找掩体的时候，一名女性低级军官被飞镖击中了脸。她拔开了飞镖，然后一只手按在脸上踉踉跄跄向后退，眼中充满了恐惧。随着毒素渐渐发作，她开始感到呼吸困难，然后跪在地上，而更多的抓钩已经抓住了舰桥两侧的围栏。忽然，外星人从舰桥两侧顶着人类的火力冲了进来。很多人被打回海里或者掉在舰桥外面的栈桥上，但是其他外星人一边扔着飞镖，一边爬进了窗户，窗框上的碎玻璃对他们不能构成任何障碍。

舰桥上的一些人被飞镖击中，倒在甲板上痛苦地扭曲，而其他人则退到了控制台。外星人趁机翻过了窗户，但是却被自动火力打翻在地，尸体挂在窗户上，挡住了后面的人。

贝克曼和雷诺德站在中央控制台后面，用自己的手枪向尸体后面的敌人开火，在他们周围，其他人的自动武器也打空了子弹，而最后一个弹夹也很快打空了。

"上刺刀！"随着一名下士大喊一声，众人端着刺刀冲了上去，对着那些试图挤进来的外星人的脸和肩膀刺了上去。

当贝克曼打完最后一发子弹之后，他跑向旁边一名士兵的尸体，从腰带上拿下一颗手雷，向着右舷的舱门走去。两具外星人的尸体已经将门推开了一半。

"手雷！"他大喊一声，将手雷扔出半开的舱门，然后蹲在舱壁后面，而爆炸将外面的尸体炸成了碎片。

在舰桥的另一侧，一名士兵将刺刀戳进一个试图钻进来的外星人嘴巴里，随即将他推了出去，然后借着空隙将一颗手雷扔到了外面的走廊上。过了一会儿，外星人队伍中发生了爆炸，不少被炸上天，然后掉进海里。

　　一时间，舰桥上到处都是上下飞舞的刺刀和珊瑚刀，然后一打士兵冲进了舰桥不停地开火。几秒钟内，增援部队就压制了进攻的外星人，用手雷清理外侧走廊。随着基本供电恢复，船体外侧的照明也恢复了。鉴于照明已经恢复，窗户也被尸体填满，外星人决定放弃进攻退回海中。

　　此时此刻，舰桥上的人类筋疲力尽、困惑不已，不敢相信战斗已经结束。甲板上到处都是尸体和伤员，有些伤员因为毒素的作用逐渐窒息，而他们的战友只能站在一旁看着。外星人的尸体堵住了所有的窗户，外面的走道上堆起了高高的一层尸体，而舰桥甲板上则铺满了人类和外星人的尸体。

　　贝克曼打量着眼前的惨状，发现战斗结束得非常突然，并没有想到外星人用自己听不到的波段发布了撤退指令。

　　雷诺德说："咱们不可能活过下一轮攻击。"

　　"他们可不知道这一点。"贝克曼明白敌人对于自己绝望处境的无知，可能才是让他们活到现在的唯一原因。他对着窗户点了点头，说："咱们得把尸体清理了。"

　　雷诺德命令新来的士兵："把尸体都扔下海，但是小心狙击手。"

　　士兵们强行推开舱门，蹲在围栏下面，开始将外星人尸体扔下海。每当他们发现还有没死的外星人时，就先补一枪再把尸体扔下去。

　　"工程部呼叫舰桥。"船内通话系统里响起了拉曼的声音。当雷诺德表示听到呼叫之后，他继续说道："长官，现在一台引擎工作正常，但是我不知道能维持多久。现在这里的情况糟透了。"

　　"干得漂亮，少尉。我们需要让灯继续亮着。尽你一切可能的努力确保运转正常。"雷诺德说完就挂上了耳机。

　　巴恩斯从舰桥另一头大喊："船长，我听到了奇怪的声音。"

"这怎么就又来了。"一位疲惫的士兵嘀咕道,他以为是又一波攻击。

贝克曼和雷诺德蹲伏着来到巴恩斯身边,听着远处的引擎声。

"这是什么东西?"一名血迹斑斑的水手问道。

贝克曼回答道:"喷气引擎,而且还是个大家伙。"

所有人都将注意力放在天上,随着轰鸣声越来越响,两架大型飞机从南边飞了过来。飞机的导航点虽然已经关闭,但是借着月光,还是能看到它们低空掠海飞行。

当飞机快要飞进希望湾的时候,雷诺德终于认出了飞机的轮廓:"是 P-8。"

两架浅灰色的波塞顿巡逻机从奈绰雷斯特号两侧飞了过来。当它们到达海湾上空的时候,就开始以几秒的间隔投放声呐浮标。借着船上的灯光,可以看到圆形的浮标拖着小小的白色降落伞坠落向海面。澳大利亚皇家海军的巡逻机发出震耳欲聋的轰鸣从测量船上空飞过,当到达马尔金巴尔岛上空后,立即反向掉头飞了回来,在刚才浮标平行位置又扔下一轮声呐浮标。当完成任务后,巡逻机加速爬升,飞回位于南澳大利亚爱丁堡的基地。在它们身后,声呐浮标落入水中,开始用强大的声波扫荡周围水域,迫使水中的外星人都浮出水面。过了一会儿,海面上冒出了几千个流线型的大脑袋,它们将自己敏感的头部声呐抬出水面,躲避水下的声呐攻击。

"该死。"雷诺德对贝克曼说,"咱们的子弹完全不够用啊。"

另一名士兵抬枪瞄准,但是被贝克曼制止了:"别开枪。咱们得节约子弹。"

还没等 P-8 巡逻机消失,从北面的阿拉弗拉海又传来了巨响。这种巨响甚至将波塞顿巡逻机的轰鸣盖了过去,舰桥上的所有人都将注意力再次转移到天上。希望湾的几千个外星人原本正忙于浮出水面，爬上岩石，或是跳上沙滩，但听到轰鸣之后立即打量起了天空。

"高速喷气机。"贝克曼看到一对短短的翅膀和带着角度的尾翼拖着白色的航迹飞了过来。他马上大喊："空袭！卧倒！"

舰桥上的所有人立即卧倒，而美国海军的F-35战斗机则快速飞进了海湾，每一架战斗机的翅膀下面都挂着两个巨大的桶状物。战斗机将桶状物扔在海湾、海岸线和搁浅的奈绰雷斯特号附近。这些外形符合空气动力学的桶状物砸向了几千个没有接受改造、对于眼前发生的一切一无所知的外星人。随着桶状物渐渐下落，从中投放出了几百个子母弹。这些炸弹在空中爆炸，用弹片对外星人大军发动了致命打击。虽然有几个弹片击中了船体，但是精心布置的落点让开放的舰桥免受弹片洗礼，而那些海湾中的外星人，还没反应过来怎么回事就被弹片打成了肉酱。

当爆炸声消失之后，贝克曼站起来看着F-35战斗机返回北面的航母战斗群，现在海面上漂浮着几千具外星人尸体，一种死亡的寂静笼罩在海湾之上。

"炸完了？"一位被震得晕头转向的水手问道。

"不，"贝克曼说，"这才刚刚开始。现在这些外星人只能祈祷老天保佑了。"

贝克曼非常清楚，空袭意味着全世界的武装力量将开始对这些外星人发动打击，确保在彗星撞击之后，没有一个外星人能活下来。

\·\·\·\·\·\·\·

第二天一早，一架带着四个垂直尾翼的美国海军运输机出现在奈绰雷斯特号上方，开始进行低空盘旋。

雷诺德用望远镜打量着飞机说："是一架 C-2 灰犬运输机，这玩意是从航母上起降的运输机。"

这架灰犬运输机在距离测量船很近的地方盘旋，然后一台便携无线电忽然响了起来："奈绰雷斯特号，这里是 RG-04，听到了吗？完毕。"

雷诺德拿起无线电说："RG-04，这里是奈绰雷斯特号，我听到了。"

这架老旧的 C-2 运输机低垂着一边机翼，努力靠近测量船："注意，B-2 开始执行 MOP。"

雷诺德问："MOP 是什么？"

贝克曼睁大眼睛说："大型钻地弹。足足四吨的炸弹。"

"地震弹？"

贝克曼点了点头："他们无法使用精确制导武器，所以打算把整个岛炸开。"

雷诺德拿起无线电说："明白，感谢提醒。"

"奈绰雷斯特号，现在命令你方开始执行三防作业。"海军驾驶员补充道。

雷诺德听到这话吓了一跳。他看了看舰桥破碎的玻璃，明白这条船可能活不过一次核生化攻击。"这问题就大了。"他知道指挥部不可能为了奈绰雷斯特号船员的生命安全，而限制空袭行动。"我们无法封闭船舱。"

"明白了，长官。你方位置在爆炸半径之外，而且风向也很有利。"

雷诺德忧心忡忡地看着贝克曼："这家伙是在说放射性尘埃吧。"

贝克曼点了点头说："你就祈祷风向不会变吧。"

海军驾驶员补充说道："一架无人机将会在低空盘旋，使用无线电充当通信中枢。"

"谢了，RG。"雷诺德说，"要是空袭能消灭岸上的狙击手，我们就可以派人修好上面的天线。"

"我会转告他们的。奈绰雷斯特号，祝你们好运，RG-04，通话完毕。"

C-2 运输机机身改平之后向北飞去，返回位于地平线另一头的国际舰队，而雷诺德拿起了船内通话系统的话筒。

"我是雷诺德船长。我们已经被要求采取三防措施。损管小队开始密封门窗和进气口。如果有必要，塑料布也要用上。"

他放下话筒后，就和贝克曼弓着身子凑到船头方向的窗户边，寻找轰炸机的踪影。

"他们要是从怀特曼空军基地过来的话，"贝克曼说，"肯定是从东北边飞过来。完全没有必要绕圈。"

20 分钟后，就在奈绰雷斯特号忙于完成密封工作的时候，天已经微亮，一名拿着望远镜的观察哨指着天上的白色航迹说："他们过来了，一共 6 架。"

6 架飞翼结构的轰炸机顺着马尔金巴尔岛狭长的走向飞行。所有飞机全部在最高上限飞行，希望以此让重力给炸弹加速，以便击穿小岛的岩石结构。在 B-2 轰炸机还没飞到小岛南端的时候，它们就开始投放巨大的 GBU-57 炸弹。每架轰炸机可以携带两枚这种炸弹，投放时只能进行单枚投放。

这些大当量钻地弹好像粗粗的白色鱼雷，弹体周围还有 4 个等距布置的翅膀。这些炸弹头部装有激光传感器，尾部装有 4 个引导尾翼。巨大的炸弹慢慢脱离弹舱，然后开始迅速加速至超音速。当脱离弹舱一分多钟后，12 枚炸弹犹如巨锤一般深深砸入地下，起爆时掀起的尘土犹如间隙泉喷出的泉水。在地下 40 米处，等同于 4 级地震的地震波将整个小岛震得天翻地覆。足球大小的石块落入弹坑之中,而人工地震诱发了几百处塌方,将所有其中的活物埋在了底下。而在地表,尘土冲入空中,笼罩在小岛之上,只有海风将其慢慢吹散。

雷诺德打量着投弹区上空的尘土,失望地说:"我还以为会比这……壮观一些。"

"它看起来没那么壮观,但是非常有效。"贝克曼说,"这叫陷阱门效应。投弹区表面会塌陷,然后把下面的一切都埋住。"

B-2 轰炸机编队转向东北,开始了返回密苏里州怀特曼空军基地的漫漫航程。而在小岛上,悬浮的尘土中一个活物都没有。这种毁伤效果只有投在海湾中的子母弹可以比拟,现在希望湾上漂浮着几千具在热带骄阳下腐烂的外星人尸体。

"340 方位有飞机。"观察哨报告道。

所有人都注视着从北边飞来的 11 架 F35 战斗机,这些飞机从美国海军领导的国际舰队起飞,每一架下面都挂着一枚银白色的 B-61 战术核弹。这些隐形战斗机在到达马尔金巴尔岛之前就脱离队形,向着之前由奈绰雷斯特号和航空侦察发现的孵化场飞去。六架战斗机在测量船头顶开始分头行动,两架飞往东北,另外四架飞往西南。而其他战斗机飞向更偏南的既定打击区域。

"它们看起来距离很近。"雷诺德说。

雷诺德用望远镜看着不断盘旋的战斗机说:"最近的孵化场距离这里有 40 公里。够远了。"贝克曼很有信心地说:"咱们该找个地方掩护了。"

"把窗子都封起来。"雷诺德命令道。所有靠近窗户的人用胶带将损管小组贴在墙上的塑料布固定在窗户上。雷诺德拿起对讲机说:"关闭所有进气口。全员注意,核弹马上引爆了。"当尽可能完成阻挡放射性微粒的密封作业之后,大家就撤离了舰桥。大家心知肚明的一点是,能为他们提供保护的只有海风。高级军官进入通信室,而其他人不是去食堂找吃的,就是在走廊里休息。当舰桥完全撤离之后,一名水手关上舱门,用胶带将它封了起来。

在通信室里,特蕾莎和麦克尼斯博士一脸紧张地看这些人,而卡迈特则在卫兵的注视下,一言不发地坐在角落里。大家从勤务兵手里接过咖啡和食物,然后贝克曼说:"随时都可能发生爆炸。"

通信室的主屏幕上显示着舰桥摄像头传来的画面,画面上显示的是平淡无奇的地平线。全船上下所有显示器上都显示着这些画面,大家都紧张地注视着近况发展,唯一的交流也不过是窃窃私语。

过了几分钟,所有战斗机都确定到达预定目标。舰队司令下达最后确认命令,然后旗舰开始倒计时。当倒计时到零之后,战斗机同时扔下了战术核弹。奈绰雷斯特号上的众人没有看到核弹下落或是战斗机加速脱离,孵化场中数以百万计的幼崽更不知道将要发生什么。

在奈绰雷斯特号的屏幕上,250公里宽的目标区上亮起了11个小太阳。每一枚核弹的当量都在30万吨左右,爆炸产生的温度接近太阳表面温度,足以蒸发海水并将500万幼崽全部消灭。奈绰雷斯特号上的摄像机画面不断扭曲,但是测量船的所在位置足够远,船上电子设备不至于被电磁脉冲摧毁。核弹爆炸产生的炫目闪光渐渐消散,只剩下11朵直冲天际的蘑菇云。

雷诺德说:"我希望你们没计划要孩子。"

"我倒是有两个孩子,但是再也见不到他们了。"雷诺德看着屏幕,核爆产生的蘑菇云好似从地平线上长出的苍天巨树,11朵蘑菇云形成一个半圆包围了搁浅的奈绰雷斯特号。

"这都是低空爆炸。"麦克尼斯博士说,"一半的辐射都被地球吸收了。"

贝克曼说:"你这么一说,我就觉得好受多了。"

"还有幸存者吗?"特蕾莎问。

贝克曼发现卡迈特盯着屏幕,虽然不清楚发生了什么,但是知道自己的兄弟们肯定有了大麻烦。"他也在想这个问题。"

在接下来的几个小时里,大家看着核爆炸引起的云团逐渐消散,希望海风和胶带固定的塑料布能保护自己免受放射性尘埃的伤害。当云团散去之后,一队螺旋桨飞机从西边飞了过来。这支编队是由 C-130 和 C-27 运输机组成,这些运输机都装备了货舱水箱和翼下喷洒装置。当这些飞机占据天空之后,就开始向大海和小岛上喷洒红色的雾气,同时小心地避开奈绰雷斯特号的位置。

雷诺德问:"这是什么东西?"

贝克曼这才明白军政领导人不打算给敌人留下任何喘息的机会,用尽各种手段对这些外星人发动打击。他回答道:"不管那是什么东西,我可不想沾到它。"

\·\·\·\·\·\·\·

航天总署任务中心的高度控制子系统上,闪起了一个警示灯。引导、导航和控制系统工程师检查了一下即时传回的数据,然后问推进器操作员:"科林,现在是不是在进行临时高度变更?"

推进系统工程师一脸茫然地抬起头,然后说:"没啊,只有到最后接近阶段的时候才有高度变更。"

负责引导导航和控制系统的工程师越发困惑地说:"我的陀螺稳定仪一直在转。"他站起身呼叫飞行主管:"韦德,我这有个紧急稳定警告。"

韦德·弗兰克林已经很累了。他的袖子已经卷了起来,领带也松松垮垮,整个人一副3天没有睡觉的样子。他问道:"雷达有什么反应吗?"

"雷达没有任何反应。"另一名工程师喊道,"完全没有任何目标。"

弗兰克林问另一位戴着银边眼镜的女工程师:"磁信号有什么异常吗?"

"一切正常。"

汉密尔顿·皮尔斯走到他身边问:"出什么事了?"

"我也不知道。"弗兰克林看着一个瘦高的男人语速飞快地讲着电话。当瘦高个男人打完电话抬起头之后,弗兰克林问:"哈勃望远镜看到什么了吗?"

自从皮纳卡拦截器进入轨道之后,哈勃太空望远镜就保持持续观测,但是只有位于马里兰的戈达德航天中心飞行主管才知道真正要找什么。

"望远镜什么都没有发现。那里只有咱们的拦截器。"太空望远镜行动控制中心的协调员回答道。

韦德·弗兰克林疲惫地望着导航控制系统工程师说道:"有没有可能是软件错误?"

工程师站着打量着自己的屏幕,摇了摇头说:"这不可能!陀螺仪的度数都已经到达临界。不管上面到底发生了什么,拦截器自己都无法进行修正。"

"情况确认。"导航操作员说道,"火箭已经脱离航线!"

韦德问:"推进系统,你能修正航线吗?"

推进系统工程师看着自己的屏幕,脸上的表情越发紧张:"不可能。

拦截器的加速度太快,我们的推进器无法进行修正。"

地面控制部门的工程师轻轻吹了个口哨说:"根据戈达德传来的数据,地面追踪数据显示拦截器的加速度达到 60 多倍于重力加速度。我们已经无法进行拦截。现在咱们根本不可能飞到彗星上去。"

"我就知道!"皮尔斯抓着弗兰克林的胳膊说,"外星人干掉了我们的拦截器。"

弗兰克林犹豫地说道,"但是雷达上什么都没有,没有发现任何异常图像和磁力信号。"他问了问捏紧拳头看着屏幕的矮胖工程师:"拦截器距离皮纳卡还有多远?"

飞行动力学工程师回答道:"现在距离 21 万公里。核弹在这种距离上已经无法影响彗星轨道了。"

皮尔斯说:"韦德,现在必须行动,不然一切都太晚了。"

韦德怒吼道:"但是那里什么都没有!"没有确切的数据,他拒绝采取行动。

"你觉得 60 倍的重力加速度还不是问题吗?"皮尔斯问道。

飞行主管韦德想了一下,然后对载货工程师说:"发出密码。"

一名美国空军的将军将一个黑色的文件夹放在工程师面前,翻到一页,然后指着一串长长的数字字母组合说:"就是它了。"

工程师小心翼翼地输入这段密码,反复检查自己的输入结果,然后看了看将军。

将军慢慢地核对了一遍密码,然后点点头说:"确认完毕。"

工程师发出了密码,然后说:"核弹启动密码已发送。"

韦德·弗兰克林现在是一脸愁云,事情的发展已经完全脱离了自己的控制。

汉密尔顿·皮尔斯说:"希望一切还不算太晚。"

熊熊烈焰

\·\·\·\·\·\·\

渗透探针打算等地球自转带着敌舰进入星球另一边，但是科考船忽然去研究南半球的 11 个核爆炸。通过爆炸位置，它知道人类正在用核武器摧毁孵化场。虽然这是很成功的打击，但是已经于事无补。

由于地球挡住了探针，科考船无法发现探针离开彗星，开始拦截航天总署的拦截器。探针没有拖曳功能，所以当它靠近人类脆弱的太空飞行器之后，就用亚光速推进力场包裹住拦截器，然后将其加速带离地球。它打算到了地球磁场边缘的时候再放开拦截器，然后返回彗星，等待时机用自己的超光速引擎扭曲时空。人类飞行器唯一的抵抗措施就是陀螺稳定推进器产生的微弱推力。渗透探针只需要做一些微调就可以抵消这些作用力。

渗透探针可以在不到一秒的时间内完成抛射动作，但是加速的能量消耗会让自己的位置暴露，所以只能用 60 倍于地球重力加速度的速度前进。这种较低的加速度已经超过了所有人类火箭可以达到的水平，但是依然可以让敌人花费大量时间去判断到底是谁引发了这场行星级别的灾难。钛塞提人当然会发现这次地质变动不是自然现象，如果他们发现一艘入侵者飞船是幕后黑手，那么钛塞提舰队根本不可能让渗透探针靠近家园星系。

当入侵者探针靠近地球磁场附近的时候，发现了一个前所未见的无线电信号。自从它到达太阳系之后，就已经习惯人类的大量信号广播，但是这个信号却非常独特，看起来好像是由毫无意义的符号注册。在经过几百万次解码失败之后，渗透探针甚至怀疑这个信号就是一段信息：一个密码钥匙。在收到密码的几百毫微秒之后，探针发现拦截器内的核弹发生了变化，轻微的放射性说明人类开始提前引爆他们的核弹头。

　　渗透探针自出厂以来第一次感到了惊讶，提前引爆核弹说明人类已经放弃了攻击彗星拯救自己的计划。相反，他们出于某种不可名状的原因，决定在根本不可能影响到彗星的地方引爆自己原始的核裂变武器。随着爆炸开始逐渐扩散，渗透探针经过计算发现，时间已经不足以将人类拦截器转移到推进力场之外。

　　这个发现最终让渗透探针得出一个惊人的结论。这个结论虽然令人难以信服，但是却有充足的逻辑和数据支撑：人类派了这艘拦截器来并不是为了摧毁彗星，而是消灭渗透探针！这个想法看起来非常的不可信，因为人类的技术不可能发现渗透探针的存在，但是此时引爆核弹头只有一个可能，就是消灭渗透探针。人类肯定通过某种方式发现了探针，而且整个皮纳卡拦截行动的核心目标就是摧毁它。

　　等到核原料达到超临界状态的时候，渗透探针已经重新评估了自己的所有行动和预防措施，但还是不知道自己为什么失败。几天以来，它发现了几千条有关皮纳卡任务的广播，渗透探针认为这些就是人类集全球之力进行伪装的证据。宇宙之中只有少数种族可以如此狡猾，也许这种狡猾只有入侵者可以与之比肩。

　　渗透探针忽然好奇，海之骄宠和她的族群面对这种敌人会有怎样的下场。只要给人类几百万年时间，他们可能成为一个不可小觑的威胁。渗透探针非常清楚，现在自己已经死定了，于是启动跨银河通讯器，希望可以向维萨拉通报有关地球上的入侵者分支，并建议在人类成为一个威胁之前就将其消灭。

　　还没等开始发送报告，渗透探针就发现一切已经太晚了。它跨越了 65000 光年，躲开了最先进的战舰，但是却被银河系中最原始的太空武器摧毁。在地球磁场边缘的某处，忽然亮起了一个比太阳还要耀眼的光点。核爆炸将渗透探针吞没,它的超张力外壳根本无法抵御这样的攻击。

渗透探针产生了一丝难以置信的感觉,然后就被消灭了。

\·\·\·\·\·\·\

负责核弹头的工程师看着空荡荡的屏幕说:"要么核弹成功起爆,要么就是系统全面失效。"

负责联络太空望远镜指挥中心的联络员拿着电话跳了起来:"哈勃望远镜确认核爆!拦截器已经消失,但是那还有点别的什么东西。可能是一艘飞船的残骸。"

韦伯太空望远镜指挥中心联络人听着电话那头的人说话,然后对飞行主管说:"控制中心确认韦伯望远镜发现一个巨大的红外源。不管咱们的核弹打中了什么,那玩意都烫得惊人。最少有1000万开氏度!"

控制室里一时间响起了各种口哨声,大家这才发现核弹在距离外星飞船几米处起爆。

一名科学家说:"我的天哪!这玩意到底是什么做的?"

另一名科学家摇着头,完全不敢相信外星飞船怎么还可能留下残骸:"整艘船都该蒸发了才对。"

控制室里的众人因为眼前的一切惊得说不出话,等反应过来到底发生了什么之后,一名工程师说:"我的天哪,我们居然成功了!"

所有人爆发出狂喜的欢呼,大家彼此击掌拥抱,不少人都喜极而泣。汉密尔顿·皮尔斯拍了拍韦德的肩膀,两个人握了握手。

皮尔斯如释重负,整个人开怀大笑道:"我简直不敢相信这一切居然成功了。"由于考虑到通信可能被窃听,整个媒体上的关于皮纳卡拦截任务的报道都是为了将这艘神秘飞船引出来。

弗兰克林叹了口气，自己终于不必为人类的存亡而负责了。他蹦出一句："你最好还是相信它为好。"然后在脸上勉强挤出了一个微笑。

一个带着厚重镜片的矮个子男人站了起来，他是整个房间内唯一一脸严肃的家伙。他挥着手对飞行主管大喊："韦德！韦德！"

弗兰克林转身看着他一脸愁容，就知道事情并不简单："怎么了？"

"戈达德汇报说，彗星正在分裂。它已经裂成了3块。"

飞行主管很警觉地问："是因为我们的核弹吗？"

韦德·弗兰克林内心轻松的感觉一扫而空，因为他明白犹如山一般大小的彗星碎片，依然有可能撞击地球，造成更大的受灾面积。"彗星碎片会撞击地球吗？"

戈达德中心联络人说："现在还不知道，他们正在研究。"

汉密尔顿紧张地看着弗兰克林，说："韦德，赶紧让俄国人开始行动。"

弗兰克林点点头，然后拿起电话说道："给我接拜科努尔发射场。"

他等了一会儿，等待来自地球另一头的回复。"阿卡迪，我们做到了。天空一片晴朗，但是地球的潮汐力正在将彗星撕碎。你们时间不多了……对……祝你们好运。"

43分钟后，俄罗斯宣布开始进行国际空间站补给任务，但是全世界的媒体和渗透探针都忽视了这条消息，而火箭上则装着一枚80万吨当量的核弹头。

距离皮纳卡撞击地球，还有不到4个小时。

\\\\\\\

熊熊烈焰

浅滩潜行者沿着马尔金巴尔岛海岸线游动,他担心人类可能会窃听生体声呐信号,所以完全依靠记忆和实力进行导航。当地震弹砸下来的时候,他刚好在北边的洞穴入口附近。一开始的时候,他以为这不过是地质变动而已,渗透探针可能提前发动打击,但是植入物很快为他提供了钻地武器的有关信息,这种武器可以摧毁地下基地或是整座城市。人类使用的这种武器当量很低,但是原理是一样的。潜行者非常清楚,一旦人类开始投入这种武器,就说明他们准备盲目攻击小岛是为了摧毁雌性个体的避难所。他出于本能开始游向最近的水下入口,但当他刚刚就位的时候,整个洞口在他面前坍塌。

浅滩潜行者急于寻找幸存者,他开始沿着海岸线前往南部入口。还没游出多远,就看到一道明亮的闪光,然后是一股奇怪的水流带着自己向着人类所谓的斯芬克斯之颅孵化场游去。浅滩潜行者不明白这股水流来自何方,也不知道是海水去填补蒸发掉的水留下的空缺。

浅滩潜行者游到海底,抱住了一块大石头,而水流裹挟着大量鱼类和其他生物从他身边经过,连同海床上的沙子一起向北边的核爆区移动。当水流流速减缓之后,他惊讶地发现母之海被一种让人胆寒的寂静所吞噬。幼崽嘈杂的声呐信号完全听不见,就连负责照顾幼崽的雄性个体的信号也没了,而在往日,他们总是努力让幼崽都待在受保护的浅海中。

他面对这种攻击时显示出了前所未有的困惑和无助,浅滩潜行者立即浮出水面爬上陆地,然后看到钻地弹炸出的大坑和远处的蘑菇云。从震惊中恢复过来以后,他明白人类摧毁了所有的孵化场。体内的植入物已经为他进行了说明,人类使用了在全银河系都被禁止的武器。他的位置刚好躲开了最近的冲击波和闪光,而且基因改造带来的辐射抗性,刚好可以抵挡电离辐射。

浅滩潜行者遏制住冲向倒塌的洞穴的冲动，害怕人类从高空保持监视。他心惊胆战地看着远处的一朵朵蘑菇云扶摇直上，然后搜索着飞机的踪影，担心还会有下一波攻击。这时候，浅滩潜行者发现东南方向的天空上出现了一道亮光。他试图用自己的眼睛看清发生了什么情况，但是发光的位置实在离自己太远。当他还在好奇到底发生了什么的时候，体内的植入物迅速说明是一颗正在解体的彗星向地球坠落。浅滩潜行者非常明白，这种情况只有一种解释，那就是渗透探针失去了对彗星的控制。

他抑制住心中的挫败感，悄悄返回了海中。母之海上一次这么安静还是10年前。他听到了几个困惑的猎人和侦察兵的信号，他们和自己一样都是远离核爆区。有些同伴已经受伤，正在召唤永远都不会赶来的支援，而其他人不知道该干什么，该去哪里。

浅滩潜行者想下达命令，但是担心会被人类的监听设备发现，所以只能保持静默沿着海岸前进。他还没走多远，就看到人类的飞机正在向孵化场周围的海域播撒红色的烟雾。几乎就在同时，浅滩潜行者听到了幸存者的尖叫，毒素溶解了他们的眼睛和皮肤并强行进入了肺部。体内的植入物无法判断人类到底使用了何种化学物质，只能警告他注意安全。浅滩潜行者知道最安全的地方就是人类的测量船附近，于是开始全速游动，避免水流将毒素带到自己身边。

当他到达马尔金巴尔岛南端的时候，濒死者的惨叫已经听不到了。他听到远处的警告，要大家尽快离开水中，过了一会儿又听到报告说人类正在向小岛散布同样的毒药，现在已经没有安全的地方了。

当浅滩潜行者来到希望湾的时候，他看到人类的测量船已经搁浅，周围是几千具正在腐烂的同伴尸体。潮汐让所有尸体整个早上都困在海湾中，但很快潮水就会带着尸体进入大海。越来越多的独鳍杀手被血的味道所吸引，它们来到海湾疯狂吞噬同伴的尸体，这种狂欢将会持续好几天的时间。

鲨鱼对浅滩潜行者毫无兴趣，他一直待在尸体下方，向着洞穴网络的主入口前进。让他感到万幸的是，水下入口还没有坍塌，但是洞中的寂静让他感到不安。

浅滩潜行者毫不犹豫地冲入了黑暗的洞穴，绕过水下无人机的残骸，然后加速冲出水面跳到岸边。插在石头上的一支火把还在燃烧，而其他火把在石壁倒塌的时候就已经熄灭了。他想拿下火把，但是却发现前方还有亮光，于是翻过掉下的石块前往第一间大型洞穴。

洞穴已经完全不是以前的样子。掉下的石块压死了许多人，透过洞顶的破口可以看到外面的天空。浅滩潜行者从没有想过如此规模的破坏。他的每一个念头都让植入物向他提供几百万年来被摧毁的城市和战火所吞噬的世界，就好像它要让浅滩潜行者看看自己的种族在几百万年来承受的灾难，和对其他文明施加的苦难。但是，浅滩潜行者不需要任何记忆回放或是克敌制胜的计谋，他甩开所有的记忆，爬过掉下的巨石，向着海之骄宠的洞穴走去。

浅滩潜行者开始用生体声呐发出联合语呼唤海之骄宠，但是却没有任何回应。在每一个拐角，浅滩潜行者都能看到坍塌的走廊和时不时掉下来的石头，但是却依然绝望地往前走。洞穴中烟尘弥漫，他只能依靠肺中储存的空气呼吸，而尖锐的石头刺破了他的皮肤。最终，他挤进了海之骄宠的洞穴前厅，然后冲进她的房间。房间的一侧因为钻地弹的直接打击所引起的后效而坍塌，阳光从洞顶的裂缝照进了洞穴，借着光线甚至可以看到飞舞的尘土。

海之骄宠躺在洞穴的另一头，她的脑袋上全是血，腿上还有一道很深的伤口。浅滩潜行者跪在她的身边，发现海之骄宠还有呼吸，而且从母亲继承来的基因改造后的细胞再生能力,已经让伤口血液凝固。

"海之骄宠。"他悄悄说道。

海之骄宠有气无力地睁开眼说:"我就知道你会来。"

"人类已经摧毁了孵化场。他们在整个母之海屠杀我们的兄弟。我们已经输了。"

"我们还活着。"海之骄宠有气无力地说道,"肯定还有其他的幸存者。把他们找出来。这是人类的最后一天。明天,这个世界就是我们的了。"

"除非我们都死了,不然人类不会停下来的。"

"地壳变动会阻止他们。"海之骄宠靠着一块石头坐了起来。

"不会有什么地壳变动了,渗透探针已经失败了。"

"你怎么知道?"

"彗星已经偏离了轨道。我在天上看到它了。彗星正在解体,马上就要撞击地球了。"

海之骄宠想了一下,调取植入物中有关天体碰撞的知识。她缺乏望天客对科学的理解,但也知道这样的撞击足以对地球和自己的敌人造成沉重打击。

海之骄宠的意志依然坚定,于是说:"我们还是有可能赢的。"

"海之骄宠,一切都毁了。"浅滩潜行者试图让她明白当前局势有多么的绝望,"我们已经输了。"

"彗星也许不会灭绝人类,但是会给他们造成重大伤害。"她说着将一只手搭在肚子上,"而我,也做好繁育的准备了。"她用自己的声呐信号示意浅滩潜行者不要急躁,"而你,我的兄弟,就是我计划的最后一把钥匙。"

熊熊烈焰

＼＼＼＼＼＼

在指挥中心，汉密尔顿·皮尔斯、韦德·弗兰克林和他们的小队此时此刻已经无能为力，只能看着皮纳卡以每小时58 000公里的速度飞向地球。俄罗斯火箭发射时间较晚，剩余的时间只够它绕地球4圈，然后飞向彗星碎片。

"我们发射的时机太晚了。"皮尔斯为了不惊扰其他人，只能压低声音对和弗兰克林说话。他已经给家里人打过电话，向他们保证自己的家人没有住在撞击区，但是无法告诉自己妻子的是自己的团队无法预测几千公里内撞击造成的破坏。唯一可以参考的就是上世纪舒梅克‑李维9号撞击木星的案例，但是那个气体巨星的强大重力将整个彗星扯碎，没有一块碎片的长度超过两公里。与之相对的是，渗透探针保护性的加速力场几乎全程保护了皮纳卡彗星，导致碎片体积更大，而且渗透探针后期的减速比舒梅克‑李维9号更为明显。即便如此，航天总署的地面观测网络还是在监视彗星裂成的6个碎片。这些天外来客排成一条直线，彼此之间相隔距离逐渐拉大，单纯依靠一次核爆就让它们偏离轨道的可能性也越来越小。

皮尔斯明白，如果皮纳卡撞击地球，灾后恢复的过程将会非常痛苦。最大的危害不是来自撞击引发的地震和海啸，而是越发频繁的火山活动和进入大气层的各种矿物质。如果有足够的微粒进入上层大气，地球将很快变成一片黑暗冰冷的废土，而全球食物供给链也将崩溃。只需要6个月的时间，人类就会耗尽食物储备，然后面临全球饥荒。到那个时候，唯一的食物可能就是人类自己，但是吃人可不能拯救几十亿人。火山引发的全球性冬天要几年才能消散，整个星球要几个世纪才能恢复，这一切的前提还是没有发生大规模物种灭绝。

现在外星飞船已经被消灭，整个世界都在期待俄罗斯火箭可以让彗星碎片偏离轨道。从地球看过去，彗星碎片就好似一串挂在天上的珍珠。如果俄罗斯火箭不能完成任务，那么人类就会面对一场前所未有的灾难。

外星人从地球上最强大的军事力量所能触及的范围之外发动攻击，进一步说明了前星际文明时代的人类在其他星际文明面前，是多么脆弱不堪。人类对于银河事务一无所知，也不知道各大星际文明之间的关系，所以完全无法判断到底是什么政治因素决定了人类的安全。

皮尔斯和弗兰克林只能看着控制中心的工程师们监视俄方火箭，汇报每一个任务关键点。

"俄方重新计算起爆点。"

"4 秒钟的助推成功，正在向四号碎片前进。"

"飞行器雷达捕捉到目标。"

"3 分 40 秒后进入最佳起爆位置。"

"地面监控汇报，彗星碎片之间距离达到 21 000 米，这个数值还在增大。"

"间距太大了。"

"拜科努尔已经发送了启动密码。"

"4 号碎片开裂。现在是 7 个碎片了。"

"喷气推进实验室确认，1 号和 2 号碎片将从大气弹开。"

"日本宇航探索局已经下调太平洋撞击区潜在损害。"

"欧洲航天局预测 3 号碎片将会在温博尼以西 70 公里发生撞击。喷气推进实验室确认这一预测。"

"东方港确认 6 号……不，7 号碎片已经脱离核弹头爆炸范围。"

韦德·弗兰克林和汉密尔顿·皮尔斯忧心忡忡地彼此看着。自从皮纳卡解体以来，他们就担心这个问题，现在单纯一次爆破无法让所有的陨石偏离航线。

弗兰克林问："7号碎片会落在哪里？"

"上一次预计撞击区是中国新疆。"皮尔斯说，"但是这和喷气推进实验室的预测结果完全不符。"

"实际结果可能更糟，完全有可能落在太平洋。"弗兰克林担心，撞击引发的此次灾害可能影响人口稠密的海岸线地区。

"我倒是希望日本人的预测没错。"皮尔斯说。

货运工程师说："俄方已经将武器控制转交给雷达近炸控制系统。"

控制室内忽然安静下来，所有人都看着墙上的大屏幕。中央屏幕上显示的是7个碎片的轨迹，而一个闪动的标记则代表前往拦截点的火箭。大屏幕两侧显示的是来自拜科努尔和东方港控制中心的画面，工程师们和科学家们都在远方忙碌着。除此之外，大屏幕两侧还显示着哈勃和韦伯太空望远镜的实时信息更新。所有这些画面都转播给了全世界，这可能是人类历史上收视率最高的节目了。

货运工程师收到了来自俄方的确认信息，然后说："10秒钟倒计时。"

弗兰克林看了看墙上的表说："就看这一下了。"

皮尔斯压低声音自言自语道："还是祈祷没有第二艘外星人飞船吧。"

"要是有的话，俄国人的火箭早就完蛋了。"

来自东方港的音频直播传到了控制室："五、四、三、二、一！"

在控制中心、两个俄方控制中心和世界其他地方，全人类都屏住了呼吸。所有人都不知道拦截任务到底有没有成功，直到一个激动的女性声音向全世界宣布："确认起爆！确认起爆！"

拜科努尔和东方港的团队成员不是鼓起了掌就是互相拥抱，然后美方指挥中心的一名工程师也拿到了翻译结果。

虽然气氛依然紧张，但是大家开始发出轻微的喝彩和鼓掌。庆祝的声音很快就消失不见，取而代之的是对爆炸效果的评估。在俄方的两个指挥中心内，工程师们也开始等待有关于皮纳卡最新轨道的汇报。哈勃和韦伯望远镜开始观察黑暗宇宙背景下的明亮光球，而地面望远镜也将夜空中的新星图像传遍全世界，掩盖了皮纳卡碎片的存在。

国际空间站在爆炸时刚好在处于地球的另一侧，只捕捉到了部分爆炸。核弹引爆的位置刚好在彗星碎片集群的中央，利用巨大的冲击波使所有碎片远离地球。利用冲击波而不是直接轰击的办法，可以有效避免碎片进一步分裂，减小对地球的损伤。

各个太空总署、观测站和大学将观测化为数据，然后进行交叉对比，寻找任何可能的错误。而整个世界都在等待，人类中最聪明的人和最强大的机器处理着这些数据，然后再转交给位于巴萨迪纳的喷气推进实验室进行最后的判读。

喷气推进实验室的主管直接给韦德·弗兰克林打了电话。他一边听着电话，一边点着头做着笔记。当他拿起笔记本的时候，所有人的目光和电视转播镜头都对准了他。"喷气推进实验室估计1至5号碎片的速度增加了1.7%至2.4%。根据他们的计算，1至3号碎片将完全错过地球。4号和5号碎片会从上层大气弹开。"他难受地清理了下喉咙，然后继续说道，"6号碎片的速度减缓了1.5%。7号碎片速度保持不变。九分钟后，两块碎片就会进入地球大气。"

皮尔斯把双手搭在头上说："我的天哪！"

一名工程师问："他们知道撞击区的位置吗？"

弗兰克林慢慢摇了摇头说："精确的撞击区还没有算出来。但是应该在非洲和加拿大西北部之间。他们现在还在计算。"他说完就把笔记本放在桌子上，心灰意懒地看着屏幕。

汉密尔顿·皮尔斯惊恐地说："如果最后撞击区在大西洋，哪怕就是一块碎片落在大洋里……"

弗兰克林点了点头说："我知道。几千英尺高的超级海啸就会毁灭东海岸……而且我们什么都做不了。"

\·\·\·\·\·\·

皮纳卡 6 号和 7 号碎片从非洲东南部上空进入大气层。它们的航线距离从大气层弹开的扁平航线只有不到一度的偏差。随着碎片高度降到不足 1000 公里，这种倾斜的航线让外层大气可以减缓这两块碎片的下落速度，而且碎片的温度在这个过程中会不断升高。

两块碎片排成一条直线飞过撒哈拉南部地区，一边飞一边开始排放气体，整个夜空都被它们放出的光所照亮。当到达非洲西北部海岸的时候，西班牙加纳利群岛电视台开始向全世界直播两个巨大火球划过天际的画面。几亿人像着了魔一样，看着两个大火球划过大西洋上空。随着碎片进入稠密的下层大气，它们的轨道也越发低平。在彗星碎片身后，拖着若干条由气体和尘埃构成的高温尾迹，夜空中也留下了一道耀眼的白色伤疤。

两块彗星碎片在气压和摩擦造成的高温影响下，开始逐渐解体。每块碎片的表面积开始扩张，产生的冲击波和温度可能是 75 万年来所未见。由于碎片温度极高，超高温气体无法冷却，最终导致碎片温度进一步升高。彗星碎片在高温气体的包裹下体积逐渐扩张，高度也逐渐降低。

当到达北大西洋上空的时候，可以从海面上的船上看到两个巨大的火球划过天空，高温充斥着对流层，这恰恰也是大气层中最厚的一层。超音速音爆震碎了窗户，震聋了船员，海况也越发恶劣，而夜空看起来好像也烧了起来。

彗星碎片很快就逼近晨昏分界线，它们发出的光芒很快就让阳光相形见绌，任何直视这股光芒的人都会失明。沿途的云层都被高温蒸发，当高度距离海面只有6公里，距离新斯科舍已经不足1000公里的时候，6号碎片发生了爆炸。过了一会儿，7号碎片也迎头撞上了爆炸冲击波。在一阵剧烈的闪光过后，两块碎片共同形成一个规模巨大的空中爆炸，熔解的彗星和周围电离空气的温度瞬间超过了两千摄氏度。这个高温巨兽继续向海岸地区俯冲，将沿途的海水和船只全部付之一炬。

从进入海滨地区开始，仿佛整个大气层都开始燃烧，但是位于海岸地区的观测者们却根本没有时间做出反应。巨大的火球划过海尔法克斯南部海岸线，穿过缅因州北部飞向魁北克，沿途一切都被高温熔化。

炽热的空气向熔化区两侧扩散，点燃了东边新布伦瑞克的森林，并将波特兰至蒙特利尔沿途所有城镇点燃。超音速的飓风席卷着大地，高温犹如熔炉一般烧灼着一切，而超音速音爆从魁北克一路杀向安大略，土壤和岩石瞬间熔化。

彗星碎片引起的热力学影响远比撞击更为恐怖，而高温和动能的可怕组合以超音速划过天际，沿途一切都被摧毁。高速运动产生的大气羽烟被大气层所阻挡，然后反弹回了地表，以至于几千公里外都可以检测到产生的地震波。

在不到一分钟的时间里，皮纳卡超级火球就到达得孙逊湾的马尼托巴省冰海地区。直到此时，随着与冰冷的北方冷空气相遇，火球发出的亮光才开始渐渐变暗。当进入位于北极圈的努纳武特省时，火球才开始消散。但是，火球已经造成了一条4000公里长、200公里宽，一路延伸到大西洋沿岸的岩浆区。在岩浆区两侧，100公里宽的火焰风暴正在肆虐，密不透风的火墙掀起了冲天的黑烟。这里没有撞击、没有巨大的撞击坑，没有传遍全球的冲击波，更没有飞上天的石块碎屑，有的只是一堵炽热的火墙，地表都被烤成了黑色的玻璃。

皮纳卡已经焚毁了沿途的一切生物，死亡人数无法统计。这场烈焰的狂欢还将持续好几周，只能等雨雪才能将它熄灭。

\·\·\·\·\·\·\

当维修小队在奈绰雷斯特号舰桥上方搭起一个简易卫星天线之后，终于接收到了各种新闻报道。通信室的屏幕上是各种混乱的报道，所有新闻都在围绕两块皮纳卡彗星的碎片和由它们引发的火灾进行报道。屏幕上显示的是有史以来最大的一场火灾，而高温则让大多数飞行器无法靠近。军方确实向岩浆区中心部分派出了飞机，但是无法透过烟雾看到地面的情况，而贸然穿过40公里高的烟柱则又可能让引擎失灵。

国际空间站传回的照片显示，密不透风的烟柱从东澳大利亚一直延伸到了北大西洋，而红外线卫星照片显示，从缅因州到哈得孙湾的地表温度已经超过了1000摄氏度。在地面上，加方和美方的应急人员努力在火墙附近徒劳地与大火抗争。超高温将在几周后退散，然后人们才能进入岩浆区。

"我没看明白。碎片根本没有撞击地面。"贝克曼努力理解北美大陆东部的滔天火焰风暴到底是怎么回事。

麦克尼斯博士说："这就是个大规模空中爆炸。说真的，其实这是合为一体的两个爆炸。"

"这看起来就像一条穿过整个国家的火焰带。"雷诺德说。

"这是因为碎片没有撞击地面，而是和地面保持平行继续飞行。"博士用手比画着做解释，"这种平滑的轨迹对下方的一切物体都造成了巨大的破坏。"

特蕾莎说："我没听说过这种情况。"

"和灭绝恐龙的小行星相比，大规模空中爆炸并不出名，但是更频繁。"博士说道，"足以摧毁城市的大型空中爆炸每隔几百年就会出现一次。俄罗斯车里雅宾斯克事件那次不过是打偏了而已。类似于今天这种规模的情况非常罕见。上一次大规模空中爆炸还是 78 万年前呢。我们现在的位置就在爆炸区中。爆炸造成的杀伤区超过 8000 公里长，从中国一路延伸到了北澳大利亚。"

特蕾莎惊叫道："那可是现在这个的两倍大小！"

麦克尼斯博士说："我们弹开了皮纳卡的大多数碎片。有一个太空计划确实有用。汉密尔顿·皮尔斯在这一点上没有说错。"

贝克曼问："如果没有撞击坑，你们怎么知道还有其他类似事件？"

"空中爆炸会产生超高温，会将地表熔化，冷却碎裂之后就会形成熔融石。我们可以根据熔融石的体积计算整个爆炸区的面积。从澳大利亚事件的影响范围来看，这次我们算走运了。"

雷诺德喊道："这算什么走运！已经死了几百万人了！"

麦克尼斯博士悲伤地点了点头："我知道，但是根据其他事件来看，现在的情况完全可能会更糟。"

"其他事件？"贝克曼问，"类似的事件到底有几次？"

"在过去 3500 万年的时间里，大型空中爆炸一共发生了 5 次。"麦克尼斯博士说，"最早的一次从得克萨斯一路烧到了佐治亚州。另一次把利比亚的沙漠烧成了玻璃。中欧和象牙海滩也发生过类似的事情，但是澳大利亚这一次规模是最大的。任何一次类似事件的破坏力都比我们的核武器的破坏力要强无数倍。"

贝克曼说："这就已经很糟糕了。"贝克曼想知道具体的伤亡数字。他看了一眼铐在桌子上的卡迈特。这个外星人看着小屏幕，他也看到了这场灾难，非常清楚人类损失惨重，但还是活了下来。

特蕾莎顺着贝克曼看的方向看过去："上校，你在想什么？"

"这是他们的最后一击。现在我们必须确保一件事，所有外星人都不能活着离开这个小岛。"

麦克尼斯博士说："鲍勃，我们已经赢了。你真的想来一场种族屠杀吗？"

"这可不是种族屠杀，这是生存之战。要么我们死，要么他们死。"他转头对雷诺德说："我们得叫指挥部对小岛投放毒气。洞穴里可能还有幸存者。指挥部现在必须忘了我们的存在，把活干得漂亮点。我们还是能确保船体密封的。"贝克曼吸了一口带着霉味的空气说："我们的空气储备应该还能坚持几个小时。"

通信室里瞬间陷入死寂，雷诺德考虑了贝克曼的建议，然后说："接通联合行动指挥部，然后祈祷海风风向不会出错吧。"

\·\·\·\·\·\·\·

傍晚时分，海之骄宠坐在马尔金巴尔岛北面的岩石峭壁上。借着晚上的月光和星光，她能看到远处奈绰雷斯特号的桅杆从前方的陆地后面冒了出来。一个穿着橙色全身防火服的人类工程师，正将绳索挂在桅杆上修理受损的雷达，而探照灯扫描着海面，预防着永远都不会来的攻击。她明白这一切都说明人类正在从突袭中恢复过来，而且更糟的是，这也充分表明了他们的决心和能量。

　　在海面上，曾经塞满希望湾海面的尸体已经被潮水带走。几百具尸体距离陆地越来越远，食腐鸟时不时从尸体上叼走一块肉，而独鳍杀手正在撕扯腐烂的尸体。在岛屿另一边，情况更加惨烈。所有的活物都死了。独鳍杀手、各种颜色艳丽的鱼类、海之骄宠最喜欢吃的红壳海底爬行者和各种海鸟的尸体都浮在平静的母之海海面上。人类使用的化学药剂将一片充满生机的海洋生物天堂，变成了毫无生气的有毒荒漠。

　　现在海之骄宠已经见识了人类不惜代价的决心，她知道自己低估了人类为了消灭自己的族人所做出的努力。如果给自己一个机会，她一定也不会做得比人类差。

　　人类太危险了。最起码在这件事上，海之骄宠的观点没错。

　　她将目光投向乱石丛，若干幸存者正在树林和灌木丛中集结。肯定还有更多的幸存者藏在其他岛屿和大陆上，他们只不过是担心水中的毒素会咬穿他们的皮肤和眼睛而不敢下水。

　　远处忽然响起了飞机的声音，但是海之骄宠一时间却看不到飞机来自何方。当无人机从南边低空靠近之后，她才借着星光看到无人机的轮廓。

　　浅滩潜行者出现在她的身边。"那是一架播撒机。"他说完就把海之骄宠抱了起来。

　　"你要带我去哪儿？"

　　"海角。"浅滩潜行者指着北边的一块陆地说，"海风会吹散毒雾。"

　　海之骄宠自己可以走，但是速度太慢，于是索性让浅滩潜行者继续带着自己走。有些幸存者逃回水中，但是将生体声呐保持在水面之上，以躲避覆盖方圆几百公里的水下声波攻击。由于北方声学信号较少和保护奈绰雷斯特号的原因，毒雾大多散布在小岛的南方。但是现在小岛也遭到攻击，安全的地方越来越少了。

等他们到达小岛最北端的时候，中国空军的运输机正在全岛上空散布红色雾气。这些化学武器可以通过坍塌的洞穴渗入被毁的地下洞穴。外星人可以连续几个小时屏住呼吸，但是无法避免化学武器对皮肤和眼睛的灼伤，他们为了躲避化学武器的打击，必然会离开小岛或者自己的藏身处。

浅滩潜行者将海之骄宠放在一棵树下，她可以清楚地看到人类的飞机正飞向韦塞尔角。她不知道那里有多少幸存者，但是这次攻击肯定会对族群造成严重打击。

当红色的化学武器落在树林间的时候，海之骄宠闻到了一股刺激性气味，然后海风就将毒气吹散了。她有好几分钟时间不敢呼吸，然后将注意力放在了海面上。声呐屏障阻止了自己的族人从水下向北撤离，而母之海已经被化学武器所污染，自己繁衍后代的可能变得越来越小。

海之骄宠听到了没完没了的窃窃私语，转头却看到望天客和浅滩潜行者正压低声音吵个没完，双方都不赞同对方的观点。当他俩看到海之骄宠的时候，她示意两个人到自己身边来。

海之骄宠问道："到底发生了什么事？"

浅滩潜行者慢慢回答："我的兄弟认为人类已经摧毁了彗星。"

"现在应该发生地震了。"望天客回答道，"海平面会骤降，然后就会掀起巨浪。"他指了指北面平静的海洋，证明自己的观点。

海之骄宠非常清楚现在的形势："你说得没错，一切都结束了。就算是繁衍后代都无法拯救我们了。"

望天客小心翼翼地说："还有一个办法，但是你绝对不会喜欢这个主意，海之骄宠。"

她困惑地看着自己的两位兄弟，问道："是一个可以击败人类的办法吗？"

浅滩潜行者说："不，是一个活下去的办法。"

鉴于渗透探针去向不明，彗星已被摧毁，而母之海变成了剧毒的坟场，海之骄宠完全想不出任何办法，但是望天客作为自己最聪明的兄弟，无疑是现在最后的希望。

"我的好兄弟，你有什么办法？"

\·\·\·\·\·\·\·

通信控制台上的手持无线电忽然开始发出噪声，紧随其后的是一串刺耳的声音。雷诺德少校拿起无线电，好奇地听着这段不停重复的杂音。"这倒不是干扰，而且也不是摩尔斯电码。"他一时不能确定到底是什么东西。

贝克曼说："这东西一直在重复，肯定是某种信号。"

"这是外星人的语言！"特蕾莎对此感到非常兴奋，因为卡迈特自始至终没有说过一句话。

雷诺德说："他们肯定知道我们不懂外星语言。"

"我们是听不懂，但是他可以。"贝克曼指了指盯着雷诺的手中无线电的卡迈特。"特蕾莎，把你的电脑拿过来。"他把卡迈特抓了起来，等特蕾莎把电脑放在桌子上之后，他指了指键盘："开始翻译。"

卡迈特又听了一遍无线电里的消息，然后举起被铐住的双手，用一个手指在键盘上敲来敲去。随着难以理解的外星语言不停地在无线电中循环，屏幕上慢慢出现了五行由数字、字母和符号组成的密码。

贝克曼看着屏幕，心中的怒火也越烧越旺："这都是什么鬼东西！"

特蕾莎打量着这段信息，一开始也是一头雾水，但很快就露出一脸恍然大悟的表情："哦，我的天！"

"你看懂了？"雷诺德问。

"我是个数学家。"她打量着上面的方程式说道，"我对这些东西也不是很了解，但是……哇。"

"哇？"贝克曼好奇地重复道。

"长官，他们解决了纳维——斯托克斯方程式！"特蕾莎此时几乎不敢相信自己的眼睛。

"什么玩意儿？"

"这是关于流体力学的方程式，是未解的数学谜题之一。我虽然还不够格来判断他们的答案是对是错，但是……好像是对的。"

麦克尼斯博士惊喜地喊道："对，就是这么算的！"

贝克曼问道："我们刚刚把他们揍了一顿，他们为什么给我们出数学题？"

"长官，这不是数学题，是数学题的答案。"特蕾莎说，"如果你想要建造一艘可以在水下隐身的超音速潜艇，或者一架可以达到20倍音速却不引发音爆的喷气机，就必须知道这东西。"

贝克曼看着笑嘻嘻的麦克尼斯博士，后者摇着头说："鲍勃，特蕾莎说得没错。这些外星人解决了扰流问题。"

卡迈特敲完了字，然后退后几步，指了指屏幕下方的4个字——我们投降。

贝克曼看完这条消息，摇着头说："他们刚杀了几百万人，我们不接受投降。"

麦克尼斯博士说："鲍勃，这事不是由你来决定。"他看了看屏幕，说:"起码现在不是。"

"我当然说了算。"

"不。"麦克尼斯博士坚定地说,"现在你真的说了不算。他们现在提议为我们工作,前提是要我们保证他们的安全。"

"这绝对不可能!"雷诺德大吼道,"他们干掉了特纳船长和我1/3的船员!我们得消灭他们。"

特蕾莎慢慢地说:"上校,如果他们能解决扰流,天知道他们还能干什么。让这些外星人活着的价值更大。"

贝克曼一时拿不定主意,他看着屏幕上晦涩难懂的等式,问:"除潜艇和超音速飞机,这东西到底有多重要?"

麦克尼斯博士眺望着远方,思考着其中的可能性:"理论物理学家维尔纳·海森堡曾经说过,他曾经问过上帝两个问题:为什么要有相对论?为什么要有扰流?海森堡说他自己真的相信上帝为第一个问题准备了答案。"

贝克曼将信将疑地看着麦克尼斯博士问道:"他真的说过这话?"他难以想象打着转的水流会比相对论更加难以理解。

博士点了点头说:"扰流是牛顿物理学中最后一个未解之谜,也就是牛顿第二定律。这是一个非常重要的未解之谜。他们知道这个答案,但是我们不知道。"他指了指屏幕说:"我要写下这个等式的人去我的实验室报到,我要他进入我的团队。你要是相信咱们这么多年的努力,那么你也会这么做。"

贝克曼恼羞成怒地说:"除了从我们手中偷走的电脑,他们都没有自己的电脑。"

特蕾莎说:"他们不需要电脑,进化程度上的优势让他们完全放弃了电脑。"

"鲍勃,这样的机会可不好找。"麦克尼斯博士说,"我们就算收集再多的外星设备,也不及这次的收获多。"

特蕾莎点点头说:"上校,我同意他的说法。"

雷诺德看着特蕾莎说:"是你自己说的,如果外星人逃出包围圈,他们又可能生几百万个幼崽。"

"是的,不排除这种可能。我们可以将雌雄个体隔离,控制他们的数量,确保维持种群延续就好。"

雷诺德说:"你们都疯了吧。这些外星人之前还想干掉我们来着。"

"他们已经失败了。"麦克尼斯博士说,"我们现在完全可以做出选择,是把这些外星人统统消灭,还是……"

"还是让他们成为新世纪的纳粹火箭科学家。"贝克曼说。

"你在说什么呢?"雷诺德问。

"'二战'之后,我们搜罗了一批纳粹火箭科学家为我们工作,后来我们就登月了。"贝克曼看着卡迈特,想象着各种可能,"有这些外星人在我们的队伍里,天知道我们以后可以去哪。"

"德国人和日本人曾经是我们的敌人。"特蕾莎说,"现在,他们是我们的朋友和盟友。"

贝克曼很不情愿地叹了口气,做出了最后决定:"我去联系总统。"

\·\·\·\·\·\·

奈绰雷斯特号下属的3艘测量船在马尔金巴尔岛北侧排成一列,向着环礁湖湾前进。这里的水很浅,蔚蓝的海水和绵延几公里的白色沙滩相映成趣。海滩两边是荒凉的海角,海滩之后则是被毒气折磨得奄奄一息的树林。陆地上所有植物的叶子都已经脱落。整个岛屿变成了荒凉的废土。

第一艘摩托艇带着白色的海军旗，将一堆穿着重型防弹衣的士兵直接送上了滩头，贝克曼跳下船，然后小心翼翼地向着树林走去。士兵在他身后散开，用枪对准了沙滩上幸存的外星人。所有士兵都收到了明确的命令，除非贝克曼亲自下达命令或者贝克曼被杀，不然绝对不能对外星人开火。

剩下的两艘小艇停在第一艘小艇两侧，从船上下来的士兵立即向两侧展开散兵线。当所有士兵就位之后，麦克尼斯、特蕾莎和卡迈特从第一艘艇上跳了下来。卡迈特的手铐已经被拿下，但是身后还跟着一名卫兵。只要他敢轻举妄动，身后的卫兵就会开枪。特蕾莎胳膊下面夹着她的电脑，而麦克尼斯博士拿掉了吊着胳膊的绷带，现在正忙着擦汗。

在距离海岸2公里的地方，12架美军眼镜蛇武装直升机在不停地巡逻，它们之所以保持一定距离，是为了避免引发冲突，但如果登陆小队受到攻击，就可以立即提供支援。除了这些武装直升机，还可以隐隐约约看到3艘军舰，它们用自己的127毫米舰炮对准了海滩。这些军舰已经等待了一个小时，用望远镜观察着海滩上的一举一动，而联合国舰队则通过无人机保持对海滩的监视。

沙滩上零零散散地坐着100多个外星人。有些被落下的石头砸伤，有些在核爆炸中严重烧伤，还有些因为被化学武器灼伤而哀号不止。个别外星人奄奄一息，还有几个看起来却很健康。

整个会谈完全是通过断断续续的无线电进行交流，卡迈特负责为代表联合国的贝克曼进行翻译，而浅滩潜行者则是女族长的代表。贝克曼携带的手枪一直收在枪套里，而所有外星人都没有携带武器。在会谈开始前，贝克曼已经下令要求所有外星人抛弃自己的武器，不然人类方面就会开枪。整个早上,无人机在海滩上空盘旋,确认所有离开树林的外星人都严格遵守了他的命令。

麦克尼斯博士踩着滚烫的沙子来到贝克曼身边,眼睛一直盯着这些伤痕累累的外星人。他们在沙滩上或坐或躺,看着贝克曼向自己走来,心中都在想自己以后会怎样。

"你真的要这么干?"贝克曼问。

"说真的,我也不想。"博士揉着太阳穴,努力遏制自己的头疼,"但是我们必须给他们一个机会。"

当特蕾莎带着卡迈特走过来之后,贝克曼问:"我该和谁谈?"

特蕾莎遏制住抬手指点的冲动,对着坐在中间的5个外星人点了点头。这些外星人体型更健壮,其中一个脑袋上还有一道血迹已干的伤口。"我猜他们这个种族存在性别差异,所以那边3个体型更大的应该是雌性。她们肯定占据统治地位。"

"她们才不占统治地位呢。"贝克曼坚决地说道,"这里我说了算。"他叹了口气,"但是我会和她们谈谈。"

他示意看守贝克曼的卫兵留在原地,然后让卡迈特跟着自己来到3名雌性外星人面前。当他俩站在外星人面前时,人类士兵和其他外星人都注视着双方。贝克曼注意到,5名外星人都把目光聚焦在特蕾莎身上。

"这是我的个人猜测,还是说他们以为你才是领导人?"

特蕾莎尴尬地笑起来:"长官,我相信他们很快就会明白的。"

贝克曼很不安地问:"我现在该干什么?"

"开始谈判。"特蕾莎盘着腿坐在沙滩上打开电脑,示意卡迈特坐到自己身边。"你打算说点什么?"

"告诉他们,我们要的是他们无条件投降。"

特蕾莎敲出了一行字：你方是否接受无条件投降？

卡迈特用自己种族的语言大声念出了这句话。头上带伤的雌性外星人做出回复后，他在屏幕上敲出了海之骄宠的回复——

我们同意无条件投降。

特蕾莎看着贝克曼："下一步怎么办？"

"告诉她，我们会为他们提供食物和医疗援助。我们会在小岛北端建立一个保护区，他们可以在那里生活，但前提是在我们的监控之下，没有我们的允许也不得繁殖后代。雌性和雄性分开居住，没有我们的允许不能见面。他们不能离开保护区。所有个体必须携带一个定位装置，而且不能随意拆除这些装置。如果试图离开保护区，我们就会开火。"以上这些都是美国总统提出的要点，但是还要上报安理会进行批准，但和各国领导人的先期会谈已经确定，安理会的批准不过是完成流程而已。"哦，还有一点，解决扰流问题的那个人现在开始为我们工作，类似的人有多少我们要多少。其他的东西，等我们想到了再说。"

特蕾莎快速敲下了这些话，然后由卡迈特将这些话念给海之骄宠。但是外星人一方却没有对人类的要求进行任何讨论。她只是答应了所有的条件。卡迈特将所有的回答敲了出来，然后由特蕾莎念了出来。

"长官，他们接受了条件。一共有7个雄性个体……有某种恩赐。他们会为我们工作。他们知道一些我们不知道的东西。"特蕾莎耸耸肩说，"我猜她的意思就是这些人是最聪明的吧。"

贝克曼对麦克尼斯博士说："麦尼，现在有7个超级爱因斯坦加入你的队伍了，希望你别被他们甩在后面。"

博士笑着说："放心吧，不会的。"

"其他人留在这儿。"贝克曼看着被高温烧灼过的沙滩和死去的树木，又看了看远处的海角，"在这地方过一辈子还真是场噩梦。"

安理会已经同意将维塞尔群岛北端变成保护区。这里偏僻的地理位置可以确保所有外星人与人类社会隔离,因为大多数人类都想直接消灭所有外星人。保护区临近水域将遍布声呐监视阵列,以此确保可以监视区域内的一举一动。在阿拉弗拉海,一道声波屏障被用来应对逃跑的外星人,而海军则被批准动用武力。

善后小组开始投放稀释剂来清除小岛和周围水域中的化学残留物,但是海洋生物还要花上几十年才能恢复。这些外星人在未来多年之内还得依靠外来食物补给才能生存,但有朝一日,这些外星人还是可以在韦塞尔群岛保护区继续捕鱼。这里是地球上第一块外星人飞地。最起码,政客们是这么说的。

贝克曼脑子里只有一个念头:这里就是个集中营。

但这是外星人唯一的选择。

在接下来的几个月,马尔金巴尔岛和周围暗礁上都建起了警戒塔。坍塌的洞穴被重新清理出来,配上基本生活设施之后,就又变成了可以住人的地方。这里的居民活下去的唯一意义,就是为美国秘密科研计划提供科学家和工程师。最后这件事并没有在安理会上公开。世界上知道这件事的人只有一位总统、一位首相和其他极个别人士。对于全世界而言,人类的敌人已经投降,所有的幸存者都将被终生监禁。直到多年以后,人类才知道这些外星人被允许保持数量稀少但是稳定的人口。

"他们这辈子都在监视之下过日子了。"麦克尼斯博士说。

"事情可没这么简单。"贝克曼说道,"他们这日子可是要过到地狱被冻住的那一天。"

外星人脖子上的追踪装置非常牢固,而且可以在全球范围内被卫星追踪。他们的一举一动都被置于全天候监视之下。这些外星人并不知道的是，所有追踪装置内都装有炸弹，只要他们违背协议或是试图终止协议，那么炸弹就会爆炸。在追踪装置就位之后，所有的巡逻船、声呐屏障和警戒塔，都不过是掩盖爆炸项圈的障眼法而已。

特蕾莎问："上校，还有什么要说的？"

贝克曼看着坐在沙滩上的3名雌性外星人："剩下的等我们想到了再说。"他拿起无线电说："这是贝克曼。谈判结束。把食物和医疗队送过来。所有部队保持原位，等待进一步指示。"

他发现头上带伤的雌性外星人一直在看着自己。贝克曼看不懂她的表情，但是感到了不屑的意味。"她看起来不像是被打败的样子。"

"你怎么知道？"麦克尼斯博士问。

"感觉罢了。问问她们还有多少雌性个体没死。"

在经过短暂的交流之后，特蕾莎说："据她们所知，只有3个。"

"3个就够让人头疼了。"海之骄宠看着自己的眼神让贝克曼感到非常难受。

"她发现你才是领头人。"特蕾莎说，"上校，她对你感到非常好奇。"

"她让我起了一身鸡皮疙瘩。"贝克曼看着另外两名雌性外星人，又看了看沙滩上的其他雄性，所有人都在看着他们。"也只有她让我起了一身鸡皮疙瘩。"

"为什么，上校？"特蕾莎问。

贝克曼思考了许久，在海之骄宠的眼神中发现了一丝恶意："如果我们输了，她可不会像我们这样慷慨。"

麦克尼斯博士抗议道："你怎么能这么确定？"

贝克曼直视着海之骄宠冷冰冰的眼睛，确信自己没错。他的内心有一种非常可怕的感觉，认为人类犯下了一个天大的错误，担心人类以后不会有这么好的运气。但是，他现在对一切已经无能为力。

贝克曼仰天长叹道:"要是她的亲戚过来找她,那咱们麻烦可就大了。"贝克曼转身返回小艇,因为他还要对情况进行汇报。

融合趋同

距离皮纳卡超级大爆炸已经过了3周,贝克曼和特蕾莎乘坐一架没有标识的民用飞机降落在爱达荷州中部的一个山间简易机场。这个机场的位置远离备受瞩目的51区基地。他俩穿着很普通的衣服,背着背包,如果被人问到,就说自己是野外游玩了好几天的游客。两个身着伐木工人装束的人迎接了他们,但是厚厚的外套和厚重的靴子依然挡不住二人的军人气质。

"你好,上校。"一名伐木工人说道,但是省去了对上级军官应有的军礼。简单的问候之后,伐木工就带着他们上了一辆满是泥巴的SUV。这辆车看起来和日常打猎用的汽车没什么区别,但是上面却装了无线电干扰装置,仪表板后面还藏了无托自动武器。

"要走很远吗?"特蕾莎问。

"距离农场有一个小时,女士。"司机说完就带着他们开上了一条横穿松树林的土路。

贝克曼发现这条土路鲜见使用,但是时不时就能看到为了重型车辆而特别设置的混凝土加固路段。他们一路上没有发现任何车辆或是人类活动的痕迹,在拐过一个弯道之后,终于看到一道被锁住的栅栏和大门。一名穿着深绿色巡林员制服的警卫从小木屋里走了出来,小屋朝向路面的一侧挂着一个木制的告示:

融合趋同

林业研究中心
美国农业部
闲人勿进

护林员朝汽车走来，也不看证件，单是看了一眼司机，就知道来者身份。在确认身份之后，就用遥控器打开了大门。在隐藏在树林里的监视器的注视之下，一行人穿过大门，顺着一条保养良好的土路继续前进，而大门也在身后渐渐关闭。在距离围栏6公里的地方，他们发现了一片挂着农业部标志的单层木屋，这些标志甚至从天上都能看到。在远离这些房子的另一头，还有一排被树林挡住的谷仓。这些谷仓的对面是一个灰色的建筑，细细的柱子支撑着高耸的房顶，里面还堆着修剪整齐的木材。在木材前方还停着一台叉车，这一切是为了让任何从空中飞过的人，都认为这座毫无生气的基地，不过是为爱达荷州木材服务的设施之一。

他们并没有在接待区停车，而是穿过那排谷仓，然后停在了二号建筑门口。所有的谷仓都没有窗户，但是侧面都留有卷帘门。

司机下车走到一个灰色金属盒子前，把自己的门卡在盒子里的读卡器上扫了一下，然后就打开了侧面的卷帘门，带着贝克曼和特蕾莎走进空旷的谷仓。谷仓里的地板非常光洁，墙面由金属制成，而高高的天花板上还挂着明亮的大灯。光洁的地板上还有黄线画出的大方块，标记着存放每件物品所需要的空间。在每一个方块中间，都有一群穿着白大褂的科学家或工程师研究回收来的外星科技产品，或者是盖着白布，等待进一步检查的回收物品。在每一个黄色方块周围，都有各种电脑屏幕、传感器、升降平台、写满笔记的白板和摆着外星零件的桌子。

一行人顺着逆向工程部门工作区的中央走廊继续向前走，特蕾莎问贝克曼:"我倒是好奇这个伪装计划效果如何。"

"这我可不能告诉你。"他悄悄答道,"我们让那群 UFO 狂热爱好者以为一切都还留在 51 区。这样他们就不会来找这个地方。"

"而且特工们还在保持监视,所以让他们以为自己距离真相已经很近了。"特蕾莎对马夫湖周边各种侦察行为了如指掌。

"你说对了。"

他们经过一个碟形飞行器,整个飞行器 1/3 的外壳都被拆除。为了保证内部照明和其他设备运转正常,还在外壳上开了一个舱门,好让各种线缆能接进去。一名穿着白大褂的科学家蹲着从舱门爬到了旁边的一个平台上。他身后还跟着一个穿着大衣的矮子。虽然大衣的兜帽大得出奇,但还是可以清楚看到他流线型的外星人脸和突出的蓝绿色眼睛。

贝克曼和特蕾莎停下脚步,打量着望天客,他的嘴巴上还带着一个小型黑色发声器。虽然外星人语言翻译工程小组的工作还有许多有待完成的地方,但还是紧急设计了这个发声器,以便这些外星人可以和工作人员进行口头交流。还需要 2 年时间,外星人才可以和人类进行正常交流,然后再花 5 年时间才能有效处理工作中的各种技术术语。即便如此,这个简易的发声器相较于低效率的打字交流来说,已经是一个重大进步了。

科学家一边对着回收来的太空船反复比画着手势,一边慢慢说话,但是当望天客提到自己的上司用了一个自己不理解的人类词汇时,对话陷于停滞。整个语言学习过程非常缓慢,但是望天客和其他接受植入物改造的同伴的学习效率,早已超过了教学过程的效率。在几个月的时间内,他们已经能听写英语,但是信息交换的效率还是不能让他们满意。

融合趋同

贝克曼悄悄对特蕾莎说:"他们说话的声音和史蒂芬·霍金一样。这都是麦尼一直坚持这么干的。"

特蕾莎笑笑说:"他一直都是史蒂芬·霍金的'粉丝'。"

望天客从平台上看着贝克曼和特蕾莎,完全认不出他们俩。虽然自己不可能离开这里,但是也没有将这里当作监狱。让望天客感到惊讶的是,这里的科学家和工程师一开始对他和他的兄弟保持戒备,但是很快就将自己当成同事而不是奴隶。他发现这里的人对于他的贡献的态度令人身心愉悦,而解决各种技术难题更是让他体会到了前所未有的开心。人类科学家对他的接纳让望天客迅速改变了对战争失败的看法,他认为这种之前不敢想象的合作局面远比你死我活的灭绝战争要好。海之骄宠和其他姐妹绝对不可能接受这种情况,但是这已经不是她们所能决定的了。望天客甚至私下里对此感到非常幸运。

最让望天客感到惊讶的是,人类似乎对几周前的事情忘得一干二净,毕竟他和自己的族人曾经试图灭绝人类。人类对于地壳变动或是渗透探针跨银河引擎的威力一无所知。毕竟这些事情人类无法知晓,而且望天客也永远不可能告诉他们。

望天客和自己的兄弟让人类以为,整个计划就是让彗星撞上地球,然后对人类文明造成大规模破坏并引发全球性冬天,最后依靠饥饿让人类投降。就算没有政府承认皮纳卡彗星和外星人之间的联系,这个谎言在全世界范围内接受的程度越来越高。对于整个世界而言,人类确实已经击败了有史以来最大的威胁,但是对这股威胁的本质不甚了解。

望天客怀疑人类谅解他人的品质,可能也是好战本性的一个方面。以他对人类历史的理解,他非常明白人类的过去和他的文明相比,虽然很年轻,但一样充斥着暴力。但与入侵者所不同的是,人类在战争结束后就会原谅自己的敌人。这对于望天客来说难以理解。他的文明已经进行了几千年的报复性战争，每次都取得对敌人的压倒性胜利。这种战争中总是包括灭绝敌人的雌性个体，从而剪除对雄性个体的控制力。人类不可能使用这种生存策略。从进化的角度来说，选择原谅而不是灭绝，显然更加有利。但是不论采取何种策略，最后的结果都是一样的。人类已经展现了一个好战的捕食者种族是如何结束一场跨种族冲突的。

对于望天客来说，他再也无法在母之海中游泳，无法感受热带骄阳或是新鲜的食物。虽然很讨厌山间的冷空气，但是他觉得自己也能在这里找到一些让自己开心的事情。

望天客没有给贝克曼打招呼，而是转过身继续听人类科学家解释，为什么罗斯维尔残骸的逆向研究工程被搁置。望天客早就发现植入物中有很多有用的理论性答案，但是却失望地发现，它缺乏针对超光速推进、产能、加速力场和其他 100 多种对于星际旅行极为重要的技术的工程方案。看起来渗透探针认为这些技术过于敏感，不便于共享。望天客发现有些技术难题就是自己和人类科学家联手也无法解决，必须依靠入侵者科技才行。

"长官，这边走。"司机示意贝克曼和特蕾莎跟上。

他们沿着精心标记的道路，经过 6 个逆向工程小组，每一个小组都分配了一个外星人助手。特蕾莎和贝克曼进入房间另一头的电梯，电梯的控制面板上显示地下还有整整 10 层，这说明整个设施位于地下的部分更多。一行人乘电梯向上一层来到一个玻璃走廊，从这里可以俯瞰整个一楼的工作间。玻璃走廊直通到房间的另一头，进入研究中心的会议室。房间内站着一些人，他们喝着咖啡等待会议召开。所有人都身着常服，虽然所有人都是军方背景，但绝大多数都是技术人员。

贝克曼和特蕾莎走出电梯的时候,麦克尼斯博士正在和几个项目负责人聊天。他见到二人,立即迎了上去。

"啊,鲍勃,特蕾莎,很高兴你们来了。"

贝克曼干巴巴地说:"我可不想错过这次机会。我猜今天的节目是引爆炸弹项圈吗?"

博士摇着头说:"当然不是,外星人完美履行了协议,而且看上去还很喜欢的样子。"

"那可太令人感到遗憾了。"

麦克尼斯博士转身打量着一楼的工作情况,这里一共有21个高级别项目允许外星人参与。这些逆向工程项目已经进行了几十年,有些曾经取得了不错的进展,但是最终都走进了死胡同。他打量着脚下的7个外星人,每一个都能大大促进所参与项目的进度。他说道:"我们做出了正确的决定,还好没有把他们都消灭。"

"我希望我们真的做出了正确的决定。"特蕾莎说。

贝克曼冷冰冰地说:"他们可杀了几百万人类。"

博士反驳道:"我们也杀了几百万他们的人。"

"地球是我们的,不是他们的。"

还没等二人就哪个种族更有资格活下来吵出个结果的时候,特蕾莎就问:"有多少外星人幸存?"

"3个雌性个体,还有268个雄性个体。"博士回答道。

"足够他们再次开始繁衍了。"

"他们已经开始繁衍后代了。"

"谁批准的?"贝克曼质问道。

"一个雌性个体一周前开始产卵。我们同意让他们给卵受精,这只是为了保证他们的种群数量。"

贝克曼压着一腔怒火问:"一共有多少卵?"

"合计 4.8 万个,其中 9 个雌性个体。"

"什么?!"贝克曼这下彻底爆发了,屋子里的人向他投来好奇的目光。

麦克尼斯博士安慰道:"放松点,我们已经将雌性个体隔离了。除非我们同意,不然不可能有更多的卵了。而且我们也不用担心她们家的大姐姐会来找人,我们在泽塔数据库里查过了。这些外星人完全不在数据库里。"

"他们怎么可能不在数据库里?"贝克曼知道从罗斯维尔残骸中下载的外星种族数据涵盖了两万多个外星文明。

"因为他们并非来自银河系。我已经问了望天客有关……"

贝克曼困惑地问:"谁?"

"外星生命体 2 号。"麦克尼斯博士指了指望天客参与研究的罗斯维尔残骸。"卡迈特是 1 号。那个叫望天客的是 2 号。他说他们来自银河系以外,距离地球大概六万五千光年的某地。"

"他怎么知道的?"

"是那艘外星飞船告诉他的。"麦克尼斯博士示意贝克曼放松不要紧张,"他们的亲戚甚至不知道这些人的存在。"

贝克曼看着穿着大衣的外星人,他正在认真聆听穿着白大褂的人类科学家的教诲,不安地说道:"我希望这一切是真的。"

"情况可能比你想的更好。"麦克尼斯博士说,"人类和地球种两栖人还是有机会合作的。"

"地球种两栖人?"

"我们又不能把他们都叫卡迈特,所以我就给他们起了个名字。"

"难道不该是外星两栖人吗?"

"他们的亲戚确实来自外太空，但是这些人现在住在地球，所以是地球种。"博士说话的同时响起了一声钟响，示意参会人员去大会厅集合。"该咱们了。"

3个人和其他人一起走进了一道打开的双开门。

"别担心，军方会得到控制居住区所需的所有资源，而且我们也得到了许可，允许进行能力测试，寻找更多适合参与我们项目的两栖人。"

贝克曼将信将疑地说："也许吧，但是有件事你们得改一下。"

"什么事？"

"他们的名字，地球种两栖人，实在太……长了。"

"我觉得这个名字还不错，而且命名委员会也同意了。"

"我不同意。"

"有更好的主意吗？"

"有啊。"3个人走到了门口，贝克曼继续说道，"把名字缩短一点，叫他们坦芬人[①]就好。"

[①] 这里指的是英文名首尾缩写的发音音译。

版权专有　侵权必究

图书在版编目（CIP）数据

母之海 /（澳）史蒂芬·伦内贝格著；秦含璞译. — 北京：北京理工大学出版社，2020.10

（映射空间）

书名原文：The Mothersea

ISBN 978-7-5682-8740-1

Ⅰ. ①母… Ⅱ. ①史… ②秦… Ⅲ. ①幻想小说 – 澳大利亚 – 现代 Ⅳ. ①I611.45

中国版本图书馆CIP数据核字（2020）第130413号

北京市版权局著作权合同登记号　图字：01-2019-6132

The Mothersea
Copyright © Stephen Renneberg 2016
Illustration © Tom Edwards
TomEdwardsDesign.com
The simplified Chinese translation rights arranged through Rightol Media（本书中文简体版权经由锐拓传媒取得Email:copyright@rightol.com）

出版发行 /	北京理工大学出版社有限责任公司
社　　址 /	北京市海淀区中关村南大街5号
邮　　编 /	100081
电　　话 /	（010）68914775（总编室）
	（010）82562903（教材售后服务热线）
	（010）68948351（其他图书服务热线）
网　　址 /	http://www.bitpress.com.cn
经　　销 /	全国各地新华书店
印　　刷 /	三河市华骏印务包装有限公司
开　　本 /	880毫米×1230毫米　1/32
印　　张 /	8.625
字　　数 /	200千字
印　　数 /	1～6000
版　　次 /	2020年10月第1版　2020年10月第1次印刷
定　　价 /	44.80元

责任编辑 /	李慧智
文案编辑 /	李慧智
责任校对 /	刘亚男
责任印制 /	施胜娟
排版设计 /	飞鸟工作室

图书出现印装质量问题，请拨打售后服务热线，本社负责调换